派文庫 31

# 尾崎士郎 中谷孝雄

新学社

装幀　友成　修
カバー画
パウル・クレー『硫黄の鉱脈』一九三七年
個人蔵（スイス）
協力　日本パウル・クレー協会
河井寛次郎　作画

目次

尾崎士郎



中谷孝雄

尾崎士郎

# 蜜柑の皮

わざわざおいで下さいましてお目にかゝるのは初めてのやうに思ひましたが、かうやつてはなしてゐるうちにだんだんおもひだしてまゐりました。ふしぎなものですね。今夜はすつかりわすれてゐたあのときのありさまがわくやうにおもひだされます。ぼうつとあのときの人びとの顔まで見えるやうで——何と申しますか、わたくしも四年前に家内に先立たれ、かういふさびしいひとりぐらしをしてをりますと雨のしみとほる壁までもすぎ去つた日のかげのやうに、もうしつかり自分と結びついてしまふものでございます。それにつけても、あのときのことだけはどなたさまにもはなすまいとこゝろにちかひ、あのやうなおそろしいものを見たおのれの業苦のほろびてゆくのをいまだに祈りつゞけてゐる今日このごろでございますが、わたくしも教誨師《けうくわいし》をやめてからいつのまにか二十余年もすぎてゐることを考へますと今までまもりとほした秘密をおはなし申上げたところで格別身に禍のふりかゝるおかたもあるまいと存じ何もかも申上げます。さてながいあひだ心の底にかくしてしまつたはなしでありますゆゑ、どこからさきにはなしてよいやら、いざとなると何もかも嘘のやうな感じもいたし、こんな生活が若いころの自分にあつたのかといふことさへも疑はしくなるほどでございます。わたくしは唯、この眼で見ただけのことを申上げるだけで、ことばの裏に何の判断のある筈もございません。やつぱりそんなはなしをしながら最初におもひだすのは岸本柳亭のことでございます。わすれもいたしませぬ。死刑執行の四日まへ、監房をおとづれたわたくしに向ひ、柳亭はだしぬけに「いよいよ駄目ですね?」と念を押すやうに申しました。覚悟はきめてゐながらもさすがにあきらめきれぬ気もちがあつたものと思はれます。一月二十日で、雨が降つたりやんだりする寒い日であつたとおぼえてゐます。そのとき、わたくしは何と答へたか自分のことばをはつきりおもひだせませぬが、だまつてあの男の顔を見てゐるうちにひとりでに涙ぐんでまゐりました。あの男のさびしい声だけがふかく耳に残つてその晩はどうしても眠ることができなかつたのです。柳亭はひくい声で、——さう言へばあの男の声はどんなときにもかすれるやうに静かで心のみだれといふものを少しも残してゐなかつたやうに思ひます。そのとき、あの男は、自分が刑の執行をうけるのは事件の性質上やむを得ないと思ふが、唯、気の毒なのはわれわれと共に死んでゆく人たちの身の上だ、あのひとたちの中には親のあるものもあるし、妻子のある人たちもある、今更何というたところで仕方も

あるまいが、といふことを何べんもくりかへしくりかへし申しましたが、わたくしが、

「お気の毒でございます」

と申しますと、あの男は窓のそとへちらりと眼をそらして「ハ、ハ、ハ、ハ」とうつろな声で笑ひだしてから、

「先づ同じ船に乗り合はせてもらつたと思ふよりほかに仕方があるまいな——海の上で暴風にあつていつしよに海底の藻屑となつたと思へば何とかあきらめのつく道もあるでせう」

「何も彼も運命です」

と、わたくしが答へると苦しさうに顔をしかめて、

「先づそのへんのところかな」

と申されました。四日経つていよいよ刑の執行ときまつたときにも、さすがは一党の大将だけに柳亭は平常とほとんど変らぬ顔色で、その朝の七時、看守が呼び出しに行つたときにはもう眼をさまして、独房の中に端坐してゐたさうです。典獄がおごそかな声で、今から刑を執行するといふことを申しわたしますと、二三分眼をとぢてゐたやうですがすぐ落ちついた声で——と言つても何時もとくらべると非常にせきこんでゐるやうでしたが、

「どのくらゐ時間の余裕がありませうか」

さう言つて少しもとりみだした様子はなく、典獄が、時間が非常に切迫してゐると答へますると、

「一時間でいゝんだが、君のはからひで何とか――」

「五分間も余裕がありません」

「さうか、原稿の書きかけが監房の中にあるんだが、せめてそれを整理するあひだだけでも」

「駄目です」

これきりで二人の会話は終つてしまひました。（柳亭はその朝まで暗い部屋の中で一睡もしないで何か書きつゞけてゐたさうです）それから柳亭は倒れるやうに椅子に腰をおろすと、テーブルの上の盆にもりあげてある蜜柑をぢつとみつめてゐました。（その日、蜜柑と羊羹がこの人たちに饗応されることになつてゐたのです）

すると彼の眼はだんだん涙ぐんできて、

「さうか」

と、言ひながら、蜜柑を一つとりあげました。典獄が何か言ひのこすことはないかといふと、それには答へないでわたくしの方を向き、

「いろいろお世話になりましたね」

と、まるでそれは長い溜息のやうな声でございましたが、それから心をおちつける

ためにしばらく眼をとぢてゐました。しかし、眼をあけるとすぐに手に持つた蜜柑の皮をむき、白いすぢを一つ一つとつてから、それをそつとテーブルの上に置き、あつい番茶を、茶碗のふちをなめるやうにしてすゝりあげると、

「ぢやあ――」

と、典獄の方を向いてうながすやうに立ちあがりました。わたくしが読経の用意をいたしますと、

「いやもう――」

と、両手でおさへるやうな恰好をして典獄とならんで別室へ立つて行つたのです。そのつぎが大野博方といふもう五十ちかいお医者さんで、このひとも何とかいふ雅号を持つてをられましたが、よく覚えて居りません。このひとが入つてきたときはもう夜がすつかりあけてゐました。

大野は、

「寒い、寒い」

と言ひながら両手で自分の身体を抱へるやうにしてふらふらと入つてきたのです。丈のひよろ長いせゐもありますがしかし、その素振りがいかにも飄々として何も彼も自然にまかせきつてゐるといふかんじです。岸本柳亭が一味の首領であるといふ態度をくづすまいとして一生懸命に努力してゐるらしい様子のあるのにくらべると、この

男は顔にかすかな苦悶のかげも残さず、ほんたうにあきらめぬいてゐるといふ恰好に見えました。常日頃は喜怒哀楽をすぐに顔にだすひとでありましたがいよいよとなると気もちがぐつと静かになつて、愚痴ひとつこぼさず、テーブルの上の蜜柑をとりあげこまかい手つきで皮をむきながら、

「冗談から駒が出ましたな」

さう言つてにやにやと笑ひました。それから典獄の方を向いて、脣の上へ手をあて丶巻煙草をくはへるまねをしてから、大へん四角ばつた口調で申しました。

「せめて一期の思ひ出に希くば一本ほしいね、それを喫つたらこの世に思ひのこすこともあるまい」

そこで典獄が敷島をとり出してわたしますと、彼はいそいで一本をぬきだし吸口を指の先で四つにつぶしてから口にくはへ、マッチをすつてスパスパとやつたと思ふと急にむせるやうな咳をしながら、

「どうもいかん――これはいかん、眼が廻りさうだ。久しぶりでやつたせいか頭までぐらぐらしてきたぞ、これでは気もちのい丶往生もできますまい」

何度も咳をしたあとで彼は吸ひさしの煙草を足元へなげすて、草履の裏でふみつけ大声にからからと笑ひだしたのです。しかしわたくしの読経を最後まで落ちついてきいてゐたのはこの男だけでした。そのつぎが有名な内田愚山和尚です。禅門の僧侶だ

けにとぼけた風格のあるひとでしたが、この日は身体の工合がよくなかつたらしく非常に面やつれがしてぢつと立つてゐるのも苦しさうに見うけました。典獄の申しわたしがすんでもしばらくぼうつとして立つてゐるのでわたしがそばから、

「あなたは以前には僧籍に身を置いたひとですからせめて最後の際だけでも念珠を手にかけられては、——」

とたづねますと、

「さうですね」

と、言つてから、しばらくのあひだ黙つて考へこんでゐる様子でしたが、わたくしが手にかけた念珠をわたさうとしますと、慌てゝ手をふりながら、

「やつぱりよしませう」

と言はれるので「それはどういふわけで？」

と、かさねてきゝかへしますと、

「念珠をかけてみたところでどうせ浮ばれるわけぢやないし——」

とさゝやくやうな低い声で言つてから淋しさうな顔を見せて、どんなに典獄がすゝめても、テーブルの上の蜜柑や羊羹には手もふれず、番茶一杯啜らうともしないでぼんやり立つてゐましたが、さすがに禅門で鍛へた坊さんらしい静かなかんじでございました。そのつぎが、鍛冶屋の木村良作で、それから新辺、北村、河島、秀岡ほかの

ひとの名前はわすれましたが、さういふ順序であつたと思ひます。木村はその日極度に昂奮してゐて、典獄の顔を見ると挑みかゝるやうな態度を示したので、看守が二三人でやつとおさへつけました。新辺はずつと以前には田舎の新聞記者をしてゐたことのある、文芸にも趣味のある男で、さういふたしなみのあるせいでもございませう、しきりに辞世の句を読まうと努力してゐる様子でした。その二三日前わたくしが独房にこの男をおとづれますと、もうすつかり覚悟してゐるらしく、彼はやつとつくつたといふ辞世の句を満足さうにわたくしに見せました。「死ぬる身を弥陀にまかせて書見かな」――彼はこの句が後世に残ることを信じてゐたやうでございます。それからいろいろと故郷に残した妻子のはなしなぞをいたし、子供のころのおもひでの楽しさをこまごまとはなしてから、すつかり心が軽くなつたと言つてをりました。がしかし、いよいよ当日になつて典獄の部屋へよびだされると、どうしたものか一口も物を言はず、羊羹と蜜柑を手あたり次第に腹一ぱいむしやむしやとたべてしまふと、急にわたくしの方を向いて「先日の辞世の句は『死ぬる身』といふのを『消ゆる身』とあらためたい」と申しました。さう言つたと思ふとだしぬけに立ちあがつて、

消ゆる身を弥陀にまかせて書見かな

と、自分の心をけしかけるやうにふしをつけて口ずさみながら、別室の扉の前までくると、ぎくつと身体をふるはせて、いかにも恐怖におそはれたといふかんじであや

ふくうしろへ倒れさうになるところをやつとうしろにゐたわたくしの手で支へました。軽い脳貧血を起したものと思はれます。この男を抱きとめた瞬間、わたくしはぞくぞくつとうそさむい妙な気もちが背すぢにつたはるのをおぼえました。今になつてもあの青年の怨めしげな顔が眼先にちらついてくるやうでございます。それからあとはわたくしも気もちがみだれてだれがだれだかよくおぼえてゐません。気がついてみるともうすつかり日がくれか丶つて何時昼飯を喰べたかといふ記憶さへもないのです。何しろ午前七時に岸本柳亭からはじまつたのが知らぬまに午後五時頃になつてゐたのですから、一月二十四日と言へば日のみじかい季節ではありますし、それに矢継早の刑の執行ですつかりつかれてゐたせいもありませう——わたくしはこのときほどわが身をうらめしく思つたことはありません。それもはじめのうちは刑の執行をうける人たちの冥福を祈つてやりたいと思ひ、少しでも彼等を安心と落ちつきにみちびくことがこの世の中の一ばん尊い仕事であるとかんじてゐたわけなのですが、しかし時が経つにつれて、死んでゆく人間のうしろ姿を平気で見てゐられる自分のこ丶ろがうすらさむくおそろしく、ときどき狂的な発作が全身の血管からこみあげてくるやうなぢつとしてゐられない感情がひやりと胸の底をかすめると、顔色一つ変へないでいつも同じ調子でしやべつてゐる典獄が人間でなくて、石のやうに思はれてまゐりました。そこへ十人目の秀岡といふもと石工をしてゐたといふ男が看守につれられて入つてきました。秀岡はわたくしを見るとぴよこんとお辞儀をして、それがいかにも空々しく、何とも言ひやうのない侮辱をこめた眼でぢろりとわたくしの顔を見あげて「坊さん！まだ夕飯を頂戴しませんよ」

と言ふのです。わたくしは思はずたぢたぢとなりながら、しかし、やつと心を落ちつけて、

「すまなかつたね、今日はお前もうすうす知つてゐるとほり大へんいそがしかつたので」

と言ひかけるのをあの男はみなまで聞かないでせゝら笑ひながら、

「うすうすどころかよく知つてゐますよ、どうもお手数ばかりかけてすみませんな」

さう言つてもう一度わたくしの顔を見あげ、その視線をすぐにテーブルの上の蜜柑の山にうつしたと思ふと、わざとらしく顔をしかめ、

「みんな御丁寧に皮までむいてゐやがる、おれも一つ頂戴するかな」――と太々しい声で言ひ乍ら、蜜柑を皮のまゝ四つ五つ頬ばつたと思ふと、「しかし、蜜柑ぢやあ腹もふくれねえや、まつたく腹がへつちやあ元気よくおわかれもできませんからね、それでは阿弥陀さまにそなへてあるお菓子でもいたゞきませうか」

といふので、わたくしはほとんど無意識のうちにみじかい読経をすましてから、羊羹をすゝめますとこの男はいかにもうまさうに羊羹二本を平げ「これで充分です、で

はあとがつかへてをりますから」と言つて立ちあがつたのでございます。これは無智と言つてい丶のか、大胆不敵と言つてよいのか、わたくしは、妙な腹立たしさをかんじてまゐりました。しかし、この男が別室へ立つてゆくとき、ちらりと彼の横顔が涙にぬれてゐるのをみるとだしぬけに、自分もいつしよになつて号泣したいやうな気もちにおそはれたのでございます。わたくしは典獄のゐなくなつた部屋の中でながいあひだ黙禱をつゞけてをりました。やつとあかりがついたばかりのときでしたがテーブルの上には蜜柑の皮が山のやうに乱雑につみあげられ、それが今、わたくしの眼の前をとほり去つた人びとの顔を、はつきり思ひおこさせるのでございます。このときほどわたくしは惨忍な呪はしい記憶からのがれることのできなくなつてゐる自分をハッキリとかんじたことはございません。もうあとひとりで今日の予定が終るのだと思ふと、そのまゝ突つぱなされる自分がおそろしく、むしろこのまゝ刑の執行がいつまでもつゞくことのはうがましだと思つたほどでございます。わたくしはあの人たちがどうしてこんな運命に置かれたかといふことよりも何故人間にこんな運命があるのかといふことだけを考へました。むろんそのときの気もちをぶちまけて申しますれば事理のよしあしを判断するひまなぞのあらう筈はございません。唯、今から考へますと、自分がよくあのとき脳貧血でもおこして倒れたり精神に変調を来してあらぬことを口走つたりしなかつたものだとわれながら不思議に思はれてならぬほどでございます。

それどころか、わたくしは表面、教誨師としての態度においては、いさゝかもおのれを失ふところはなかつたやうに思ひます。もし典獄がわたくしを観察してゐたら彼もきつとわたくしを石だと思つたにちがひございません。だから、だれひとりとしてわたくしの冷静を疑ふものがなかつたのもあたり前のことでございませう。外はもうすつかり日がおちてをりましたが、ぢつとして蜜柑の皮をみつめてゐると無数の悲鳴が何処からともなく聞えてくるやうな気がいたしました。それはたぶんわたくし自身の悲鳴であつたにちがひありません。ハツと気がついたときには典獄はわたくしの眼の前に立つてゐました。わたくしがぞくぞくつとする寒さに身ぶるひしたとき、いよいよ十一人目のあのひとが看守にみちびかれて入つてきたのでございます。最初わたくしの眼には、まるで血の気をうしなつた蒼白い顔だけがぼうつとうかびあがりました。それが空間にゆれてゐるやうに見えたのです。その眼と向ひあつたときわたくしは思はずぎよつとして立ちすくみました。こんなに異様な輝きにみちてゐる人間の眼をわたくしは今まで一ぺんも見たことがございません。どのやうな大犯罪人にもいよいよといふ間際には救ひとあきらめとがおびえてゐる心をやすらかにする瞬間があるものでございます。希望をうしなひつくした人間にはあたらしい絶望の落ちつきがあるものです。ところが、――あゝわたくしはいまでもそのときのあのひとの眼の色をありありと思ひ描くことができます。わたくしはあのひとと向ひ合つたとき、一つのことを理解しました。これは絶望に顫へてゐる眼ではない。これは絶望しきれぬおそろしさに悩みぬいてゐる眼だ。——さう思つたとき、典獄が、大へん気がせいてゐたせゐでもございませう。ちらつと時計をながめてから低い声で、

「金近さん！」

と、あのひとの名前を呼んでから（典獄がうつかりかういふ呼び方をしたのはあのひとだけです）

「おそくなつてすみませんが、——それにお腹も空いてゐらつしやるでせうが何しろ時間に余裕がないので」と申しますと、あのひとは全身をがたがたと顫はせながら、ほとんどきゝとれぬほどの声でうめくやうに何ごとかをおつしやいました。そのことばはわたくしにもよくわかりませんが、「やつぱり駄目ですか？」といふやうな意味であつたと思ひます。さういふ声のひびきさへもやつと咽喉をとほりぬけたといふかんじでございました。しかし、あのひとはすぐに平静をとりもどされたやうに見うけました。

「致し方がありません」

と、典獄がすぐ冷やかな態度で申しますと、あのひとはわたくしの方を向いて、

「——今はじめてわかりました。あなたにはわかるでせう、わたしがおそれてゐたのは死ぬことではなくて、助かることだつたといふことを——長いあひだわたしは助か

るといふ自信があつたので死ぬ工夫がつかなかつたのです」といふ意味のことを、早口に申されました。

「わたしどもには何もわかりません、唯、おあきらめになることが何よりも肝要だと存じます」

と申上げますと、あのひとはぢつと歯を喰ひしばつたまゝ、首をうなだれておしまひになりました。何しろ自由党のころから錚々たる名士であり、生に処する態度も死に臨む覚悟も平素の言動のなかにありありとあらはれてこのかたの往生際だけはどんなにかりつぱであらうなぞと心ひそかに想像してをりましただけに、こんなにとりみだしておいでになる姿をみると、何か自分が途方もない不幸にぶつかつたやうな気がいたしました。さう言へば、わたくしがあのひとを刑執行の前の日に監房へたづねますと、あのひとはもうすつかり自分の運命を観念しておいでになる御様子で、

「どうも世の中のことはわからん、考へれば考へるほど不思議なことばかりです。第一、わたしが刑の執行をうけるなぞといふことは妙なはなしですな」

と、落ちついた声で申されましたが、そのときは格別何とも思はなかつたそのときのことばがふとわたくしの頭に針でさすやうにうかんでまゐつたのでございます。わたくしはそのときはじめてあのひとの心の底の秘密にふれたやうな気もちになつたのでございます。

「何かおあがりになりませんか？」

と典獄が申しますと、あのひとは、テーブルの上のあたらしい蜜柑には手をふれようともせずに、だれかが喰べのこした蜜柑のふくろをとつてしばらく啜つてをられましたが、それを長いあひだ口の中で嚙みしめられてをられたやうでございます。

「それでは」

と、典獄が最後の決意をうながすやうにせきたてますと、あのひとはよろよろと立ちあがりましたが、わたくしがそばから、

「おまちなさい、今、お経をよみますから」

と申しますと、

「いや、それには及びますまい」

と、さゝやくやうに申されただけで、そのまゝ、もとの椅子にぐつたりとよりかゝつて何か小声で呟いてをられる様子でございました。それが一瞬間でも長くそこにゐたいといふかんじで、わたくしは思はず顔を反けたほどでございます。

それで、

「何か思ひ残しておいでになることはありませんか？」

とかさねて申しますと、あのひとははじめて淋しさうな微笑をうかべて、何か言はうとなされましたがそれもそれきりでぢつと押しだまつてをられました。といふより

もありていに申しますと舌が硬ばつて声さへも咽喉をとほらないといふ様子に見られました。今になるとそのときのあのひとの気もちが手にとるやうにわかるやうでございます。それから二三分間、おなじ姿勢のままで茫然としてをられたやうに思ひますが、いきなり大声で笑ひだされたのでわたくしは思はずびつくりいたしましたが、――まつたくだしぬけなので気が狂つたのではないかと思つたほどでございます。しかし、あのひとはさすがにあきらめがついたといふかんじで、

「一場の悪夢です」

と、低い声で申されました。それから、もう一度からからと笑つて「まるでワナ（陥穽）に落ちた狸さ」

と申されました。「わたしは岸本の同志でもなければスパイでもありませんよ、唯、ワナです。だれをうらむといふこともない、とりみだしたわたしの姿を憐んで下さい。わたしは二十の年から何に対しても命だけは捨てゝかゝつてゐるつもりです。そのわたしが死にきれないといふ気もちを憐んで下さい」

わたくしは思はず合掌しました。一瞬間ではございますがわたくしの心は水をうつたやうにしづかになり、急にあのひとの眼がいきいきと冴えかへつてくるやうに思はれました。何か明るいかんじが胸の底までしみとほるやうで急にあのひとと自分とが位置をとりちがへたやうな気がいたしたのでございます。それからさきはもうわけも

なくかなしくわたくしは合掌したまゝで祈りつゞけてをりました。この気もちがおわかり下さいませうか。世間では刑の執行がすむとすぐにわたくしが教誨師の職を辞してしまつたことについていろいろ取沙汰をいたしてをつたといふことでございますが――さやうでございますね、わたくしが痛憤のあまり職を去つたといふやうなことまでさかんに書きたてた新聞もあつたやうでございますが。唯ひと口に申せばこのときの会体の知れない物かなしさがわたくしの心に決断をうながしたといふだけのことでございます。もしあのひとが最後の数分間で生死の悟りをひらかれないでしまつたとしたらだれよりも救はれないのはわたくしにちがひございません。さう思ふだけでも身の毛がよだつやうでございます。大へん寒い夜でありましたがわたくしは一睡もとらずにひと晩ぢゆう読経にあかしました。唯、監房で知り合つたといふだけの間柄ではございますが、はなす機会の多かつたせいでもありませう。あのひとだけは別のひとだといふ気がいたしません。悩みのふかいひとであつただけにしぜんあのひとの気もちの中に深入したものと思はれます。それにくらべますと岸本柳亭はどんなに幸福であつたかとも言へませう。柳亭と愛情関係のあつたと言はれる柴しげ子だけが刑の執行をつぎの日にまはされることになつたのでございます。何にいたせあのひとたちがいづれも一命をすてる覚悟であつた事だけはたしかでございませう。その気持がながいあひだた、みこまれて、ひとりでにいざといふときの落ちつきができあがるもので人間といふものは結局見透しさへつけば覚悟もできるものと思はれます。金近陽介さんがあんなにみぐるしく狼狽なすつたといふことも助かるぞ、助かるぞといふ希望があのひとの心をぐらつかせたにちがひないのです。世間ではあのひとのことはおかみの間者だといふことにされてゐるさうでございますね。今にして思ふとあのひとの悩みがそのことの予想のために、いつそうふかくなつたと思はれます。あのひとが最後に申された「ワナ」といふことばもそのことのほかにはございますまい。わたくしの見たとほりの事をつゝみかくさず申上げますればあのひとは最初のうちは、助かるといふ感情に落ちついてゐられたやうに思ひます。それにつけても人間の魂といふものは何といふ統制のない見透しのつかないものでございませう。ほかのひとたちが死ぬことにおびえながら煩悶懊悩に日をおくつておいでになるときにも、あの人だけはかすかな不安のかげさへも心にのこしてはをられないやうに思ひました。わたくしは何時も独房の中で大言壮語して力みかへつてをられるあのひとを見るごとにさすがは若いときからかさねがさねの獄中生活でおのれを鍛へて来られたひとだけにこのやうにりつぱな覚悟をおもちになつてゐるのだと考へてをりましたが、それも統制のとれぬ魂をもちあつかひかねてさういふ素振りだけで自分をごまかしつゞけてゐられたものと思ひます。そこにあのひとの迷ひがあつたのでございませう。あのひとがほんたうに間者であつたといたしましたら、死際に臨んで、あんなに迷ひのふかい気もちに陥ちこまれるわけはございません。つまり、あのひとが間者であつたといふことも一つの臆測にすぎず、あのひとが間者でなかつたといふことも一つの解釈にすぎず、そのどつちかがかたちの上ではつきりしてゐたらたぶんあんなとりみだしかたはなさるまいと存じます。間者であることの論拠はあのひとが岸本柳亭から大事をうちあけられたおなじ日に政府の大官と関りあひのふかい政治行者の森野半二郎をおたづねなされたといふだけのことではございませぬか。柳亭の弁護をされました河上弁護士も当時のことをおかきになりました手記の中で「金近は陽に岸本に与し隠に之を半二郎に売りしならん」と書いてゐられたやうに思ひますが、詮ずるところはこれも一理、あれも一理と申すだけのことで、あのひとの性情から考へますと、これもわたくしだけの浅墓な解釈でございますが、あのひとが森野行者を通じてこの密謀を売りわたすなぞといふことは、夢にも考へられないことでございます。もしあのひとが最初から岸本の密謀に加はつておいでなされたとしたら、どうして森野行者などにうちあけたりなさる筈がございませう。むしろ売つたのが森野行者で、売られたのがあのひとにちがひございません。あのひとはうつかり森野行者にうちあけられたことについて自責の念にかられながらも、こんどは逆におのれの犯した過失によつておのれを救はうとなさいましたことが心の迷ひなのではございますまいか。考へれば考へるほどお気の毒でなりませぬ。何も彼も運命だと言ひきれないものがあのひとの負ふべき業苦のかたちであつたと申すほかはありますまい。かうして生きるにも生きされず、死ぬにも死にきれず六十年ちかい御生涯を世の物笑ひとなつてふみにじつておしまひなすつた事だけはかへすがへすも残念でございます。あのひとが岸本柳亭の同志としておのれを偽ることのできなかつたところに一つの真実があるのではございませんか。結局あのひとが最後に申されたワナ（陥穽）といふ言葉よりほかにその真実をつたへるものはございますまい。何だかながいおしやべりをいたしてをりますうちに、妙に心がみだれてまゐりました。久しぶりで昔の気もちにかへつたせいでございませう。まつたく世の中は、不思議なことばかりでございますね、人の世のことは何も彼もときのはづみでございます。ほんたうにながばなしをいたしました。いゝえ、たゞもうはなしをきいていたゞいただけで胸がひらけるやうな思ひがいたします。さう言へばあのひとのおくさんは早くなくなつて兄さんがひとりゐらつしやつたやうに思ひますが、さやうでございますか、去年おなくなりになつたとは夢にも存じませんでした。さぞ辛い御生涯をお送りなすつたことと思ひます。このごろでは年のせいかわたくしも耳が遠くなつてもうそろそろ終りがちかづいてまゐつたやうでございますが、何だかあの典獄の部屋のテーブルの上につんであつた蜜柑の皮がまざまざと見えるやうでございます。こんなしづかな晩にあなたさまのやうなおかたがおたづね下さいましたのも、あのひとの霊がひきよせて下すつたからでございませう。われながら夢のやうな気がいたします。

# 篝火

## 第一篇

### 一

大垣城の天守閣が今の「郷土博物館」である。陳列されてゐる武具の類はさすがに場所が場所だけに関ケ原合戦に縁故のあるものが多く、緋縅、黒糸縅、紺村濃《コンムラゴ》、沢瀉《オモダカ》縅《オドシ》、紫裾濃《ムラサキスソゴ》、——などといふ鎧の名前をわたし（作者）はこの陳列棚の前ではじめて知つた。今日残つてゐるのは天守閣と本丸腰郭、東北隅にある長櫓だけであるが、博物館のある天守閣は、各階ごとに一室二室とわかれ、風変りな軍扇や、陣鎌、鞭、法螺貝、火縄銃、陣太鼓、馬印から、関ケ原当時の禁札、手紙の類を次々に見ながら、やがて三階の第三室へ入ると、太い欅の棟木を露はに見せた低い天井とすれすれに関ケ原合戦の絵屛風が、階段に面した陳列棚の片側を占めてゐる。去年もさうであつたが、わたしは今年もこの絵屏風の前で一時間ちかくの時をすごした。絵としては唯、軍勢の配置を示してゐるだけで、おそろしく稚拙を極めたものであらうが、しかし、時代のついた武具を見て、一つ一つ印象をふかめてから、さてこの絵屏風の前に立つと、入りみだれて戦つてゐる軍兵の姿さへ見る眼にいきいきと動いて、ひとりでに心がひきしまるのを覚える。——去年、此処をおとづれたのは六月のはじめで、関ケ原の駅におりると午後の陽ざしの中に絶巓の谷間だけかすかに雪を残してゐる伊吹山が新緑をうつす空を劃つてそびえてゐた。今年も同じ六月の下旬であつたが、梅雨空の曇つてゐたせゐか、伊吹は雲に隠れて見えず、雨気をふくんだ緑の色だけが、ひとしほ殺気をひそめてゐるやうに思はれたのも、戦場の遺品に心をひそめてきたためであるかも知れぬ。風のつよい日で、あけ放した望楼の西の窓によりかかると、当時（慶長五年）二十二歳の御曹子、毛利秀元が、正面に吉川広元を備へ、背後に、長曾我部、長束、安国寺の将領を控へて、その絶頂に陣を布いた南宮山がゆるやかなうねりを描き、山裾が西に流れるところに低い峰が見える。小早川秀秋の陣を布いた松尾山である。関ケ原はその中間にふかい峡谷のかたちを示して、僅かにほの暗い森かげの一角をうかばせてゐるだけであるが、しかし、視野を右に転ずると棟《くひ》（杭）瀬川をはさんで東軍（徳川方）の主力が大垣と向ひあつた赤坂の高地は一方だけ削りあげたやうな山肌を見せて小面のにくいまでに落ちつきすましてゐる。「郷土博物館」はもはや甲冑、刀剣の遺品に歴史のにほひを残してゐるだけではなく、自然にひらけてゆく眺望の中に過ぎし日の夢を刻んでゐるのである。赤坂が落ちつきすましてゐるのとは別の意味で、南宮山の麓に丘の輪廓だけをぼかしてうかんでゐる栗原山（そこには一戦をも交へずして敗れた長曾我部盛親の陣地があつたのだ）――は何処かにあきらめきれぬやるせなさをとどめてゐるし、赤坂の右、大垣城から東にあたるはるかな空のはてに、さながら雲の中から湧きあがつたやうにぽつんとそびえてゐる金華山が物思ひに沈んでゐるやうに見えるのは金城鉄壁を誇る岐阜城の最後があまりにもたよりなく、あまりにも佗しく私の記憶に影を曳いてゐるが故であらう。その日、わたしは望楼の片隅にあるテーブルによりかかつて、関ケ原合戦に取材した古い絵巻物をくりひろげてゐた。上下二巻にわかれた絵巻物は狩野元信の画いた原作を何人かによつて模写されたものださうであるが、平板な絵屏風とくらべて構図の上にも名人の息吹がほのぼのと漂つてゐるのは、模写とはいつても筆力の凡庸でないことを思はせる。構図は伏見城の攻撃からはじまつて、関ケ原にまで及んでゐるが、ところどころ虫の喰つてゐるこの絵巻物を繰りひろげるにつれて、あやしくもわたしの指先は顫へてきた。私はみるみるうちにあたらしい幻想の中へ追ひこまれてしまつたのである。岐阜城の陥落、合《がふ》渡《ど》の合戦、棟瀬川の奇襲、――と、次々にあらはれる画面から顔をあげると、棟瀬川も赤坂もすぐ眼の前にある。気温のせゐであらうか、うす靄が視野をうづめて、見わたすかぎり谷をこめ、森を掩ふ凄愴の思ひがわたしの胸一ぱいにひろがつてきた。絵巻物の終末はひと刷毛に描いた驟雨で、画面の上の方には老松の太い枝が垂れさがり、そこからずつとはなれて、俯伏せになつた雑兵の屍骸が一つだけはふりだされたやうにころがつてゐる。雨にうたれた松の葉がかすかにゆれてゐるやうに思はれたのも気のせゐだけではなく、窓によりかかつて赤坂の高原を見てゐると、そそり立つ杉並木の梢さへ風にゆらぐ旗差物のやうに見えてくるのである。岐阜城を屠つた三万四千の徳川勢が、藤堂高虎を先頭にして、黒田（長政）、田中（吉政）と、つぎつぎに赤坂に到着したのは八月二十三日の夕方で、その前日、岐阜の敗報を手にした治部少輔（三成）は、敵の出鼻をくじくために、舞兵庫、森九兵衛、杉江勘兵衛の各部隊を呂久川の下流、沢渡村に集結させた。清洲からのぼつてくる敵の主力に備へさせるためであつたが、しかし、大垣の前衛ともいふべき竹ケ鼻城の陥ちたと聞いたときには、もはや退いて大垣を守るのほかに道はなくなつたのである。——彼は勝に乗じた敵が合渡川をわたつて大垣に迫る体勢に移らうとしてゐることを察した。そのとき島津義弘（維新）は中山道、垂井《たるゐ》の駅に陣を布いてゐたが、三成からの再三の使者によつて渋々と長良河畔の墨股《すのまた》まで移動して来た。墨股は大垣から一里半、——竹ケ鼻から迫る敵を迎へるには屈強の地点ではあるが、三千人の軍勢のうち島津が伏見から率ゐてきた手兵は僅かに五百人あまりにすぎず、薩摩からの来援を待機してゐるときに軽々しく軍の移動を開始したくはなかつた。それに岐阜を陥れた徳川方が勢に乗じて大垣に迫ることを信じてゐた彼は、自分が窮地に陥りたくなかつただけではなく、友軍の沢渡進出に反対であつた。しかし、危急の場合、使者の往復をしてゐる暇もなく、軍をまとめて墨股に出てくると、沢渡にゐた石田、小西の部隊の一部は早くも合渡まで動きだしてゐた。黒田、田中の東軍の主力はこのとき、朝霧の中を合渡に向つて行進してきたのである。墨股に来る筈の敵が合渡を目ざしてきたことは西軍の陣容を混乱させた。狩野元信の合戦図には、部隊長の杉江勘兵衛が半裸体のまゝ馬を川中に乗入れる姿が描かれてゐる。夜あけ方で、軍備を整へる余裕もなく、川を渡る敵の隊列を見出したときはもうおそかつた。東軍は田中吉政を先手として、堀尾忠氏、桑山元晴、戸川逵安、生駒一正、寺沢広高——と旗差物を朝風になびかせて、総勢一万八千、岸にちかづくにつれて、法螺貝、陣太鼓の音は地の底から湧いたやうに空にひびきわたつた。猛将杉江勘兵衛を敵の包囲の中に置きざりにしたまゝで西軍の部隊は梅野に退いたが、東軍は残敵を急追しながら呂久川に迫つてきた。行手の空に大垣城の望楼は早くも霽れてゆく朝霧をとほして夢のやうにうかんでゐる。合渡、梅野の合戦で、杉江、森の部隊が潰滅したといふ報が沢渡の陣所に届いたのはその日の朝の九時少し前であつたが、三成はその朝、岐阜に勢揃ひした敵の大軍が赤坂を目ざして進発したといふ報をうけとつたばかりのときだつたので、島津を墨股から迎へて小西と三人で謀議を凝らしてゐたのである。

敵の主力が前進を開始したとすれば墨股よりもむしろ合渡の守備を厳にしなければならぬ、といふのが小西の意見であつたが、果して敵が墨股に来るか、それとも合渡に来るかといふことについては石田も俄かに判断を決しかねてゐるときに、手傷を負ふた残兵が算を乱してかへつてきた。殿戦して田中吉政の部隊を喰ひとめてゐた舞兵庫も杉江勘兵衛も討死したらしいといふ。みごとに敵に先手をうたれたのだ。此処で防備につとめてゐたのでは先手先手とうたれて退却するよりほかに仕方がなくなる。もう軍議どころではなくなつた。そこへ、藤堂、黒田の部隊が第二陣として合渡にさしかかつたといふ通知が入つた。――今まで活潑な動きを示さなかつた東軍が急に活気を呈してきたのは岐阜城の落ちたためでもあるが、しかし、それよりも三成の胸に犇々《ひしひし》と迫るものは家康の決意である。おそらく家康は日ならずして赤坂へやつてくるであらう。さうなると沢渡の形勢はたちまち一変する。家康の影が次第に濃くなつてくるにつれて三成は心の狼狽を掩ふことができなかつたらしい。沢渡も危いが、しかし大垣は一層危急を前にしてゐるのだ。伊勢から軍をかへして桑名太田を経て大垣に来る筈の宇喜多の大軍が到着しない前に大垣が敵の包囲に陥るとしたら、南宮山に向ふ筈の毛利部隊（秀元）の主力との連絡は絶たれてしまふし、さうなれば近江、高宮にゐる小早川部隊（秀秋）の去就はいよいよ覚束ないものになつてくる。三成は沢渡を出て敵の背後を襲はうと勢《き》ほひたつ隊士の献策を斥けて、すぐさま大垣に引つかへすことを命じた。さうときまれば一刻の猶予もすべきでない。命に応じて沢渡に陣を占めた石田、小西の混成部隊は徐々に動きだしたのである。島津義弘は、そのとき主将たる三成の意見に従つたが、彼の率ゆる部隊の大半は墨股を中心にして陣を構へてゐる。これををさめて引揚げるには対岸の形勢を見定めてからでなければならぬ。大垣退陣はこの際もつとも策の得たものであることを信じてゐる島津であつたが、しかし、沢渡の味方が退却してから兵をさめやうとしたら敵の包囲の中で孤立無援に陥りさうな危険もある。三成は島津の苦慮する気もちを充分に察したが、事此処に及んでは多少の犠牲を払つても瞬刻を争つて第二段の構へをしなければならぬ。そのまま三成は馬にひらりと飛び乗つた。沢渡には部隊の参謀、島勝猛（左近）を残して、墨股との連絡を保たせることにしたが、血気にはやる島津の隊士、新納弥太右衛門と川上久右衛門は矢庭に三成の馬前に立ちふさがつた。

『兵ををさめるには用意が御座るぞ——お待ち下され、それとも島津主従を見殺しになさる気か？』

叫んだのは新納弥太右衛門であつたが、三成は馬にまたがつたまま片手をあげ、うしろにゐる義弘の方をちらつとふりかへつてから言つた。『慌てるな、——敵をおそれてゐるのではない、時を移さず退陣の準備をされい』

義弘の顔には急に決死の色がうかんできた。『兵ををさめるにはおのづから理法がある。それがしも踏みとどまつてゆるゆる引揚げることに致さう』

『いや後陣は手前がつとめる、――兵庫殿（義弘）はこのまゝ大垣へ入城されては？』

新納弥太右衛門を横眼で睨みつけながら、島（左近）が言葉だけしづかな調子で言ふのを義弘が遮つた。『薩摩には薩摩の気風がある、――後陣はそれがし一人で足りる、万事、薩摩は薩摩で処理することに致さう』

これ以上味方同志で口争ひをするべき時でもなかつた。島津と島とは鬱結した感情を孕んだままで沢渡に残つたが、使者をやつて引きあげさせやうとした豊久（島津）の部隊は昼すぎになつてからやうやく呂久川を渡つて墨股から義弘の本隊にちかづいてきた。義弘は垂井から出動するとき、ひそかに呂久川の深浅をはかつておいたのだ。それが今になつて急に役に立つたのである。――豊久の部隊が鉄砲組を先登にして隊伍堂々、歩卒は舟に乗り、騎馬隊は浅瀬の目じるしになつてゐる竹標を辿つて岸にのぼると、義弘は全隊を堤防の上に整列させ人員点呼を行つてから、旗差物を高くかゝげ、対岸にあつまつてゐる敵を尻目にかけながら悠々と大垣に入つてきた。日ぐれかたで、夕靄のふかい水田を越えて伊吹山麓の峡谷から火の手の高くのぼるのが見える。中山道に入つた藤堂の部隊が気勢をあげるために関ケ原の民家に放火したのである。

二

江戸に待機してゐる家康の手許へ藤堂の使者が早駈けで、合渡《がふど》の快勝、つゞいて赤坂到著を報じたのは八月二十八日である。二十三日に関ケ原を出た使者が二十八日に江戸へ著いたのだから正味六日を費したことになる。時間からすれば、この早駈けは当時の全能力を発揮したものと言へるかも知れぬ。立つと見せかけて容易に立たず、待つた、待つたで敵をじらしながら、愈々思ふ壺にはまつたと思ふと、家康は猛然と立ちあがつた。その日のうちに日程を整へ、藤堂の許へは早駈けの返事で、『早々注進祝著の至りに候、このたび治部少輔罷出候ところに一戦に及ばれ、ことごとく討果されしことといさぎよきお手柄どもに候、来る朔日（九月一日）出馬相定め候、其元聊爾《れうじ》なきやうに候、分別第一に候、各々へもその由仰せらるべく候、恐々謹言、八月二十八日、藤堂佐渡守殿』――と申しおくり、同時に東北諸将に手配して城のかためを厳重にすることを命じた。上杉の背後には伊達政宗あり、前には宇都宮をまもる結城秀康（宰相）がゐる。もつとも手薄である越後口には真田信幸、本多康重、平岩親吉、牧野康成を備へて、攻防の陣容は完全無欠なものにならうとしてゐる。彼にとつて何よりも有利なのは交通網の統一してゐることで、東海道が東軍の勢力範囲に落ちてゐるだけでも命令の伝達はもとより輜重の連絡も充分にとれる。藤堂の手簡をうけとつたときの家康が、いかに上機嫌であつたかといふことは、返書の文面にあふれてゐる。——此処までくると江戸城の守備のごときは問題ではない。彼は本丸を弟の松平康元に托し、麾下の精鋭をすぐつて出発した。旗奉行は村串与左衛門、酒井作右衛門、槍奉行は近藤石見守、大久保平助（彦左衛門）、持筒頭が渡辺半蔵守綱、その他等々、——総兵数三万三千七百余人。一日に江戸を発つて、二日が相州藤沢泊り、三日が小田原、四日が豆州三島、五日は駿州清見寺、六日が島田、七日が遠州中泉、——八日に白須賀、九日が三州岡崎、十日が尾州熱田、十一日に清洲に入ると井伊直政を赤坂から呼びよせた。清洲の逗留が三日間、十三日には戦跡を点検しながら岐阜に入ると、西庄村定政寺の坊主が土地名物の大柿を献上にやつてきた。家康はその一つを手にとつてつくづく眺めながら、『あゝ大垣も我が手に落ちたぞ』——と駄洒落をとばして喜んだりした。

旬日あまりの行軍はそれほど余裕綽々たるものであつたが、すべての計画は予定どほりに動いて、今は唯、中山道からのぼつてくる秀忠の大軍を待つばかりとなつた。合渡の奇勝によつてあたらしく進路を開いた東軍の諸将は思ひ思ひに赤坂にあつまつてくる。三成はいよいよ土俵際に追ひつめられた。八月二十三日の夕方になつて、もはや岐阜を奪還することの不可能なことがわかると、彼は棟瀬《くひせ》川から引返してきて城外に陣を布いた島津義弘を本丸に迎へ、かさねて労苦を謝した上で、小西、島、福原

（直高）の諸将とともに天守閣にのぼつて形勢を観望しながら向後の戦略について語りあつた。敵が赤坂に集結するところを見ると内府の到著も遠いことではあるまい。流説紛々たる折柄、沿道の諸隊に危懼の念を懐かせてはならぬ。味方の陣容に統一をあたへるためには大坂に使者をおくつて厭でも毛利輝元の出馬を仰ぐことが肝要であらう、――それまでは大垣に待機して、出来得るかぎり敵情を偵察するやうにされたい、と言ふと、島左近が不安さうに眉をひそめた。

『しかし、大垣に兵力を集注すると見せかけて赤坂を奇襲すれば、大軍を擁してゐるだけに敵は方途に迷ふこと必定と心得ます、今明日中には備前中納言（宇喜多）の部隊も到著いたす筈、――岐阜落城を前にして味方の士気いささかおとろへつつあることは見逃すわけにはゆきますまい、何よりも敵の心胆を寒からしめることが刻下の急務と存じますが』

『それもある』

と言ひながら三成は軍扇をはじいた。『それもあるが、奇襲には時機を選ばねばなるまい、楝瀬川に兵庫殿のゐられるかぎり敵も迂濶な真似はいたすまいよ』

軽く島の言葉をうけながしたが、しかし、頭の中で地形をつぎつぎと辿つてゆくと、東軍が赤坂にあつまつてゐるのは、西軍を大垣に集結させようといふ魂胆であるやうにも思はれる。すると、あるひは大垣を見すごして一挙に佐和山に向ふといふ計画も考へられぬことはない、――さうだとすれば越前に待機してゐる大谷（刑部）に伝命して、速かに近江路に向ふ敵の進路を防がねばならぬ。大谷と脇坂（安治）との連繋は疑ふべくもないし、これにもし大津の京極が加担すれば近江一帯の危険は一掃される。

『お、、燃えとるのう』

と、闇のふかくなるにつれて西の空を焦がす焰の色の次第に濃くなつてくるのを眺めながら、三成はこの数日間、戦略の狂ひによつて何となく腰のぐらついてきた自分をたしなめるやうにせゝら笑ひをうかべたが、すぐ島の方を向いて、

『何か名案でもあるかの？』

『時をうつさず赤坂に夜討をかけるはもつとも策の得たるものと心得まするが？』

『夜討？』

と、三成は考へ込むやうな声で空の星を仰いでから、横にゐた島津に、

『どう思はれる、兵庫殿は？』

義弘は、しばらく黙つてゐたが間もなく重さうに口をひらいた。

『どうとも申しかねるのう、――夜討は敵の虚を見すまして一戦に敵をやぶるときには利も多いが、進退が滞るやうになると、かへつて味方に不利な結果を招く。それに今日の敵は勝に乗じてゐる上に、合渡の一戦は地の利を得て軍兵が殆んど傷ついてを

らぬやうにも見うけられる。先づ思ひとまられた方がよろしからうか』

『左近の説にも一理はあるが』

と、三成が同意をこめた視線を島津の顔にそそぎながら言つた。

『兵庫殿の意見はもつとも妥当に思はれる、それも間近にある敵ならばともかく、赤坂までは一里半の行程がある、――赤坂から曾根までが一里、岐阜までが四里、手間どるうちに敵は援兵の用意をいたすであらう。左近、軽々しき行動は致さぬ方がよいぞ』

左近は横を向いたまゝ、返事をしなかつた。主君の三成が何彼と言へば島津に気兼ねする態度が気に入らなかつたのだ。彼に言はすれば、義弘は最初東軍に志して伏見入城を懇請した男である。それを鳥居元忠から剣もほろろにはねつけられて、止むなく西軍に加担したのではないか。その島津から今更夜討の講釈なぞをしてもらひたくなかつた。この二人は何処か性格的に共通なものがあり、それが事あるごとに意見を異にして、たがひに睨み合ひの姿勢をとらねばならぬやうになつてゐたのである。島津にしてみれば、時の勢ひが彼の立場を逆転させたといふだけのことで、家康の腹の底もわかつてゐれば三成の魂胆もわかつてゐる。――つまり大義名分から言へば、どつちにも理非があり、どつちにも曲直があるのだ。それ故、島津は義理や人情ではなく一つの諦観に基いて誰のためといふこともなしに此処まで乗り出してきたのである。

そこへ使番の佐倉半兵衛が階段を駈けのぼつてきた。

『唯今、中納言様の先発、服部左衛門殿、太田より御到著に相成りました』

『ほう、中納言が？』

さすがにこみあげてくる喜びをおさへきれず、三成はすぐ、あらかじめ用意してある町医者沼波玄好の宅へ招いて休息されるやう取計へと命じた。続いて家人の阿閉孫九郎に代理の役目を授け、陣中不足の品あらば何よりとも仰せつけられるやうにと伝へさせた。そのとき、秀家（宇喜多）は庭先の床几に腰をかけたまま鎧の紐を解かうともせずに手拭でごしごし首すぢの汗をふいてゐたが、

『戦乱の最中、格別所望のものもない、唯、長旅の疲れで咽喉をうるほしたくなつた、うす茶でも貰はうか、――それから』

と、彼は今やつと著いたばかりで草原や池のふちに腰をおろして休息してゐる軍卒のむれをかへりみた。『ぶしつけなお願ひぢやが雑炊の御無心を申上げたい』

孫九郎がうやうやしく礼をして帰らうとすると、秀家が慌てゝよびとめた。『近う寄れ、――道中にて合戦の模様をうすうす耳にいたしたが、それがしの著いたことはまだ赤坂には知られてゐまい』

何か言はうとする孫九郎の耳に彼は口を寄せるやうにしてささやいた。『今夜のうちに、時をうつさず夜討をかける、――治少に左様伝へておけ！』

にやりと笑つてから、こんどは大声で、『雑炊を大急ぎに頼むぞ』と、かへつてゆく孫九郎のうしろ姿に向つてさけんだ。孫九郎がかへつてしばらく経つと、小具足の上から麻の陣羽織をひつかけた三成が一人の従者もつれないでやつてきた。

『治少か』

秀家はうしろに立つて団扇をバタつかせてゐる家人をしりぞけてから、

『どうぢや？』

と言つた。『敵をもみつぶして、さつとひきあげる、――時刻もちやうど頃合だし』

『しかし、無理なことをして兵力を損じては？』

『その心配は無用ぢやが、ほかに不服でもあるのか？』

『唯今、兵庫頭、摂津守（小西）の両人とはからつて軍議をまとめたところぢや、奇襲といふ説も出たが、――それがしにも所存があつて一応おさへてまいつたばかりのところ、いづれ時機が御座らう？』

『その時機も今夜を措いてはあるまいと思ふが』

三成の表情が次第に沈鬱な色をおびてきた。たしかに宇喜多のいふとほりかも知れぬ。しかし、宇喜多に自由行動を許したとなると、将来軍議をまとめることが非常に困難になつてくる。――彼は数日間の混乱を一夜のうちに立てなほしたかつたのである。采配を振る自分に確信の持てない戦闘を開始すべきではないと思つたのだ。それに棟瀬川に敵をやぶつたところで敵の死命を制するといふわけにはゆかぬ。しかし、味方がもしやぶれたとしたらこんどは大垣の守備さへも不安定になつてくる。

『いづれにしても』

と、三成はかくしきれぬ当惑の色を顔にうかべながら言つた。

『城内へかへつて島津、小西とも談合の上確答仕らう』

すると、秀家が追ひかけるやうにして、

『それには及ぶまい、――それがしの一手だけで事は足りる、速かに決断してもらひたい』

『仰せはいかにも御尤もに存ずるが、それがしの腹中は一挙に敵を屠る所存、――唯今、左近を説得したばかりのところ故、今夜の奇襲は無理にも思ひとまつていたゞきたい』

『それもあらうが、この好機をみすみす逃すのはもつたいないぞ、――もし、兵庫、摂津が反対ならば貴公、後陣に備へてくれぬか、軍兵も勇気にみちみちてゐるし、今夜を外づしたら二度と機会は無いぞ、今夜だけはそれがしの言ひ分を通してくれぬか?』

秀家は忌まいましさうに鎧の胸板を敲いた。『われ等は今日、七里の道を行軍して来てさへ、人馬もろともに疲れてゐる、——それとくらべたら関東勢は岐阜の戦ひ、合渡《がふど》の戦ひと引きも切らずに力をつかひはたしてゐることは必定ではないか。今夜ぢや、どうしても今夜ぢや、敵は勝ちいくさに気をゆるして備へを立てるひまもあるまい』

大局から計算してゆく三成と、体あたりでぶつからうとする秀家との、その日の喰ひちがひがそこにあつた。その日、——といふのは明日になれば情勢の変化に伴ふ対応策がこんどはどう動くかわからぬからである。秀家がいきりたつにつれて三成はだんだん冷静になつてきた。

『疲れてはゐても敵の兵力は四万を越してゐると思はれる。しかし、それがしと中納言（秀家）の兵力を合せて二万には足りますまい、——今日に及んで小手先の争ひに快をむさぼるよりも、輝元卿の下向を持つて堂々たる勝負を決しようでは御座らぬか』

『岐阜の戦敗で——』

治少にも怯気がついたと見ゆるな、と言はうとしたが、確信にみちた三成の眼にふれると、さすがに秀家も急に言葉をそらした。

『味方の士気も沈みがちになつてゐる様子ではないか、奇襲ならば兵数は要るまいぞ、——安芸中納言の来著を待つてゐるのでは軍兵どもの心も腐つてくる、そのうちに内府著陣といふことになれば敵の士気はいよいよ奮ひ立つだらう、それがしは今夜夜討をかけてこそ敵の機先をくぢくことができると思つてゐたのに』
秀家の予言はたしかに的中した。といふのは数日をすぎて、居城佐和山（現在の彦根）の防備をかためるために大垣をぬけ出した三成が、佐和山からふたゝび大垣にとつてかへしたときには赤坂の周囲は森も谷も敵の旗差物によつて埋つてゐたからである。当然来る筈の輝元からは何のたよりもないし、今は使者の安否さへも気づかはれるやうになつてきた。それだけではなく形勢は次第に逆転して大谷と行を共にする筈の京極は大津の城をかためて公然と東軍に内応してゐるし、毛利秀元は大垣城と相呼応する南宮山に陣を布いてはゐるもの、しかしその挙動には必ずしも絶対の信を置くことのできないものがあつた。内偵するものの説によれば毛利の前衛部隊ともいふべき吉川広家はすでに幾度となく使者を赤坂に派遣してゐる。彼は輝元の老臣で会津征伐の当初は徳川の命に従つて、七月六日その居城、出雲富田を出発し、明石にさしかかつたところを安国寺恵瓊の使に迎へられて大坂に立ち寄り、秀頼を擁立しようとする三成の異謀をはじめて耳にしたのである。彼の行動が首鼠両端であることは三成も幾分感づいてはゐたもの、しかし、かりにも西軍の総帥たることを応諾した安芸中納言（輝元）が今になつて吉川の言によつて動かされようとは夢にも考へてゐなかつた。勝ちに乗じてゐるときには物の数にもならぬことが形勢の悪化するにつれて次第に憂悶の種になつてくる。赤坂の東軍と対峙して何時の間にか十日あまりの日数が彼の書簡は、三成が大坂にゐる同志増田長盛に送つた長文の書簡は、彼の心中を去来する暗雲をそのまゝ反映してゐると言へよう。彼は再三輝元の出馬を促すべき情況の切迫してゐることを告げてから、味方の陣容を次のやうに報じてゐる。——赤坂の敵兵は終始待機の姿勢を保つて俄かに動き出しさうな様子も見えないが、しかしわが軍の士気は日に日にさかんであるから安心してほしい。その中もつとも敬服に堪へないのは備前中納言（宇喜多秀家）で、彼は身をもつて豊臣氏に尽さうとしてゐる。維新（義弘）、行長（小西）も同様で、彼等の決意には並々ならぬものが看取されるが、正家（長束）、恵瓊（安国寺）の態度の中には稍もすれば過慮に失して決断を欠く憾みがある。勢州、江州の諸軍はやうやく到著したばかりで未だ何等の行動を起してはゐない。ところが最近流説が士卒のあひだにまきちらされて士気の統一を乱さうとしてゐることはまことは警戒すべきであらう。佐和山口から出た味方の将領の中に款を東軍に通ずるものがあるといふ説がしきりに伝はつてゐるのも心外のいたりであるが、味方の主だつた連中の意見を綜合すると離反する部将のあるのは大坂が人質を遇するのに寛大すぎるがためであるといふ説に一致してゐる。この際、英断的に伏見に幽閉してある敵将の妻子三四人を誅戮したら、離反者は一掃されるのではあるまいか。その他の将領の妻子はひとまとめにして宮島に幽閉したらどうであらうか。何れにしてもわが軍が真に連繋統一を保つて動いたら二十日を出でずして敵をやぶることは容易の業である。それをこのまゝの状態で荏苒日を過してゐたら禍変はどんなところから勃発するか予測することのできないものがある。貴君も充分自重してもらひたい。特に貴君のお耳に入れておきたいことは、貴君が内府に通じようとして焦慮されてゐるといふ流説の多いことである。正に一笑に附すべきものであることはわかりきつてゐるが、時節が時節故、身辺の動向には注意を加へられたい。大津（京極高次）の離反に対しては必ず断乎たる処置をとつてもらはねばならぬ。それから金穀の功用は今日こそもつとも重大であるから出し吝みをしないやうに頼む、云々――大意は以上の如くであるが、三成がくりかへし、『度々申し入れしごとく金銀米銭遣はさるべき儀もこの節に候、拙子なぞも似合ひに早手之内有たけこのぢゆう出し申し候、人をも求め候故、手前の逼迫御推量あるべく候』――と書いてゐるところから察すると彼がほとんど余すところなく私財を投げだしてゐたといふことがわかる。このとき、秀家はすでに大垣城内にあつて全軍の指揮にあたつてゐたが、島津は棟瀬川を前にして城外の楽田に陣を布いてゐた。そこへ九月十三日になつて阿多盛敦、山田有栄、伊勢貞成等の一騎当千の武者が七十人余り主君の安否を気づかつて国元からのぼつてきた。何れの将領も分相応の人数を駆りだして戦闘に参加してゐるときに島津だけは僅かに手勢三百余人ではどうにもこころもとなく、両三度にわたつて国元に使者を立て、老臣本田六右衛門を促してしきりに援兵を仕立てるやうに厳命したが、国元では軍勢をまとめることに手間どつてゐるところへ、主君危しと聞いた血気の若武者たちは、ほとんどとるものもとりあへず三々伍々隊を組み、あるひは単身、鎧櫃をかついだまゝで郷国をとびだして来たのである。それが道中、あとからあとからと数がふえてやうやく七十人の数に達したのであるが、数は僅かに七十人でも彼等の意気はすでに天に冲してゐる。今までひつそりとしづまりかへつてゐた楽田の軍営は、命がけで駈けつけてきた七十余人の若き隊士を迎へてたちまち色めきたつてきたのである。

その日の夕方、薩摩から著いたばかりの野村弥次郎、河内源五郎の両人は若気のいたりで、戦場がめづらしくてたまらず、こつそり陣営をぬけだして、堤防づたひに敵状を眺めてゐると対岸にある曾根のあたりに敵陣があるらしく、左右に幕を張つて塁壁の修理を急いでゐる軍卒の姿が見えた。

『どうでごわす、——やつつけたら?』

河内が唆しかけるやうな声で野村に言つた。やらう、と眼顔で答へて、二人は火縄銃を肩にしたまゝ岸につないであつた小舟に乗つて一気に対岸にわたつた。水田の畦みちづたひに曾根の塁の十町ほど手前までちかづいたとき、二人の姿をみとめたのか塁壁の上に軍兵がぞろぞろとあつまつてきた。野村は火縄銃を肩からはづすとそのまゝ身構へして石垣の上に槍を突き立てゝ何か叫んでゐる男をめがけて一発ぶつ放したのだ。——手応へはたしかにあつたらしく、塁壁を掩ふ白煙が消え去つたときにはもうその男の姿は見えなかつた。時ならぬ小銃のひびきはうすく夕靄の立ちそめた川面をすべつて楽田にある島津の陣営にまで伝はつてきたのである。堤防に立つて、野村と河内の逃げてくる姿が見えたと思ふ間に三方から追ひかけた四、五十人の敵兵にかこまれてゐた。やうやく重囲をくぐりぬけて岸辺まで辿りついたもの、川をわたるべき手段もなく堤防の下をうろうろしてゐる。

『討たすな』

といふ声とともに本田親政の一隊十数名が鉄砲を乱射しながら小舟で川をわたり、むらがる敵兵を追ひちらして、遂に森かげにある民家に火を放ち夕闇の中をひきあげてきた。十数日を対峙したまゝで、どつちから先きに行動を開始するといふこともなく敵情偵察と味方に有利な流言の撒布に時を費してゐた両軍にとつて島津麾下の若者が不慮の発砲は期せずして戦場の沈黙をやぶる前哨戦の合図となつた。赤坂の陣営には、福島、池田、加藤、細川、井伊、本多、と、徳川方の中枢ともいふべき、猛雄、謀将が引きも切らずに詰めかけてくる。これに対して西軍の諸将も、やうやくそれぞれの任地に就いた。関ケ原にちかい山中村には大谷吉継がすでに陣を布いて赤坂の敵を睥睨してゐるし、中山道の要地不破《ふは》には脇坂安治が新関を設けて、近江路に抜けようとする敵の進路を塞いでゐる。一万に垂《なんな》んとする大軍を擁して、しかも去就定まらず、八月十七日に大坂を出発した小早川秀秋は近江に入つてから十四日間を石部にとゞまり、そこから伊勢の鈴鹿に引つかへして五、六日を遊猟に費し、緩慢な行動をくりかへしながら再び近江にもどつて高宮に大軍を駐めたまましきりに形勢を観望してゐたが、彼の態度に業を煮やした大垣の諸将は小早川の処分についての協議をかさねた末、いよいよ戸田重政が問責の使者となり、副使平塚為広同道で高宮へ派遣される段取りとなつた。――九月十三日の朝である。

三

戸田重政はもちろん生きてかへらうとは思つてゐなかつた。彼は城内評定の席でも、秀秋の去就が勝敗の岐れ目であることを主張してゐたほどで、家康のうしろ楯となつてゐる北政所の甥にあたる秀秋が、西軍に加担してゐるのは絶対にあやしいといふ疑ひを懐いてゐたゞけに、名は問責の使ではあつても事実は生還を期せぬ刺客であつた。しかし、秀秋はその頃すでに自分にまつはる流言の日に高まりつつあることを知つてゐたらしい。彼は形勢を観望してゐたゞけで公然と東軍に内応したわけではなく、唯強ひて言へば、三成の指図によつて動きたくなかつたのだ。黒田（長政）や浅野（幸長）の使者はすでに幾度となく彼をおとづれて、内応の勧告ではなしに「豊臣家への忠節」を全うするために堂々と東軍に連繋を保つことを勧めてゐる。しかし、今から東軍に赴くためには完全に時機を失してゐるのだ。日が経つにつれて自分が窮地に陥ちてゐるといふ認識が、ますます彼の出足を鈍らせてゐるときだつたので、彼は軍議と偽つて乗りこんできた戸田と平塚に進んで会ふ勇気がなかつた。主君病気のため、――と空々しい言ひぬけをして自分の代理に老臣稲葉正成を応接させ、こつそり襖のかげにかくれて聴いてゐると辞を低うしてしきりに対手をとりなしてゐる稲葉に向ひ戸田は不遜な放言をしてかへつていつた。当時の習はしからすれば生かしてかへすべき使者ではなかつたが、決死の覚悟をもつて乗りこんできた戸田の語気はすざましく、使者の両人が席を蹴つて立ちあがる気配をかんずると、やうやく二十歳を越えたばかりの秀秋は憤怒と苦悶のために総身を顫はせた。此処でもし彼が戸田を搦めとつて打首にでもしてゐたら、あるひは多少は後世の史家の解釈に変化を生じたかも知れぬ。老臣の稲葉、平岡(頼勝)等はもちろん「お家のため」――といふやうなきまり文句でいきりたつ彼をおさへたものらしい。しかし、戸田は戸田で、生還を欲しなかつたゞけに彼は自分を納得させるだけの決意をたゝきつけなければ、おめおめとかへることができなかつたのである。しかしその効果は時をうつさずしてあらはれてきた。――秀秋は甲斐甲斐しく武装した兵八千を率ゐ、棍棒を持つた百人の衛士に馬の前後をまもらせながら柏原まで進出してくると、わざと大垣には入らず、使者の口上で城内の諸将に申しおくつたのである。

『秀秋が豊家の社稷《しやしよく》を思ふの一念にいささかも渝《かは》るところはない、――遺憾ながら病気のため出陣を遷延してゐるうちに流言しきりに起ると聞いて此処までまゐつたが、内応の嫌疑を蒙つてゐるそれがしが城中に入るわけにはまゐらぬ、速かに東軍と一戦を交へ、然る後にお目にかからう、云々』

そのまゝ彼は軍を動かして南宮山に隣接する松尾山に陣地を占めたのである。大垣城内はこれがために沸然として湧きかへつた。考へやうによつては捨台詞のやうにもとれるし言葉どほり発奮したやうにも思はれないことはない。秀秋の心理を忖度すれば腹立ちまぎれにとびだしてきたといふかんじであらう。(このときすでに彼の老臣稲葉は黒田を通じて東軍とのあひだに盟約を成立させてゐたのである)

『何だ、――あの若さで』

と、島(左近)がにくにくしげにあご髯をしごいた。『せめて左衛門太夫(福島正則)の首でもとつてから大口を敲くがいい』

『いや』

と三成が落ちついた声で言つた。『裏切る所存がありさうにも見えぬ、裏切るとしたところで戦ふ気力もなささうではないか』

さう表面では言つたもの、しかし内心の不安はおさへることができなかつた。彼はその日(十四日)のうちに山中村にゐる大谷吉継を迎へて軍議を凝らした末、小早川を牽制するために大谷の陣営を藤川台にうつし、松尾山の麓を流れる藤古川の要所には脇坂、朽木、小川、赤座の各部隊を配置して自然に松尾山を包囲する陣形をとつた。その夜、大谷は病軀をおして山上の陣営をおとづれ、秀秋と向ひあつて進退に過誤のないやうにと説きすすめた。『今は些末な感情によつて動くべきときではない、――あれもよしこれもよしなぞと夢にも考へられてはならぬ、亡き太閤は中納言（秀秋）に対して、誰よりも愛情をかたむけてゐられたではないか、備前中納言（秀家）にも治部少にも人間的な欠点はあらう、しかし彼等が豊家の社稷を安泰ならしめようといふ志に偽るところはない。それにもかかはらず、真先きに采配を振るべき中納言が病に言を托して進退を不明瞭にしてゐられるのはまことに心外のいたりに堪へぬ、大垣の諸将の中には、中納言が関東に内応したと信じて立ちどころに処罰せよとひしめき騒いでゐるものもあるが、それがしは中納言を信じてゐる。くれぐれも亡き父上（隆景）の志を恥かしめぬやうにしていただきたい』

山上はすでに秋の気配にみちみちて、もう人の顔もさだかには見えなくなつてゐる大谷の眼にさへ雲の色がキラキラと輝いて見えた。秀秋は黙然として首をうなだれてゐたが、傍にゐた稲葉正成が、

『お言葉いちいち尤もとは存ずるが、殿には幼少からの太閤殿下の御恩を一日たりとも忘れてはゐられますまい、――常日頃から太閤殿下亡き後は幼君秀頼公のため命をかけた御奉公をつくしたいと申してをられます、今更、関東方に内応するなぞとは殿

の心事を知らぬうつけ者のたわごとで御座いませう、何卒そのことだけは御安心の上おひきとりを願ひたい』

と、渋りがちな声でいふと、大谷はそつと溜息を吐き、見えない眼にかすかな冷嘲をうかべながら、

『――いや、中納言が英邁の資を享けてゐられることはそれがしもよく存じてゐる。しかし、年少にして血気定まらぬとき側近の姦人にたばかられて前後の見境を失ふやうな結果に陥ることがないともかぎらぬ。貴公たちもよろしく注意を懈《おこた》らぬやうにしていたゞきたいものぢや』

底意のある言葉を残して大谷は藤川台の陣地へ下つていつた。秀秋の出陣によつて東西両軍の陣形はやうやく落ちつくべきところへ落ちついたのである。十三日、清洲を発つて岐阜に入つた家康はあくる日の未明に、馬標、旗鼓、銃隊、使番、――合せて二百人あまりの手兵をつれただけで沿道の人眼を避けながら、鵜舟数十艘をあつめて船橋をつくり、ひそかに長良川をわたつて中山道に出たが、わざと旧道を通つて神戸でひと休みし、その日の正午には赤坂の頂上にある岡山の陣営に入つてゐた。うす曇つた空の下に、たちまち金扇馬標は高く掲げられ、葵の章旗七旒、白旗二十旒、――左右に散在する味方の陣地を俯瞰してひるがへつたのである。いささか立ちおくれのかたちになつた立花宗茂が、一万二千の精鋭をすぐつて柳川を進発したといふ通知

が大垣城に届いたのもその日の午後で、戦機はいよいよ熟してきたのである。

四

その日（十四日）の正午、――棟瀬川に見張りをしてゐた斥候が息を切らせながら城門を入つてきた。

『赤坂の陣地が朝から移動してゐるらしき模様で、――岡山の上に見ゆるのはたしかに内府の旗じるしに相違ないと思はれまするが』

斥候はあとからあとからやつてきて、赤坂一帯にひるがへる旗差物が昨日からくらべると急に数を増してきたことを報じた。

『まさか、内府が』

と秀家は眉をひそめたが、しかし、敵陣が俄かに活気を呈してきたことだけは疑ふべくもなかつた。

『内府は上杉を対手に合戦最中であるといふ通知が昨日入つたばかりではないか。騒ぐにもほどがあるぞ、――軍を移動させて大軍が来たやうに見せかけてゐるだけのことぢや、伏見城でもわれわれは同じ手でやられてゐる』

島は苦々しげに呟いたが、しかし、それとなく観望してゐる三成の眼には旗差物の動きに何となく底力があるやうに映つてきた。

『どうも、をかしい、――何時もの手とは少しちがふぞ』

『それにしても内府著陣なぞとはもつてのほかぢや』

空うそぶくやうに島が顔をあげると、秀家は決然たる面もちを示して、

『内府著陣にしたところでおどろくことはあるまい、――敵が近寄つたら速かに一戦を交へるまでのことぢや』

『お説のとほりぢや』

島は大声で笑ひだしたが、内府著陣と聴いたゞけで群れさわぐ軍卒たちの顔には次第に不安と動揺の色があらはれてきたのである。かうなると軍卒の心理的動揺を防ぐためにも事実をたしかめねばならぬ。三成は半ば疑惧の思ひを懐きながら、秀家とともに百人足らずの手兵を率ゐて池尻口まで出てきた。小高い民家の屋根に梯子をかけて偵察してゐると岡山の森の上に白旗が幾すぢとなく風に煽られてゐる。

『ことによると』

三成が声をひそめて、『いよいよ内府が来たかも知れませぬぞ』

そこから一里あまり、――見とほしのきく水田ではあるが、曇り空のせゐか、物のかたちをハツキリと見定めることができなかつた。不審の点があるので、石田は宇喜多、小西の各隊からも一人づつ斥候をえらんで仔細に偵察させると、三人の斥候が時をうつさずにかへつてきた。

『たしかに内府著陣と見うけました、――岡山の手前にひるがへるのは正しく渡辺半蔵の旗差物と心得ます』

渡辺守綱（半蔵）は家康の持筒頭である。守綱の差物が見えたとすれば内府の来てゐることは、もはや疑ひを挟む余地がないのである。大垣城の内外をかためる軍卒たちも今まで口々に騒いでゐたが急にひつそりとなつて今は声を立てるものもなくなつた。そのあひだに赤坂の陣には威嚇的な移行動作がはじまつたらしく、今まで森のかげや峡谷にかくれて見えなかつた将領の旗差物の動いてゆくのが誰の眼にもハッキリ映つてきたのである。移動を開始した部隊は何時の間にか左右に大きくひろがつて、最前線が荒尾村でとまつたと思ふと、岡山のうしろの線は中山道を越えて横へ横へと伸びてゆく。兵力から言へば十万足らずであらうが、無限に湧いてくるやうな旗差物の数から推すと二三十万の大軍が動いてゐるやうに思はれる。

『あれは福島だ』

『右手が井伊で、そのうしろは本多ではないか？』

『そら、黒田が動いたぞ』

半ばの畏怖と半ばの好奇心が全軍の士気を一つの方向へ押しながしてゆく。三成は、殊更大げさな敵の示威運動の裏にある家康の魂胆を探らうとするかのやうに梯子に片肱を凭たせかけたまゝ、瞬きもせずに見詰めてゐたが、やがて『ふふん』と嘲けるやうな微笑をうかべた。

『内府もいざとなると芝居気の多い男ぢやのう、――まるでお祭りだ、虚勢にうろたへるやうな腰抜けは大垣には一人もゐまい』

さう呟きながらも、彼自身ぢつとしてゐられないやうな焦躁を覚えてきたのである。数日前から内府が清洲あたりに待機してゐさうな気配をかんじないわけでもなかつたが、しかし、まさか、――といふ否定の方がつよかつたのは、家康が会津を放棄して大坂にのぼつてくる筈はないと思つたからである。それほど彼は上杉と直江（兼続）の実力を過信してゐたが、それよりも錯覚は沿道の諸将との連絡が岐阜の落城によつてまつたくとぎれてしまつたために東北の形勢を完全に見失つたところにあつた。それ故、もし内府が長駆して赤坂に著いたとすれば、会津方面は味方にとつておそろしく不利な結果にみちびかれたものと解釈するよりほかに仕方がない。岡山を中心とする敵の陣形は大垣を前にしてやうやく所定の位置に落ちついた模様である。楝瀬川を前にして池田輝政、同じく長吉、少しはなれて生駒一正、浅野幸長、有馬豊氏、中村一栄、田中吉政、等、等、等。

『蹴ちらすには頃合ひのやつ等がならんでゐる――ひと泡吹かせてかへりませうか？』

島が言つた。

『よからう』

と三成が同意すると、秀家もすぐに同意した。もつとも手前にあるのは中村一栄、有馬豊氏の陣営である。（対岸から見ると棟瀬川は岡山の東を流れ、左岸に沿つて、木戸、一色、笠縫、笠水の村々が点在してゐる）

左近（島）は稲葉兵部、伊前頼母に命じて三百余人を出動させた。そのあとから蒲生郷舎《さといへ》が二百人あまりの兵を島の左手から桑畑のあひだを這ふやうにしてうしろに備へた。合せて五百人あまりの石田勢が棟瀬川をわたつて中村一栄の隊に近づいてゆくと、そのあとから明石掃部、本多但馬の率ゐる宇喜多の部隊の前衛がゆるゆると動きだした。島は鳴りをひそめて、木戸、一色の村落に入り、農夫の逃げ去つたあとの民家を楯として窪地の草むらに兵を散開させた。わざと敵を誘引するために水田の稲を刈つて見せたりしたのである。とたんに傾斜を描いた丘の中腹に陣を布いてゐた中村一栄の部隊から一人の鎧武者が柵を乗り越えたと思ふと、そのうしろの高地から不意に銃声がひびいた。中腰のまま稲を刈つてゐる石田の軍兵三人がバタバタと倒れた。草むらに散開してゐた島の鉄砲組の一人が、銃を擬した敵をねらつて一発放すと、みごとに胸板をつらぬいたらしく、前のめりになつたまま丘の傾斜面を転がり落ちてきた。すると今まで畑のうしろにかくれてゐた中村部隊の将兵が五百人あまり不意にをどりだしたと見る間もなく、隊長の野一色頼母、藪内匠を先頭にして窪地に潜伏した島の部隊に向つて殺到してきた。——敵は註文どほり陥穽にひつかかつたのである。

島の部隊はときどき発砲しながら、ぢりぢり後退して、予定の地点まで敵をおびきよせると急に潰走を装つて棟瀬川を渡つた。敵を追つて前へ前へと進みだしてきた中村の一隊も川を渡つて急追してきたが、そのとき、隊長の野一色頼母は対岸の葦の葉かげにちらちらと動く伏兵をみとめ、しまつたと思つたが、夕方になつて水量がふえたせゐか、馬を川中に乗り入れたまゝ、あとへ引くことができなくなつてしまつた。

『伏兵があるぞ、——馬をかへせ、深入りするな』

と声をかぎりに叫びながらも水勢に押されて川を渡つてしまつたのである。木戸、一色の民家にかくれてゐた島左近の一隊は一気に川岸に近づくが早いか、うしろから急流にさからひながら川を渡つてゆく中村隊の将士をねらひ撃ちにした。萌黄、黒糸、緋縅の鎧が夕靄の中を浮きつ沈みつからみあつてながれてゆく。それと見ると、中村部隊に隣接して竹藪の前に陣を布いてゐた有馬豊氏の部隊から二百人あまりの軍兵が島の鉄砲組のうしろを衝いて襲ひかかると、島は前隊と同じやうに棟瀬川まで追はれながら勝手を知つてゐる浅瀬づたひに隊伍を整へたまま対岸へ渡つてしまつた。

岡山に急造した櫓の上に坐つて夕食を喰ひながら面白さうにこの小競合ひを眺めてゐた家康も最初のうちは式部少輔（中村一栄）の手の者だけあつて、あの追ひ討ちのうまさはどうだ、などと近習をかへりみて息もとまらぬ追撃戦を嘆賞してゐたが、島の一隊が木戸、一色の民家からあらはれると、

『やられた！』

と、手に持つた箸をなげすて〻立ちあがつた。

『長追ひは無用ぢや、——川岸から早く引つかへせ』

しかし、今更どうしやうもない形勢になつてきた。中村の一隊がやうやく川を渡り終らうとしたとき、宇喜多家の勇士明石掃部が堤防の上に立つて大きく采配を振ると、岸にかくれてゐた将兵が一度に敵の正面に立ちふさがつた。隊長野一色は、節縄目の胴丸、白法衣の上から金色燦爛たる三幣をさし、鹿の角打つたる五枚兜の緒をしめ、鳥毛の二団子の馬標を高く押し立てながら、二間柄の大身の槍をひきしごき、

『やア、やア、われと思はんものは』

と、声高らかに名乗りをあげるひまもなく、宇喜多家中にその人ありと知られた浅香三左衛門が矢庭にとびかかつて組み合つたま〻、しばらくもみ合ふうちに二人とも折りかさなつて馬からころがり落ちた。狩野元信の合戦図では、野一色らしき大将が片足を馬の鞍にかけたま〻一太刀浴びせかけられて横ざまに転落しかけてゐるところが描いてある。——浅香三左衛門はみごとに首をうちとつた。

『誰かゐないか、早く兵を戻せ』

家康は唇を噛み、頰の肉を痙攣的に顫はせながら叫びつづけた。声に応じて本多（忠勝）の部隊が動き出さうとすると、

『待て、——高が小競合ひではないか、大軍を動かしてはならぬぞ、早く兵をさめてかへれ』

と、烈しい声で怒鳴りつけた。手勢五十騎あまりをつれて本多が棟瀬川にかけつけたときには、中村隊はほとんど全滅し、有馬隊の一部がちりぢりに川を渡つて逃げてくるところだつた。合戦図には黒糸縅の鎧を着た髯武者が川中に逃げ入つた敵の背後から片手をあげて呼びかけてゐるところが、うす墨をぼかして、いかにも夕方の景色らしく、逃げながら、かすかにうしろをふりかへつた若武者の顔を、一瞬間ではあるが、苦悶の色が颯つとかすめるところを描いてゐる。

五

棟瀬川は馬の屍骸、人の屍骸、鞍、鎧の類をうかべたまゝ、みるみるうちに暮れていつた。石田と宇喜多は牛屋村、遮那寺の門前で、続々とつめかけてくる将兵たちの持つてきた首実検を終へて、ひと先づ城内へかへつた。名あるもの、首が百あまり、これに平首を合せて三百あまりの首を一つ一つ丹念に検べて隊士の功績を帳簿にるし、やうやく溜飲のさがる思ひで、城門にあつまる味方の諸将に一揖をあたへてから、三成はすぐ軍略の評定にとりかかつた。棟瀬川の一戦はたしかに西軍の士気を奮ひ立たせるに充分なものがあつたと言へるであらう。しかし、大垣城内が戦勝の祝ひ酒で時ならぬ活気を呈してゐるときに、東軍の将領は家康の陣営にあつまつて大垣城攻略の軍議に時をすごしてゐたのである。諸将の意見はほとんど全部といつてもいいほど大垣を包囲して一挙にこれを屠るといふことに一致してゐた。揖斐《いび》川の水門を切つて水攻めにしてはといふ説を樹てるものもあつたが、家康はすぐには返事をあたへず、うん、うん、――とうなづきながら黙つて聴いてゐた。池田輝政と井伊直政は城攻め説の急先鋒で、先づ何よりも三成と秀家を殺せばその他の敵は自滅するであらう、――大旆を此処まで進めてきた以上、大垣を抜かずして大坂に上ることは徳川勢の威信に関はると口を極めて主張したが、そのとき、福島（正則）と本多が口をひらいた。

『いや、大垣もさることながら、あの小城一つ落すに全軍をもつてあたるにも及ぶまい。一部をもつて大垣攻略にあて、味方の主力は長駆して大坂を衝き安芸中納言（輝元）と決戦して、何よりも早く伏見に幽閉中の諸将の人質をおさめるやうにしたい。これこそ諸将の心を安定させる第一の方法である』――といふ意味の言葉をならべたてると、だまつて聴いてゐた家康がはじめて膝を敲いた。

『いづれも理に徹した意見には相違ないが、しかし、大垣を抜くのもそれほどたやすくはゆくまいぞ、――石田も必死であらうが、それよりも十万に及ぶ大軍を城中に追ひこんだら、兵糧にも弾薬にも不足のない城兵どもは相当の防戦をするに相違ない。それよりも、大坂へゆくと見せかけて敵を城内からおびきよせる手段が肝要ぢや』

両軍が対峙して早くも一ト月ちかくになる。家康は長い戦場生活の経験から来た勘で、戦機の熟するのは今明日のうちにあることを看取してゐたのである。合渡《がふど》の合戦以来、赤坂に集結してゐた味方の軍兵も、そろそろ心のゆるみを生じかけてゐる。家康の著陣は全軍に沁みひろがつてきた惰気を一掃させるための絶好の機会であるに相違ないが、しかしかういう時には味方に余裕が生ずれば生ずるほど、敵が焦躁をかんじてくるのは当然である。平野の戦争に自信のある家康は厭が応でも敵を城外におびき出さねばならないと考へてゐたのだ。その考へ方は時を経るにつれていよいよ動かすことのできないものになつてきたのである。家康は直ちに全軍を二手にわけ、その一部が近江路をぬけて佐和山に迫らうとする体勢をとつてゐるやうに見せかけた。すでに南宮山麓にある吉川（広家）とは内応の誓約までとりかはしてある。大津の京極は公然の味方である。松尾山の小早川の老臣稲葉正成は家康の薬籠中のものになりきつてゐる。——今は、大垣何するものぞ、といふ味方の虚勢に敵を乗じさせればいいのである。家康は赤坂一帯の村々に佐和山夜襲の説を流布させ、そのあとで雑兵たちには十五日早暁、竹中丹後守（重治）の居城である菩提城に陣替へをするための準備を急がせた。菩提城は岡山から西方二里関ケ原からは一里の地点にある。——夜のうちに東軍が動いたと見れば、敵が大垣にぢつとしてゐる筈がない。戦機をつかむに敏捷な家康が、奥州に強敵上杉を置きつぱなしにしたまゝで、目前に十万あまりの大軍を見のがしにして京都に主力を移動させる筈はないのである。もし、彼がほんとに大垣を放棄して大坂を衝いたとしたら、信州の真田を牽制することもできなくなるし、それよりも敵にとつてもつとも有力な部隊である立花宗茂が日ならずして大垣に入つてくるであらう。さうなると島津と連繫した九州勢はいかに関東の精鋭をもつてしても容易に抜くべからざるものとなることはいふまでもない。――表面落ちついたやうに見せかけてゐても、家康は一刻も早く決戦を試みようといふ気もちに唆しかけられてゐたのである。敵をおびきだすとすれば味方にもつとも有利な場所は関ケ原のほかにはない。吉川、小早川の内応は再三の交渉によつてほとんど確定的となつてゐる上に、松尾山の備へとして藤古川の前に陣を布いてゐる脇坂との連絡も、十四日になつていよいよ動かすことのできないものになつてきた。立つならば今である――たとひ棟瀬川の前哨戦で味方の一小部隊がやぶれたとしても、それがために大陣の軍兵が東軍を侮るといふわけのものではない。城内の形勢は家康の著陣と知つてやうやく士気に変化を生じようとしてゐるときでもあるし、吉川、小早川の謀叛はまだ西軍にはハツキリわかつてゐない筈である。それ故、今夜のうちに佐和山へ進出すると見せかけたら、三成は大垣を捨てゝ関ケ原へ出てくるかも知れぬ。もし、南宮山が内応してゐないとすれば関ケ原こそ西軍にとつても有利な地点であることを家康は知つてゐた。いづれにしても決戦の機会は今明日のほかにはない。城外にある西軍の陣営からは日に日に内応の部隊が続出しつつあるものゝ、しかし虚実の変化はその場の勢だけではどうにも決しがたいやうな複雑な機微を含んでゐる。三成がどうしても東軍の誘ひに乗つて来ないとしたら、本格的に菩提城に陣を布き、先づ藤川台にゐる大谷をうち払ふ必要がある。城外にゐる西軍にとつて心から恃みとするのはひとり大谷だけで、大谷が藤川台に在陣するかぎり佐和山街道と伊勢街道は敵の兵站線として確保されてゐるのだ。家康の心はこの際、戦略と駈引において当代随一と言はれる大谷を向ふに廻して一戦を試みようといふ余裕はなかつた。それよりもむしろ菩提城に進出して、一方大谷をおさへながら、佐和山の兵站線を遮断する、――そのあひだに、もし立花の大軍が大垣へ著くとしても、西軍は次第に兵糧の欠乏を訴へるやうになるし、南宮山と松尾山との連絡が次第に濃密になつてくれば大谷は孤立無援に陥つて自滅するよりほかに道がなくなる。家康は、三成の性格が佐和山の陥るのを見すごしてゐられないことを知つてゐる。それに刎頸の友である大谷が藤川台で東軍に包囲されてゐると聞いたら、あの多血質な男はどのやうな反対をしりぞけても必ず青野ケ原か垂井宿あたりまで軍を進めてくるに相違ない。その頃には秀忠の大軍も赤坂に到著するであらう。――家康の胸中には第二段、第三段につながる必勝の構へが予定されてゐたのである。

同じ夜、大垣城の天守閣、階下の部屋では棟瀬川の一戦でほつと息ついた西軍の将領が秀家を中心にしてしきりに軍議を練つてゐた。もちろん三成は蔭の総帥ではあるが、しかし地位、門閥、兵力からいつて秀家は自然に西軍を指揮する立場に置かれてゐたのである。――年齢と経歴から推してゆけば島津義弘（維新）が長老として担がれるべきが順当であるが、島津は飽くまで傍系の立場を固持して、城外の楽田に陣を布いたまゝ、進んで軍議に参与しようともしなかつた。それに、今日の出来事は一から十まで島（左近）の計らひで自分に何の相談もなく棟瀬川に出陣したといふことが、主将の義弘だけではなく血気に逸る島津部隊の軍兵のあひだに不穏の気をみなぎらしてゐたのである。それ故、城内からは再三の使者が立つて義弘を迎へに来たが彼は頑として動かなかつた。――棟瀬川をはさんで前哨戦を行ふとすれば、もつとも川岸にちかいところに陣どつてゐて、しかも、もつとも地勢の研究に綿密な注意を払つてゐる島津に一応の挨拶をするのが当然の義理であらう。それを平気で出しぬかうといふ島（左近）の個人的な反感をまざまざと見せつけられたやうな気もちで、義弘は索然とする感情をおさへかねてゐたのである。しかし、城内の評定が些末な問題に拘泥して次第に行悩みかけてきたときに、前の日から、昼飯（村名）、青野、桜井の諸村にそれとなく出しておいた味方の間者が踵をついでかへつてきた。あるものは、東軍の大部隊はすでに中山道を越えて佐和山口へさしかかつたといふし、あるものは、竹中丹後の菩提城に家康の陣替へが行はれたといふ。――

西向きの窓からつめたい風が急に吹きこんで来たと思ふと燭の光が消えて真つ暗に

なつた。
『雨ぢやぞ！』
小西（行長）が立ちあがつて窓から首をつきだした。『嵐になりさうな空模様ぢや、――明日は水田が池になるぢやらう、戦争も二三日、中やすみぢやな』
眼の前に垂れ下つた松の枝が吹きつのる風に撓みながら唸つてゐる。赤坂の陣営には灯かげ一つ見えなかつた。

六

燭のあかりがぽうつと部屋の中を照らしだしたときには三成の眼はあたらしい決意に燃えてゐた。『それがしに一案がある――天候の変化は正しくわれ等の運命の開くるところ、明日を俟たず今夜のうちに関ケ原へ進発して敵の主力を邀《むか》へ打たうと存ずる。これこそ、それがしが当初よりの秘策にて、藤川台の刑部（大谷）とはかねて謀《しめ》しあはせたるところ、今夜こそは逃すべからざる好機でござる』
三成は、笹尾山、天満山、池寺池、――と、中山道、北国街道を扼する要所要所を鉄扇のはしで床板を敲くやうにして指し示しながら、敵がもし菩提城に入つたら野外の陣は味方に不利になるが、一歩先んずれば東軍は袋の鼠であると、横溢する感情にまかせて説き進んだ。今まで何彼につけて消極的であつた三成が今夜ほど積極的になつたことはない。横にゐて聴いてゐる島の顔が急にいきいきと輝きだした。

『動くとすれば』

と、彼はうしろの壁にもたれてゐる明石掃部の方をふりかへつた。『早いに如くはあるまい。赤坂の敵は内府の得意な一夜陣ぢや、機先を制するには一時一刻を争はねばならぬ、――この雨は味方にも有利ぢやが敵にも有利ぢや』

『その作戦は』

と秀家が眉毛をぴりぴりと顫はせながら言つた。『もつとも当を得たものとは思ふが、今少しく敵の動きを眺めてからでもおそくはあるまい、――軍の進むは勢ひに乗ずるときでなければならぬ、棟瀬川の一戦だけでは味方の士気を奮ひ立たせるといふわけにはゆくまいし、それに』

と、彼はしばらく口ごもつてから、

『もし味方の軍兵どもが退陣と思ひ、怯気だつやうになつてはな』

『そのやうな懸念には及ぶまい。一手の勢を大垣に残しておけば、やがて柳川侍従（宗茂）の軍も到著する筈、――敵は菩提城に立てこもるとも、赤坂には主力部隊を残してすぐさま城攻めにとりかかるに相違ない。城にこもると見せかけて関ケ原へ進出すれば直ちに敵の虚を衝くこともできる』

『しかし、何にせよ、これだけの大軍が移動するのを敵に気どられずに済ませるといふわけにはゆくまい――』

小西が何時になく沈痛な声で言つた。『佐和山を抜くといふものもそれがしの意見をもつてすればどうやら味方をおびやかす流言らしい、――察するところ内府はわれ等をおびき寄せようとしてゐるらしい、迂濶にその手には乗ぜられまいぞ。今日、野戦となつたら内府の右に出づる者のないことは軍兵どもさへよく存じてゐる。唯でさへ怯気づいてゐるところへ、夜中、関ケ原出陣と聴いたら味方の士気が沮喪することは必定である。一歩進めば虎となり、一歩退けば鼠となるのが駈引の習ひぢや。それにひきかへて敵は戦はずして勇気百倍するものと思はれる。それよりも、運を天にまかせて味方の兵を三手に分ち、一手をもつて内府の旗本へ夜討をかけ、一手を旗本近き備へに向け、残る一手にて諸方援兵の通路をふさぎ、赤坂の町家在家を焼き払へば形勢はおのづから味方に有利な動きに変つてくる』

さういふ論議をかさねてゐるところへ、島津（義弘）の代理として豊久が入つてきた。義弘は麾下の隊長押川公近に命じて夜のうちに赤坂の敵情を偵察させてゐたところが、赤坂の敵兵はいづれも守備を整へず、――主だつた軍兵たちは雨をしのぐために民家の軒下や森かげに仮小屋をつくり、甲冑を枕にして眠つてゐるといふことがわかつたのである。

『敵が菩提城に陣替へするなぞとは流言の甚しきものと存ぜられる、――主君義弘は関ケ原表へ出陣することに同意ではあるが、その前に薩摩勢一手をもつて内府の本陣に夜討をかけ一挙に勝敗を決したき所存、もし何人か後陣にお備へ下されば義弘自ら陣頭に立ち必ず先鋒を承る』

と申し入れたが、三成が返事に窮してゐるうちに、島が膝を乗りだした。

『堂々の勝敗を決しようとする前に夜討なぞは枝葉の儀と心得る、――大事を決行するに先立つて事を誤るやうなことは差控へられたい。およそ夜討は寡をもつて衆に向ふところに格別の味ひを残すものぢや。未だ大兵を持つて寡兵にあたるといふことは聞いたことが御座らぬ』

この当時の武将たちがどういふ言葉で応対してゐたかといふことが不明だから、この二人の切迫した感情を会話によつて示すことは困難であるが、――必ずしも義弘に感情的なこだわりを持ちつゞけるほど島が小人物であつたとは考へられぬ。もとより深い魂胆のあるべき道理はないが、機会あるごとに島津と島の意見の喰ひちがひを示してゐたことだけは事実である。見かはした二人の顔には殺気がながれた。豊久は眼をしばたゝき、苦しさうに唇をへしゆがめたまゝ挨拶もしないで席を蹴つてかへつていつた。

七

大垣の城をへたに持ちなして熟せぬさきに落ちる治部少、――といふ当時の落首が赤坂近在の村々に伝へ残されてゐる。今の言葉で言へば、家康が命じて伝播させた宣伝ポスターの一種であらうか。豊久がかへつてきて城内評定の趣をつたへると、義弘麾下の若武者たちが口々にさわぎだした。義弘はいきりたつた将士の姿を冷やかな眼で見送りながら、

『騒ぐな』

と、ひびきのこもつた声でさけんだ。『薩摩は薩摩で勝手に動く、――他人の指図では動かぬぞ』

雨のせゐか、棟瀬川の瀬音が断続的に高まつて聴えてくる。板をかけて、その上を蓆で掩つた営舎に雨がしみとほつて鎧の下着までびしよぬれになつた。鉄砲組は鉄砲を合羽様の袋におさめ、馬の背につみあげてからその上にまた鎧をかけた。赤坂の丘の上がぼうつとあかるくなつて炬火《たいまつ》の光りが西へ西へと動いてゆく。そこへ城内から蒲生郷舍が駈けつけてきた。『いよいよ関ケ原出陣と決定いたしました、――兵庫頭殿（義弘）は第二陣』

と言つてから、『第一陣は治部少輔、第二陣が兵庫頭殿、第三陣が摂津守殿、備前

中納言殿、殿《しんが》りときまりました。早速進発の用意を整へられたい』

と、義弘の陣屋の入口に突つ立つたまゝで早口にさけんだ。

『承知いたした』

義弘のふかい濁み声が屋根をうつ豪雨の中から聞えてきた。出動の準備が出来ると義弘は部下に命じて陣地の裏手にある竹藪の中からなるべく太い竹をきりとらせ、それを一間ぐらゐの間隔をおいては棟瀬川の堤防につき立てた。その一つ一つに白旗を結《ゆは》ひつけて、夜があけてからでもそこに島津の軍勢が滞陣してゐるやうに見せかけ、騎馬隊を先頭にして大垣城内へ入ると、すでに勢ぞろひした石田の部隊の先登は京口から出てゆくところであつた。紺糸縅の鎧に身をかためた三成をかこむ本隊が動きだすと、提灯の光が左右に動いて闇の中に義弘の顔がうかびあがつた。

『兵庫頭殿、——御苦労に存ずる、お先きへ』

と、そのまゝ三成の姿は二ノ丸の裏手へ消えていつた。雨はその頃から急に烈しさを加へ、嘶き声を出さぬやうに舌をくくりつけられた馬があと脚で泥濘を蹴返へす音が気魂ましく聞える。大垣城の本丸には福原長尭、二ノ丸には熊谷直盛、三ノ丸には秋月種長を残し、城兵七千五百をとどめて徳川軍の来襲に備へた。城内は平常とかはらぬやうに見せかけるために、ときどき提灯の火を窓のあたりにちらつかせた。石田の輜重隊の轍の音が遠のいてゆくと、島津部隊があとにつづいて動きだした。水田はもう水びたしになつて夜眼にも白く輝いて見える。輜重隊の通つたあとは、たちまち道が凸凹になり窩みになつた水たまりに片足を踏みこむと容易にひきぬくことができなかつた。

行手は雨にとざされた深い闇である。石田部隊の先登は南棟瀬村を左に見て、青柳から舟越にさしかかつたところで水田の中に道を見失つてしまつた。

『行け、真つすぐに行け！』

と、うろうろしてゐる雑兵のうしろから蓑を着た隊長らしい男が叫んだ。先きに立つて雑兵の一人がかまはず水田の中へ足を踏み入れるとそのまゝするすると吸ひこまれるやうに見えなくなつてしまつた。

『右ぢや、右ぢや』

と、誰かゞ疳高い声でさけんだ。道は何時の間にか川に沿つてゐるのだ。川にはまつた雑兵がずぶぬれになつて這ひあがつてきた。ざぶん、――と大きな音がして、馬が水田の中に倒れたらしい。舌をくくつた綱がはづれたのか、必死になつていななく声が聞えると、『殺せ！』と誰かゞさけんだ。闇の中に槍の穂先がひらめいたゞけで馬は両脚をバタつかせたまま動かなくなつてしまつた。

蛇持から宇田にかかる頃になつて雨が少し小やみになつたと思ふと風がするどさを加へてきた。秋だといふのに大気は氷りつくやうで、苦しさうに咳をする声が行軍の中から聞えてくる。――道はだんだん急坂になつて、牧田川の堤防が行手に黒々と影を曳いてゐる。

立ちどまると雑兵たちはもう雨のしみとほつた具足の重みで身動きもできないほどの疲労を覚えた。口を縛られた馬が狂気のやうになつて足をバタつかせる。

『あ、灯《あかり》が』

かすかに叫ぶ声が聞えた。牧田川の橋をわたると、南宮山が闇の空を劃つて魔物のやうにうかびあがつた。大垣から一里は来たであらう、――栗原山の麓に夜眼にもそれとわかるほど篝火が小さく風にゆれてゐる。道は次第にほそく、腰を没するばかりの草むらに出ると軍兵たちは急に蘇生したやうな思ひで顔を見合せた。栗原山の麓には長曾我部盛親の陣地がある。篝火は風に吹きとばされたやうに空に舞ひあがつたと思ふと、今にも消えると思ふほど小さくなつた。軍の中央に馬を進めてゐる三成の眼にも、それがハツキリと映つたのである。横にしぶく雨を避けるためにときどき彼は前かゞみになつた。

南宮山は黙々として戦機の秘密をかくしてそびえてゐる。昨日からの下痢で彼はかすかな腹痛を覚えたが、それをぢつとこらへてゐると両腋にあぶら汗がじつとりとにぢんでくる。――篝火は消えかけたと思ふと、また明るくなつた。今は行手に目じるしとなるものはあの小さな篝火だけだ。三成は馬の手綱をひきしめながら、やつと今日の夕方までの二夕月にあまる苦しい作戦のあとを思ひうかべた。何か心のやすらかな、閑かな気もちだつた。道が左へそれると篝火は森にさへぎられて見えなくなつたが、短い峠を越えるとたちまち大きく燃えひろがつた。

『馬の口を解け！』

と、前隊を率ゐる島（左近）の命令で、つぎつぎに舌をからんだ綱が解かれると、馬は前脚を突つ張り、はねあがるやうにして幾声となく大きくいなないた。うしろから使番の手の者が駈けつけてきた。――『備前中納言殿、唯今、京口を出発いたされました、順序万端いささかも狂ふところなく』

息せき切つていふ声が夜風の中に消えてゆく。

長曾我部の陣はもう眼と鼻のところにある。明日の運命を卜するやうに三成は闇を照らす焔の色を瞬きもせずに見詰めてゐた。何とも知れず心の底からどよめきかへしてくるものがある。どうしてあんなに躊躇したり逡巡したり狐疑したりしてその日その日の動きに大事をとりすぎてゐたのかと思ふと不思議な気がするほど、今は作戦からも人事関係からも、そして絶えず内府の裏を掻かうとする苦心からも解放せられて、唯運命の決戦を前にしてゐるのだといふ気もちだけに駆りたてられた。大垣を発つたのは八時少し前であつたが、南宮山の下まで二里半の道を、普通なら三時間はかからぬであらうが、しかし、間道づたひにやつてきたので難行軍のかぎりをつくして、やつと栗原山にちかづいたときはすでに十二時ちかくになつてゐた。前衛部隊から早駈けの注進があつたせゐか、峠をうしろに控へて陣を布いてゐる長曾我部の陣はちかづくにつれて時ならぬざわめきを呈してゐる。小やみになつたと思はれた雨は石田の部隊が栗原山に著いた頃から、またしても大地の底がぬけるかと思ふばかりに降りつづけた。盛親（長曾我部）は寝しづまつてゐる栗原村の民家を片つぱしからたゝき起して、続々と到著する部隊の休息所をつくつた。将士たちが番茶、雑炊の接待をうけて、ほつとひと息つぐひまもなく直ちに進発の命令が発せられて、先登の隊は二十数本の炬火の火に道を照らしながら南宮山を迂廻して中山道を横切り、藤川台に燃える篝火を目じるしに行進していつた。途中、雨にうたれて炬火は一つ一つ消えてゆき、あたりが真つ暗になると、行手には樹の間がくれに藤川台の篝火だけが狐火のやうにちよろちよろと燃えてゐる。（三成は柏原彦右衛門を代理として、従卒三十人をつけ、南宮山のうしろにゐる長束正家、安国寺恵瓊の部隊との連絡をとるやうに命じた。——これに長曾我部を合せた三部隊は戦機の変化に従つて出没するやうに備へられた影の部隊である）

夜あけが次第に迫つてくる。道を急がねばならぬ。彼は左手の杉樹立にかこまれた峡谷に陣を布いてゐる吉川部隊に島（左近）を走らせて、今日の決戦の手筈をあますところなく報告させた。南宮山の頂上にゐる毛利の部隊までは一里あまりの山道をのぼらねばならぬ、——最初の手筈では自ら秀元の陣営をおとづれて昨夜の軍議の結果をつたへるつもりであつたが、途中で手間どつたので時間を費してゐるわけにゆかなくなつてきたのである。昨日までの三成は大坂にゐる輝元の出馬を待ちこがれてゐたのだ。しかし、今となるとそんなことはもうどうでもよかつた。秀元に戦意のないことは上るに一時間、下るに三十分、兵を動かすに困難な山上にわざわざ陣を布いたことをもつてしても容易に看取することができる。しかし、彼はかりにも西軍の総帥である輝元が大坂にゐるかぎり、吉川（広家）がどのやうな策謀をめぐらさうとも南宮山が家康に内応しようなどはおくびにも考へてゐなかつた。もはや彼は秀元の出動を期待してゐるのではなく、唯、友軍の位置だけを保つて、そのまゝ山上を動かずにぢつとしてゐてさへくれればそれでいいのである。勝負はもはや数時間の後に迫つてゐるのだ。小早川の挙動に信ずべからざるものがあるとしても力で押し切ればどうにでもなる。藤川台にある大谷の陣営には篝火の数が一つ二つとふえてきた。三成は全身に勇気の湧きみちるのを覚えながら、闇を焦がす焔の色の中に死生を共にした二十年来の友情を今更のやうにひしひしとかんじないではゐられなかつた。三月前の七月七日、大谷は平塚為広とともに家康によつて動員せられた会津征伐の一部隊として千人あまりの兵を率ゐて敦賀から垂井へ出てくると、すぐ佐和山に蟄居中の三成をたづねてやつてきた。そのとき彼は、はじめて大谷の耳に大事をうちあけたのだ。大谷はその計画に心から反対の意見を述べた。家康の勢力が今日となつては到底覆へすことのできないほど底力のあるものであることを彼は信じてゐたからである。時を待て、——と大谷はくりかへし三成を諌めて垂井へかへつたが、しかし三日間垂井にとゞまつてゐるあひだに腹心の平塚（為広）を二度まで佐和山へ使者に立て三成の計画を思ひとまらせようとしたが、つひに初志をひるがへさせることができないとわかると、兵を率ゐて佐和山へ乗り込んできた。七月十一日の夜中で、大谷は前にあつたときとくらべるとまるで人が変つたやうな闊達な態度で、『過ぐる年、——一命を貴公にやらうと誓つたことがある、迂闊にもわすれてゐたよ』と、嗄れた濁み声で笑ひだした。太閤在世の折、伏見桃山の茶の席で癩質の彼が不覚にも衆人環視の中に鼻汁をおとした茶碗をつかんだまゝ、どきつと狼狽へながら処置に困じはて、ゐるのを横にゐた三成が誰にも気づかれないやうなやすらかさでそつとうけとり、ひと息に飲みほしてしまつたことがある。そのかへりみち、刑部（大谷）は、

『治少』

と感に迫つた声で呼びかけた。『吉継の命の要るときがあつたらいつなんどきでも言つてくれよ』

その、きれぎれのおもひでが三成の頭の中をひらめくやうに通りすぎたのである。

刑部よ、生くるも死ぬるも今は問ふところでない、大垣滞陣の苦しさをおん身だけはわかつてくれるであらう、とにかくおれの仕事もやつと此処まで漕ぎつけたのだ、今のおれには野心もなければ行きがかりもない、唯、動いてゆく時間の中に、おれはおれの運命を信じて立つてゐるのだ、あらゆるものを、――さうだ、あらゆるものを、亡き太閤への報恩の志も、何ものに対してとも知れずわきかへる憤怒も、義理も人情も、父も妻も、わが子への愛情も、名誉も、夢も、屈辱も、忍苦も、人に対する気兼ねも、誇も、ありとあらゆるものを大垣へ残して、おれは今こそ誰にも遠慮のない三軍を叱咤する大将軍として関ケ原の夜あけを待つてゐるのだ。

提灯の灯が一つするすると峠の坂をすべつてきた。大谷の陣営から迎への使者が来たのであらう。闇のふかさがそれとハツキリわかるほど藤川台に焚く炬火は真紅の色をうかばせてゐる。そこでひと先づ部隊を休息させ後続部隊の到著するのを待つてそれぞれ予定の部署へ就く筈であつた。

八

赤坂にちかい曾根城をまもつてゐた西尾光教のところから家康のゐた岡山の陣へ急ぎの使者がやつてきて大垣の城内がしきりに動揺して大軍の移動するらしい模様であると伝へた。斥候はすぐ棟瀬川をわたつて八方へ散つていつたが、まもなく西尾の陣地へ、数日前からこつそり大垣へ潜入させてゐた領家村の郷士久世助兵衛がずぶ濡れになつてかへつてきた。

『籠城の大垣勢は八時頃より繰りだして間道づたひに野口の方向へ動き出したやうに見うけました』

『総勢何程か？』

と、西尾が瞳を輝やかすと、

『――それが』

久世は苦しさうに息を吐いた。『夜陰、ことに大雨の中にて、どの手のものか見分けることができず、――軍勢はいづれも差物を伏せ、馬の舌を縛つて、後陣はまだ城内を繰出す途中で御座いませう』

西尾がそのまゝ、家康の陣に駈けつけると、その夜、中山道、昼飯村まで軍を移動させてゐた福島の家臣祖父江法斎が、おびたゞしき炬火の数を南宮山の麓に見たといふ注進をもたらしてきたところだつた。つづいて遠見の兵が続々とかへつてきて、それぞれ報告するところをつなぎ合すと、大垣籠城の主力部隊はことごとく豪雨に乗じて関ケ原へ退陣したといふ見当がついてきた。家康が眼を瞑ぢたまゝ報告を聴いてゐると、石川忠綱が上体をゆすぶりながら、

『敵は中山道をはさんで陣を布くものと心得ます、――安芸中納言（秀元）すでに盟

約をとり交はしたる上は、何よりも先に大垣を攻め落し、勢ひに乗じて関ケ原の敵を一蹴されることこそもつとも肝要と存じまするが』

とたんに家康が立ちあがつた。『出陣の用意をいたせ、——袋の鼠を生捕らずに大垣などにかまつてゐられるか！』

彼は法斎の方を向いて大声で笑ひながら、直ちにかへつて正則に先発の用意をせよと命じた。

どしや降りの雨の水を湛へた水田は、丘をめぐる陣屋陣屋に焚く篝火をうつして昼のやうにあかるくなつた。午前三時である。——陣容はたちまち整備されて、倅の下野守忠吉を大将とし、井伊、本多が軍監としてこれを補佐することを命ぜられた。部隊は中山道に入つてあたらしく隊伍を整へ、右手の一番は福島正則、二番は細川忠興、三番は加藤嘉明、四番は黒田長政、五番は田中吉政、六番は筒井定次、七番は井伊直政、八番は本多忠勝、九番は下野守忠吉、十番は藤堂高虎、十一番は蜂須賀至鎮、十二番は織田有楽斎。左手の一番は京極高知、二番は金森法印、三番は生駒親正、——池田輝政、浅野幸長は南宮山の影の部隊に備へるために牧田路に向つて進み、総勢合せて八万九千三百三十余人。同志討ちを避けるために雑兵どもには角取紙を右の肩につけさせ、「山カ山」の合言葉を定めて海のやうな軍勢は関ケ原に向つて動きだした。

# 第二篇

## 一

濃尾平野は水に恵まれてゐる。旧中山道に沿つて走る東海道線が大垣にちかづくと高原地帯の展望は急にあかるくひらけてくる。六月の雨期ならば緑の色はひとしほふかく、平原を縦横につらぬくクリークには水があふれて、竹林の多い渓谷は雨に煙り、丘も林も水の中からうかびあがつたかと思はれるほど一種凄絶の趣きを呈する。もし空が晴れて嶮しく裾をひく伊吹山が突如として行手の空に浮びあがると絶巓を掩ふ雲の往き来の激しさに心を奪はれる瞬間がある。私（作者）は今まで伊吹ほど雄峻を極めた山を見たことがない。それは唯、男性的であるといふだけではなく、標高八千一百尺の伊吹は真夏でさへも雲の切れ目に輝くやうな雪の色を残してゐるが、九月に入ると四辺の風物が蕭殺の気に充ちみちてゐるだけに伊吹を仰ぎ見ることは切ないほどの感慨に襲はれる。その山麓は東と西にゆるやかな緑を描いてわかれ、東に伸びた山脈は相川山から金生山につらなり、西に走る山脈は起伏の多い高原を大きく抱へるやうにして近江の国境に達してゐる。その山麓から横へはみだした松尾山は平井谷川と藤古川にはさまれ、西につづく南宮山は牧田川と相川とにかこまれ、中山道をへだて、孤立する相川山と向ひ合つてゐる。この四周山によつて劃られた一里平方の窪地が関ケ原なのである。作者はすでに前篇において、豪雨の中を大垣城をぬけだした西軍の第一陣石田部隊が南宮山の麓にある長曾我部盛親の陣地を通過して松尾山麓の藤川台にある大谷吉継の幕営まで辿りついたところまで述べた。時は慶長五年九月十四日、――午後八時に大垣城の裏門を出た六千有余の石田部隊が牧田路を迂廻して南宮山の麓、栗原山に辿りつくまでに七時間を要したといふことだけでも（今日のハイキングコースに要する時間は一時間をもつて足れりとされてゐる）雨の中の行軍がいかに難渋を極めたかといふことは案ずるにあまりあるものがあるであらう。古書によると濃尾一帯は大海漫々として赤坂金生川より新加納まで七里の渡しがあつたといふことであるが、有史以前には海の底であつたこのあたりが、木曾、長良、揖斐等の諸川の水源地から押し流されてきた土砂によつて自然に三角洲を形成し、それが今日の平原をつくりあげたとすれば、当時水田のふかさが雨期に入ると全身を没するばかりになつたといふことも充分推察される。

戦闘部隊はまだしもとして、輜重隊の行進は並大抵の苦労ではなかつた。水の中に方角を失つて川に溺れ、或は水田に陥ちこんで身動きのとれなくなつた人馬は数十を数へるほどで、命からがら――といふのは少しく誇張にすぎるが、雨は鎧の草摺に沁み、腹巻に沁み、脛当にまで沁みとほり、やうやく栗原山に著いた将兵が隊伍を整へて相川山麓にある笹尾山に陣地を構へるまでには更に数時間を費さねばならぬ始末だつた。第二番隊の島津は豊久の兵を合はせてやうやく一千に足らず、輜重隊が尠いだけにその行軍は比較的迅速を極めたが、伊吹山をうしろにして池寺池を右に、北国街道に沿つて白地に黒十文字の旗を立て、中山道に向つて一番備に島津豊久、右に山田有栄、北に流れて長寿院盛淳、入来院重時と不抜の堅陣を構へたときには早くも五時をすぎてゐた。第三番隊の小西行長は島津におくれること一時間、――この頃から雨は次第に小やみになつてきたが、大垣脱出に最初から反対であつた彼は（前篇参照）軍を纏める気力を喪失してゐた。すでに後陣の準備を整へ終つた宇喜多部隊から再三の勧告をうけてやむなく最後の決意をかためたのである。朝鮮の役に勇名を轟かした彼が関ケ原の決戦に闘志を失つたのは大垣籠城説に固執しすぎたがためであることはいふまでもないが、仮りにも一方の大将である自分の献策が石田の一部将にすぎぬ島勝猛（左近）によつて一蹴された感情の鬱結はどうにも処理のつかないものにならうとしてゐた。此際特記しなければならぬことは、小西がキリスト教の信者であり、その信仰的な性格のために強引な運命観に徹することができなかつたといふことである。言つてみれば、仕切なくして土俵にのぼつた力士のやうなもので、家康の合法的戦法を知つてゐる彼は治部少輔のためにわが身を滅ぼさねばならぬ運命をどうしても甘受することができなかつたのである。小西は戦はずして進退に窮した。しかし、今となって友軍を見捨てるには忍びないものがあり、とは言へ敵に内応する手がかりもないし、あつたところで時機はすでに逸してゐる。止むなく出陣と決した彼は大垣城外の陣営に部将をあつめて別離の酒を汲み交はした。

『心なき戦場に赴く行長の口惜しさを察してくれ、行長は治少をこれほどの臆病者とは思はなかつた、――みごとに一杯喰はされたのだ、しかし、それも今となっては誰を恨むわけにもゆかぬ、唯、いかにしてもあきらめきれぬのは朝鮮の役以来寝食を共にしたおん身等の軍功を泥土に葬り去ることである。思ふにこれも前世の約束であらう、かくなつた上からは行長が生前に犯した過失は必ず死後の世界においてとりもどしてみせる、将士たちよ、――最後の一戦に後れをとることなく花々しく討死してせめてもの勇名を後の世までもとどめてくれ』

彼の部将がことごとくキリスト教徒であつたかどうかといふことは今にいたるまで不分明であるが尠くとも行長だけは永世を信じてゐた。私（作者）はあるところで行長が髪をふりみだし全身に数本の矢をうけて前かゞみになりながら血刀を杖に立つてゐる錦絵を見たことがあるが、この悲劇的な相貌と比べたら孤身伊吹山に逃れた三成のうしろ姿の方にまだしも男子の本懐を全うした男の明るさがある。これは余談であるが、とも角も敗北の味気なさを決死の覚悟の中に封じこめた行長の部隊は、そぼ降る雨の中を動きだしたのである。難行軍をもつて栗原山に辿りついた石田、島津の部隊が途中に置き忘れた馬具、兵糧の類が泥田の上にうかんでゐたり、道に散乱してゐるのを見て、彼の痛憤はひとしほ切実なものがあつたと思はれる。その兵数三千人、――やうやく石原峠を下り藤古川をわたつて天満山麓に陣を布いたときには二千人あまりの兵数を数へるのみであつた。どの部隊からも脱出者や逃亡者は相当に多かつたやうであるが、小西の部隊において特にそれが目立つたのも当時の事情をもつてすれば止むを得なかつたのであらう。小西の旗印は白地に日ノ丸である。島津の陣とは池寺池をはさんで連繫が保たれることになつた。

六時をすぎたが空は真つ暗である。そこへ赤地吹貫の大馬印をかこんで白地に太鼓丸の紋を描いた宇喜多の旗印が南天満山麓にあふれてきた。総勢一万八千、――大垣城に福原、熊谷、秋月等の諸将を残して宇喜多部隊が大垣を進発する頃には東軍の先鋒福島部隊と黒田部隊は早くも関ケ原に到著してゐた。この先鋒が不破の関の前で街道を越えてゆく宇喜多部隊の輜重隊と期せずして擦れちがつた。闇の中ではあるし、最初は敵か味方か見分けもつかなかつたが、

『山か!』

と合言葉をかけられて宇喜多の輜重隊はやうやく、敵であることがわかつたらしく、俄かに小荷駄を積んだ馬を捨てゝ逃げ出さうとした。それをきほひ立つた福島部隊の先手の兵がすかさず追つて突き伏せた。敵が間近にあることは両軍ともわかつたが、

味方かと思ふと敵であつたり、敵だと思ふと味方であつたり、――陣地がどこにあるかわかる道理もなく、それぞれ斥候を派遣して敵の所在をたしかめるまでに一時間あまりを要した。東軍は一歩おくれて関ケ原に着いたが難行軍のために疲れた西軍とくらべると動作が敏速であつたことはいふまでもあるまい。いづれにしても、西軍は宇喜多隊の到著によつて全軍の配備が整つた。総勢一万八千を数へる宇喜多部隊であるために戦闘陣形をかたちづくるまで相当に時間がかかつたが、しかし、さすがは五十七万四千石、備前岡山を居城とする中納言秀家を主将にいたゞく部隊だけに、部将の連絡はかたく保たれ、川尻直冬、石河貞清、布施屋飛騨守等の勇将がそれぞれの部署をまもつて五段構への堅陣が扇をひらくやうに備へられた。かくて中山道をへだてて伊賀山麓の高地はことごとく西軍によつて占められたのである。北は相川山の前額部ともいふべき笹尾山から西は天満山、藤川台から松尾山、東南に伸びて南宮山から栗原山にいたる関ケ原包囲の総兵力は合せて十万八千人を数へ得るであらう。松尾山の友軍小早川部隊を監視する任を帯びた大谷部隊は、戸田重政、平塚為広の部隊を合せて二千五百余人、これを二タ手に分けて、吉継の甥、木下頼継が中山道を扼し、吉継は、手兵六百を率ゐて藤古川を俯瞰する藤川台に陣を布いた。南天満山から池寺池までは土地が急勾配になつて、宇喜多部隊から小西部隊、島津部隊と下つて、北国街道を越えた笹尾山の石田部隊とつらなり、これが松尾山麓にある脇坂部隊と連結することによつて絶対に有利な地形を占めることになるのである。不安定なのは南宮山にある毛利部隊と山麓に控へた吉川部隊、——それに影の部隊として南宮山の裏にかくれた長曾我部、安国寺、長束の三部隊であるが、西軍の主力ともいふべき毛利部隊の動向は夜あけがちかづくにつれていよいよ不安定になつてきた。午前六時までに完全な連絡の保たれてゐるのは石田、島津、小西、宇喜多、大谷の諸部隊、兵力合せて四万あまりにすぎず、石田の使者は幾度となく泥濘の山道に馬を南宮山に走らせ、時機の切迫したことを報じたが、二万八千を数へる毛利勢は容易に動く気配もなく、当然表面の総大将たるべき毛利秀元の決意は一刻ごとに稀薄になつてくるもののやうに思はれる。秀元にしても戦意があつたら、のぼるに一時間、下るにもまた三十分を要する南宮山の絶頂に陣を布く道理はなかつたであらう。そのとき、夜霧のふかい藤川台の陣営で三成は癩のために視力を失つてゐる大谷としきりに軍議を凝らしてゐた。東の空が次第にあかるくなつてくる。——南天満山の麓にある宇喜多部隊の陣営も次第に整備してきたらしい。篝火が樹立を縫つて慌しく動いてゐるのが見えてきた。松尾山の小早川に備へるために大谷部隊と水も洩らさぬ連絡を保つて朽木、赤座、小川の部隊が藤古川の川岸を窪地の方へ移動してゆく。ひとたび関ケ原を訪れたことのあるものは、この陣形が石田方にとつて必勝の構へであることを容易に納得することができるであらう。西北の空を劃る伊吹山はそのとき雲にかくれて見えなかつたが、右に南宮山、松尾山は薄明の空に一種の妖気を湛へて聳えてゐる。南宮山の山勢がゆるく平原につらなるところに桃配山《ももくばり》が小さく影をうかべ、中山道は左右に起伏する山脈のあひだをいうういうと伸びて次第にふかい密林の中へ消えてゆくのである。中山道をのぼつてくる敵は笹尾山、天満山の要地を占めた石田方によつて側面をおびやかされねばならぬ陣形なのである。もし霽れてゐたら赤坂から殺到してくる敵の行動は手にとるやうに見えたであらう。しかし、前の夜の豪雨のために峡谷は闇につつまれ、濃霧のために物のかたちを見定めることができなかつた。闇の中の小競合はいたるところに演ぜられたが、しかし、それも前哨戦にはならず、両軍とも引つきりなしに斥候を出してやうやく敵の所在をたしかめたにすぎなかつた。

最初に到著した石田部隊は、このとき小関村一帯に陣地を占め、北国街道をおさへて敵の通路を遮つた。三成の本陣はその北方にあたる笹尾山の上にある。笹尾山は、山といふよりも、むしろ丘といふにふさはしく、山全体が竹林と雑木林のなかにかくれてゐる。私（作者）はすでに数度となく笹尾山にのぼつた経験があるが、家康の本陣を占めた桃配山は指呼のあひだにあり、相川の流れを斜め下にして関ケ原の要地は一眸の下におさめられる。中山道を前にして島勝猛、蒲生郷舎の前隊が左右に竹の柵を二重に築いて待機の姿勢をとつてゐた。当時の戦術は鉄砲組に主力が置かれてゐたが、しかし完全な弾丸の補給はほとんど不可能で、やうやく近代戦の時代に入つたとはいふもの、鉄砲の威力は前哨戦において示される程度のものにすぎなかつた。三成の戦略が島、蒲生等の精鋭を前隊に集結したのは前哨戦において勝負を一挙に決しようとしたからであらう。前隊のうしろの高地には織田（信高）、伊藤（盛正）の部隊が控へてゐた。夜はあけて、雨をふくんだ風はうすらつめたく、薄の穂の風にゆれてゐるのが哀れであつた。徳川軍の先鋒（福島正則）部隊が不破の関を前にして宇喜多部隊と睨みあつたのは午前六時半である。つづいて藤堂高虎、京極高次の部隊がその左につらなり、寺沢広高の部隊は中山道を前に藤川台に向つて陣を布いた。夜来の雨は名残なく晴れて、雲の色が朝の陽ざしに輝きはじめた。空を劃ぎる伊吹の絶巓には雲が白く、中山道の松並木がうすれてゆく朝霧の中からぼかしだされた。戦機は一刻ごとに迫つてきたのである。

二

丘から谷、谷から丘へと雨気にしめつた篝火が一つ一つうすれてゆく。伊吹から雪を溶かして流れ落ちてくる朝の大気は膚を突き刺すやうであつた。南宮山にある毛利の去就を決するものは山麓に前衛として待機の、——といふよりも、むしろ内応の姿勢をとつてゐる吉川広家の部隊である。家康と広家との黙契は東軍の赤坂到著以前においてとりかはされてゐたが、しかし山上にある秀元の動向如何によつてはまだ必ずしも安全だとは言ひきれぬものがあつた。秀元に積極的な戦意のなかつたことはいふまでもないが、西軍に軍配を振るべき立場にある彼としては、よしんば三成の独断専行に不快の思ひを残してゐるとしたところで、それがためにすぐさま東軍に内応しようなどと考へるべき筈もなかつた。彼は、しかし戦機を覘ふキッカケを吉川の一存に托してゐただけのことである。

家康が南宮山警戒の使命を毛利と親近の間柄にある浅野部隊と池田部隊に授けたのも、かういふ人間関係の機微を洞察した結果であつた。宇喜多、石田の混成部隊が棟瀬川をはさんで対陣してゐるとき、毛利と徳川とのあひだには早くも単独媾和が具体化しようとする傾向を示してゐたのである。西軍総指揮官として大坂城にゐた安芸中納言（輝元）といへども、備中、備後、伯耆、出雲、安芸、石見、周防、長門、――と中国領を合せて百二十万五千石を棒に振つてまで内府と戦ふ気持はなかつた。秀元の補佐役である広家はこの間の事情と消息を看破してゐたのである。それ故、表面的にはこの芝居の筋書は広家が立てたやうになつてはゐるが、もし広家がゐないとしても、南宮山上の毛利部隊が果して浅野、池田の部隊と一戦を交へて東軍の背後を衝いたかどうかは疑はしい。唯、秀元が松尾山上にある小早川秀秋と異るところは、外部の力の誘引によつて動くことが絶対になかつたと考へられることだけである。それにしても、家康が関ケ原に敵をおびき出した動機は、南宮山と松尾山がもはや西軍の主力部隊ではなくなつてゐるといふ事実をたしかめたところにある。西軍の勢力切崩しの謀略は十四日の夕方までに予定どほりに進行してゐた。小早川の去就だけはほとんど味方のあひだに知れわたつてゐたが、吉川の意中が西軍の強硬派からはじめて疑惑の眼をもつて眺められるやうになつたのは中山道をはさんで西軍の主力が対峙してからである。総括的に言へば、東軍の謀略は関ケ原に動く敵の戦闘力を三分ノ一、乃至四分ノ一に減殺することに成功してゐたと言へる。十四日の午後松尾山上の小早川部隊へは内応の仲介者である黒田長政から監視役として吉田生季、大久保猪之助の両人が派遣され、それと入れかはりに小早川部隊の総参謀長ともいふべき老臣平岡頼勝の弟の資重が人質として赤坂へ送られてゐた。長政は小早川だけではなく吉川広家の誘引にも関与してゐるが、もちろん武骨一徹の勇将である彼にそれだけの機略があつたわけではなく、むしろ長政の動きを背後からあやつつてゐたのは彼の父親である官兵衛如水と見るを至当とする。一代の謀略家である如水は必ずしも徳川の勝利を見越してゐたわけではなく、どつちかといへば彼は三成の実力、——といふよりも両者の状態と運命が均衡を保つことによつて、天下が大乱に導かれることを期待してゐたのである。今はもとより彼の出る幕ではない。唯、過ぐる年、三成の出現によつて太閤の信頼を失ひ野に下つたといふものの、悶々の思ひをなほしづめかねてゐた彼が、三成に対する復仇の志を家康によつて遂げさせようと考へてゐたことだけは確かであるが、しかし、それによつて徳川の天下を安泰の基礎の上に置かうなどとは夢にも考へなかつた。彼が旧知の広家に送つた手紙の中にある「天下の成行是非に及ばず、かやうあるべきとつねづね分別仕候間おどろき不申候」といふ文句の中にも如水の野心は影のやうにちらついてゐる。

しかし、それはそれとして、関ケ原の合戦を前にして最後まで家康が警戒してゐたのは松尾山の内応部隊の去就であつた。すぐに内応の厳約を誓つた秀秋に対して幾たびとなく使者を派遣し、執拗なまでに念を押さないではゐられなかつたのも勝敗の枢機をおさへるものが小早川部隊であることを直感したからであらう。十四日の夕方、本多忠勝と井伊直政がひそかに松尾山をおとづれ、秀秋の内応に対する代償として関東二ケ国を賜はるといふ起請文を平岡頼勝、稲葉正成とのあひだにとりかはした。その簡末に、これを偽るときは、梵天帝釈、四大天王、惣じて日本国中大小神祇、別して八幡大菩薩、熊野三所権現、加茂、春日、北野天満大自在天神、愛宕大権現、可蒙御罰者也、――といふいかめしい文字のならんでゐるのは、当時の習慣であるとはいふものの、しかし男子の盟約が一言をもつて尽すことのできないほど頼みにならぬ人心の儚なさを証拠立てるものである。

大谷も石田も小早川の進退に不安と疑惑をかんじてはゐたが、家康の術策がこれほど周到な用意の下に行はれてゐるとは知らなかつた。殊に、再三松尾山にのぼつて小早川の老臣稲葉正成とかたく口約をとり交してきた大谷は、敵の側からだけではなく味方の側からも秀秋の去就が不審の眼をもつて眺められてゐる今日となつては、いかに老獪な稲葉といへども軽々しく内応することはあるまいといふ見究めをつけてゐたのである。とは言へ、もはや小早川部隊を友軍として恃むに足りぬことはわかりきつてゐるのだ、してみれば、今となつて望むところは最後まで形勢を観望してゐてくれることだけである。

物のかたちも人の顔も、それと見わけることのできないほど視力は朦朧とかすれてゐたが、寒気を避けるためと身体から発散する臭気をふせぐために陣営のまん中に紙帳を張り、その中にうす青の練絹で顔をつつみ、小袖の上から鎧下の直垂《ひたたれ》をつけたゞけで脇息によりかかつてゐた大谷の見えざる眼にも、中山道を隔てた東軍の陣形は手にとるやうに映つてきた。

『五助！』

と、彼は紙帳の方へいざりよつて外に控へてゐる従士の湯浅五助に呼びかけた。『すぐさま笹尾山に駈けつけ、維新入道（島津）と協議の上、一挙に内府の本陣を襲ふやうにされよと申し伝へよ』

赤坂夜襲の提議が容れられなくなつてから、島津の部隊にはつとめて友軍と協同作戦に出ることを避けようとする気配が見えてゐた。現に藤川台の軍議の席に島津部隊からは義弘（維新）はおろか彼の代表者さへも出てゐなかつた。

そこへ赤糸の鎧に萌黄色の陣羽織を着た舞兵庫が槍を杖にしてのぼつてきた。『辰の刻（午前八時）の狼烟《のろし》を合図に山を下るやう小早川陣に伝達のことお願ひ申上げますと、主君よりのお伝へでございます』

『兵庫か』

吉継（大谷）が紙帳の中から叫んだ。『辰の刻は早い、機の熟するを見て狼烟をあげるやうに伝へてくれ、──あ、それから』

太い濁み声に変つた。『南宮山の様子はどうぢや？』

『使者はまだ戻りませぬが、目下のところ形勢は上首尾と心得ます』

『松尾山はこつちでひきうけた、安心せよと治少に伝へよ、──藤古川に淡路守（脇坂）がゐれば手も足も出まいよ、唯今五助を使者につかはしたところだが、貴公からもかさねて伝へてくれ、維新入道をおろそかにせぬやうにとな』

物見の兵が坂を駈けのぼつてきた。報告によると東軍中山道の備へは右に福島、加藤、筒井、田中、左に紫井村を中心として藤堂、京極ときまつたらしい。

『やるのう、内府も』

吉継は冷やかな声で言つた。『おどろくほどのこともあるまい、関の明神が福島の一手だとすると、気のせわしいやつぢや、もうそろそろ動きだしてくるかも知れぬぞ』

馬のいななく声がしきりに聞える。兵庫は雑兵のうやうやしく持つてきた薄い葛湯をひと息に飲みほした。咽喉が火照つて軽い咳をすると、

『風邪をひかぬやうにするがいい、夜もそろそろあけるだらう』

と吉継はひとりごとのやうに言つた。

『何しろ霧がふかくて』

『どうぢや、——伊吹は晴れてゐるか』

『雲が動いてをります』

兵庫が『では』——と目礼して草摺をおさへ重さうに立ちあがつた。さつきから味方の部隊との連絡を保つために三成の命を帯びて駈けまはつてゐた彼は鎧をぬいで下着を乾かすひまもなかつた。彼の部隊は、相川山の中腹にある小田村の北に第一陣をかためてゐる島、蒲生の部隊の動きにともなつて援護的な行動を開始する筈になつてゐるのだ。そのとき鍬形に金で兎を打つた兜をかぶせて佐和山を立つてきた一子、三七郎の愛くるしい初陣の姿がまぼろしのやうにうかんできた。白みかけた空にさつきまでほのかな輪郭をうかばせてゐた伊吹はもう濃霧の中に影を没してゐる。

三

関ケ原でひと合戦はじまるといふ噂は垂井から小関村まで中山道にちかい部落には

残る隈なく知れわたつてゐた。小関村（現在の関ケ原）の住民たちは家財道具をとりまとめて、われもわれもと相川山の裏手へ逃れた。子供を抱へた女たち、風呂敷包を背負つた老人、——雨の中に山路をのぼる彼等の苦しい息づかひが聞える。戦争ずれのしてゐる若者たちは、何処かの戦場で拾つてきた脛当をつけたり、着物の上から草摺をつけたりした上に、竹槍を幾本となくつくつて傷武者の落ちてくるのを待つてゐる。伊吹山麓の土民たちは大半戦争のあと片附けでその日ぐらしをしてゐる者が多かつたが、それだけに彼等は、敵味方の勇士たちがそれぞれ一騎討ちの対手を選ぶと同じやうに、雑兵には眼もくれず、満身傷だらけになつた名のある大将が息も絶え絶えに落ちてくるのを待つてゐる。それをひそかにかくまつてやつて、形勢次第によつて密訴したり、場合によつてはこつそり落してやつて他日の恩賞にあづかるのが彼等にとつてせめてもの余徳であつた。さういふ土民たちの頭にも、こんどの戦争が天下を二分するほど大きな運命を宿したものであることが沁みついてゐた。相川山の頂上にのぼると、うすれてゆく霧の中から敵味方の旗印が森を劃り谷をうづめて動いてゆくのがハツキリと見える。すぐ真下の笹尾山には「大吉、大一、大万」と文字を模様のやうにからみ合せた石田治部少輔の旗印が裾を長く曳いて大きく風にはためいてゐるのが土民たちの眼にさへ心づよく映つた。このあたりは、かつて石田の旧領であつたが、今は竹中重門の所領になつてゐる。曇り日の山峡には青鷺がしきりに飛び交はしてゐた。空が次第にあかるくなつてくると、霧の切れ目に北国街道口をかためる白に十文字の島津の旗が見え、天満山の下は白地に日ノ丸、山裾から南にかけて赤地吹貫の大馬印をかこんで左右に太鼓丸の旗印が丘という丘にあふれてゐる。笹尾山から二十町ほどはなれた平原の上へ小高くもりあがつてゐるのは桃配山らしい。その森の上に金銀に映ゆる大馬印のそびえてゐるのが眩しいばかりであつた。その周囲には真つ白の長旗が数へて十二本、前後に段を描いていかめしくならんでゐるのは、まぎれもなく内府の本営であらう。金の七本骨の扇に朱で日輪を描き、その下に銀の切割をつけた馬印のかたちも、白布に「厭離穢土欣求浄土」の八文字を書いた大将旗は相川山からは見わけるべくもなかつたが、一夜にして関ケ原にあつまつた軍勢の夥しい数に土民たちは思はず眼を瞠つたのである。聯合軍が表面の形だけは整つても内部の連絡がともすれば乱れがちにならうとするのにくらべると、東軍の陣容は貧乏ゆるぎもしないほど周到を極めた人的要素によつて組立てられてゐた。赤坂を立つときから、あらかじめ用意されてゐたゞけあつて、聯合軍が石田部隊、島津部隊、小西部隊と、それぞれ独自の任地に就かうとするのに対して、東軍は全将領を五つに区分し、攻撃と警備の役割が水も洩らさぬ連繫を保つて配置された。中山道は一番隊、二番隊、三番隊によつて敵の前面に備へ、一番隊の先鋒福島正則は関の明神をうしろに陣を布いた。一番隊の攻撃の目標は南天満山である。福島部隊から北に流れた加藤、筒井の諸隊は藤川台に備へ、藤堂、京極の二隊は藤古川をかためる脇坂、朽木、小川の大谷軍右翼に向つて備へられた。二番隊の細川（忠興）、稲葉、寺沢の諸隊は中山道の北、——八幡神社から相川につづく北国街道前面の敵、小西、島津に対して攻撃の包囲陣をつくり、黒田、竹中の二隊は関山の小丘をうしろにして桃配山本陣の前衛部隊となり、笹尾山を望んで石田部隊の前衛、島、蒲生の部隊と向ひあつた。三番隊として本多忠勝の部隊が牧田路を扼し、福島部隊の後備となると同時に、南宮山麓を固める敵を牽制する役割を担つて縦隊の隊形を整へた。井伊直政は中山道の右、茨原《いばらはら》に待機の姿勢をとり、井伊の陣から右に下つて松平忠吉が桃配山の右側前面につらなり、浅野、池田の合成軍が吉川広家の陣に向ひ、万一の場合の退路を牧田路に向つて開く任地に就いた。進退の機微を含んだ不抜の堅陣であるが、家康は諸隊の兵力を点検した上で、更に連絡の緊密を保つために麾下の将領を監査役として各隊毎に配属せしめた。福島を主班とする一番隊には伊丹兵庫外数名、細川の二番隊には小坂助六外数名、本多の三番隊には佐久間安政外数名、——特別の使命を帯びた奥平貞治が松尾山の小早川陣に内応を確実ならしむる目的をもつて派遣された。このとき午前八時（辰の刻）である。桃配山を守る兵数は二万を越え、一番隊、二番隊、三番隊を合せて四万二千、南宮山抑への兵数は一万三千、——東軍の総兵数は七万五千をもつて数へられた。一里四方の関ケ原に狩りだされた東西両軍の兵力を合算すると十八万を下らず、この大軍が朝霧の中に双方鳴りをしづめてゐるときに、一発の銃声がひびきわたつた。何処の陣地から発砲したものかわからなかつたが、今まで朝霧の下にしづまりかへつてゐた全軍はこの一瞬を境にして急に色めき立つてきたのである。互ひに機先を制しようとして逸り立つ将士たちは誰彼の差別なく先陣の功を急ぐもの、やうであつたが、砲声の聞えたのは南天満山麓で発砲したのは福島部隊らしい。――その一角だけ霧がうすれて砲煙らしきものが明神の森をかすめたと思ふと、太鼓丸の旗のならんでゐる宇喜多の前隊から砲声がこれに答へた。かねて先陣の機会を覗つてゐた井伊直政は木俣土佐に本隊の守備を托して、横につらなる松平忠吉（家康第四子）の一隊とともに福島部隊の横脇をかすめて中山道を横切らうとした。これを見た福島の前衛可児《かに》才蔵は矢庭に馬からとびおりるが早いか霧を衝いて駈けてきた井伊の前に槍を構へた。

『誰だ、――抜駈けは軍の法度であることを知らぬか』

『どけ、直政ぢや、主君の命を奉じて斥候に出るところだ、うろたへるな』

『まかりならぬ』

可児才蔵はいきりたつてゐた。『御上意の大物見ならば人廻りの人数だけで事は足りる、――当日の先手は左衛門太夫（正則）ときまつてゐるのがわからぬか』

ちらつと井伊のうしろに松平忠吉の姿を見ると、才蔵はあとの言葉を濁したが、そのとき福島の前衛が急に動き出さうとする気配をかんじたらしく、直政は片手で可児の眼に諒解を求める仕草をしてから松平忠吉を先にやりすごし、二十人あまりの騎馬の鉄砲隊とともに宇喜多の前隊から二三町はなれた窪地を右に廻つて加藤嘉明と筒井定次の部隊の横を通りぬけ、北国街道口にある島津の一隊に向つて続けざまに発砲したが島津隊はこれに応じなかつた。これがキッカケになつて福島部隊は宇喜多部隊に対して全面突撃を開始したのである。つづいて東軍の一柳、戸川の部隊が小西の部隊に突つかかる。——たちまち戦端はいたるところにひらかれた。陣太鼓の音、法螺貝の音が高く低く渓谷にひびいて赤、白、紫、萌黄、卯の花の鎧の色が雨気にしめつた樹立を縫つて動き、走り、入りみだれた。東軍はあとからあとからと中山道にあふれてくる。みるみるうちに小西部隊の一角が切り崩されたと思ふと、宇喜多の中堅、本多正重、明石全登の部隊が鬨の声をあげて山を下つてきた。その勢にこんどは福島の前隊が見る間にぢりぢりと後へ押しもどされだしたのである。

銀の芭蕉葉をつけた正則の大馬表がくるくると虚空に舞ひながら流れるやうにしりぞいてゆく。

いよいよ乱戦である。正則は馬を陣頭に進め、

『先鋒に立つものが何のざまだ、福島の武名に恥ぢよ、しりぞくものは厳罰に処するぞ』

と叫びつづけた。逃げ腰になつた福島勢はやつと頽勢をもりかへしたが宇喜多部隊

の意気はすさまじく、前隊は早くも中山道を越えて雪崩れこんでくる。今にも福島の中堅は総くづれにならうとしたとき、小西部隊を池寺池の左側面まで追ひつめた加藤、筒井の第二陣が不意に宇喜多の横に突き入つた。しかし、このときすでに勝ちに乗じた宇喜多勢は福島部隊を追ひつめて、また、く間に東軍左右の連絡を中断してゐた。石田部隊の前衛、島、蒲生の一隊が柵を越えて岡山の麓にある黒田部隊に突撃を開始したのもこのときである。長政は本隊を岡山に残したま、で地理に通暁してゐる竹中重門を先導とする麾下の兵数十人を率ゐて笹尾山の横に廻り、島の部隊が本隊をはなれて岡山に殺到しようとする頃を見はからつて背後から一斉射撃を開始した。敵の誘ひにかけられて進みすぎた島隊はたちまち大混乱に陥つたのである。池寺池に追ひ詰められた小西部隊は、もはや策の施すべきところもなく、池をはさんで北国街道に陣を布いてゐる島津部隊に救援を求めたが、島津部隊はなほ傍観的態度をとつたま、動かうとする気配も見えなかつた。黒田軍の本隊に追ひ立てられた島の部隊はやうやく柵内に逃げかへつたが、将士の死傷は数知れぬありさまで、主将勝猛も右腿に貫通銃創を負つて従卒に扶けられながらしりぞいた。部分的な戦況は西軍に不利であつたが、宇喜多部隊の進出はいよいよ目ざましく、笹尾山の上から観望する三成の眼にも大局の形勢は味方に八分の利のあることが看取された。宇喜多部隊の奮戦に勢を得た大谷部隊の前隊も中山道を越えて前へ前へと伸びて行く。時間はまだやうやく九時をすぎたばかりである。今こそ狼烟をあげるべきときだ。——もし南宮山の大軍が敵の背後をおびやかしてゐたら東軍は壊滅の危険に瀕しないまでも戦闘力を二分しなければならなくなつたであらう。笹尾山の絶頂からは狼烟が高くうちあげられた。空は晴れて、秋のうす日の影をうかべた南宮山は黙々としてしづまりかへつてゐる。

四

小西部隊が窮地に陥ちたことは戦前における主将行長の心理状態から推してむしろ当然とすべきであつたが、島津部隊が友軍の危難を傍観しながら進んで動かうとしなかつたのは、石田、大谷の命令によつて行動を開始することを欲しなかつたからではなく、むしろ戦機の熟するのを待つてゐたからである。一説には暁闇に乗じて岡山を夜襲することを主張したのが容れられず、それがために単独行動をもつて終始しようといふ決意をかためたといふことになつてゐるが、作者はむしろ陣形の乱れることを恐れたがためであると解釈するのが至当であると考へる。後続部隊のない島津は最初から攻撃的体勢を整へようとはしなかつた。前隊長豊久は、敵から発砲しても決して応ずるな、敵の接近するのを待つて射撃せよと厳命を下してゐた。手薄な兵力と弾丸の欠乏を補ふ道はそのほかにはなかつたのである。しかし、目前に潰乱する小西部隊を見ては、これを傍観してすごすわけにもゆかず、山田有栄の部隊の一部が、小西の本陣に肉迫する一柳部隊の先鋒に鉄砲を打ちかけたが、それも積極的な攻撃に出ようとはしないために、唯、池寺池の右に逃れた敗走兵に退却の機会をあたへただけに終つてしまつた。これを見て宇喜多部隊の横備へとして小西部隊に隣接した赤沢山城守、池田伊予守の二隊合はせて三千余騎が機をはづさず東軍の背後を襲はうとしたが、潰乱の小西部隊は今や収拾の道もなく、主将行長は僅かに手兵数騎にまもられつゝ、伊吹山麓さして逃れ去つた。逃げおくれて池寺池に溺れるもの、背後から背なかを射ぬかれて行手の道をふさぐもの、突き刺されて味方同志折りかさなりつゝ峻嶮な坂道から転がり落ちるものの悲鳴や呻き声が、ひとしほ高くなつた軍馬のひびき、太鼓の音、法螺貝の唸りをとほして聞えた。辛うじて池寺池を迂廻した敗残兵はそのまゝ島津部隊にまぎれ込まうとしたが、島津部隊の主将義弘は、この敗走のさまを目のあたり眺めて苦々しく思つたのであらう。

『友軍といへども隊伍を乱すものは発砲して差支へないぞ』

と、きびしい下知をした。逃げ場を失つた小西部隊の敗兵たちは友軍の射撃をうけてひとたまりもなく池寺池になだれ落ちた。東軍の士気は此処にはじめて奮ひ立つた。同時に、福島部隊を急追してゐた宇喜多の本隊は、このときやうやく疲労の色を見せて少しづつ攻撃の迫力がゆるみかけてきたが、中山道一里塚と桃配山とのあひだに配置されてゐた金森、遠藤、有馬、山内の諸隊が福島危しと見て、どつと進み出てきたので、にはかに正面と左側面から敵を受けることになり、後陣に備へた赤沢、池田の部隊との連絡をたちまち絶たれるやうな悲境に陥つた。小西部隊の救援に赴いた後陣の両隊は赤沢、一柳、戸川の諸隊に包囲されたまゝ、進退の自由を失つてしまつたのである。もし、このとき島津軍が友軍の難を救ふために積極的な行動を開始してゐたら宇喜多の後続部隊である赤沢、池田の二隊は本隊との連繋を保ちつゝ、横から攻めよせてくる東軍の新手の勢を完全に防ぐことができたであらう。しかし島津部隊にはもはや友軍を顧みてゐる余裕がなかつた。井伊直政の一隊を先頭とする東軍の遊撃隊は小西部隊の潰乱の際に乗じて島津部隊の撃破に全力を集注しようとしてゐた。——義弘にとつては待機に待機を重ねたあとの決戦の時期がいよいよ迫つてきたのである。敵も味方も死傷者を収容する方法もなく、二時間あまりの白兵戦に鎧は血と汗にまみれ、隊伍はほとんど乱れつくして、到るところに一騎討ちの乱闘が演ぜられてゐた。時間はすでに巳の中刻（午前十時）にならうとしてゐる。福島勢は援兵を得てやうやくもりかへしてきたらしく、白地に山道の旗印が双筈《もろはず》を押すやうにしてぐいぐいと前に伸びてゆく。これに反し整然と動いてゐた太鼓丸の旗が波のやうに動きだした。

三成は島、蒲生のまもる第一陣までおりてきて戦闘の状況を視察してゐたが、すぐさま部将高野越中、大中伯耆に命じて黒田軍の側面を攻撃させようとした。家康もこれを察したらしく本多忠勝の部隊が中山道を右へ右へとひろがつてきた。

右足に繃帯をした島（左近）は騎馬で陣頭に立つてゐたが、敵の旗印が八方から笹尾山を目がけて動いてくるのを見ると、三成に向つて山頂にある五門の大砲をひきおろして一挙に来襲する敵にうち込むことを提議した。大砲はすぐひきおろされ、五つの砲口が火ぶたを切ると行手の視野はたちまち砲煙にとざされ、相川を渉つて進撃してきた田中吉政の部隊は潮の引くやうに退いていつた。本多の部隊も前進を中止したらしい。今こそ逸すべからざる機である。三成は蒲生郷舎、舞兵庫の部隊に必死の突撃を命じ、自ら本隊の兵一千を率ゐて正面を遮る黒田の堅陣に突き入つた。柵内から島の撃つ大砲のひびきは丘から渓谷に、渓谷から森に深い余韻を曳いてとどろきわたつた。東軍の旗色は次第に乱れて三町あまりも退いたが、桃配山まではなほ二十町あまりの距離があり、石田は滑りこむやうに追撃してゆく味方の深入りすることを警戒したらしく、軍勢をまとめて柵内にひきあげた。あらゆる意味において今が最後の好機である。松尾山の小早川も南宮山の毛利も恃むべからざる味方ではあるが、しかし今となつて恃むべきものはその外にはない。石田は士卒に命じて天満山の絶頂から二度目の狼烟をあげさせた。陽かげの鈍る新秋の空に狼烟の音は高くひびいて、ちぎれ綿のやうな煙が南から北に流れてゆく。あゝ敵も味方も同じやうに小早川勢の山を下るときを待つてゐるのだ。三成の心は次第に苛立つてきた。今や敵の大軍が笹尾山を目がけて殺到してくるのは必然の数である。四つに組んだ相撲ではあつても、家康の腰の粘りは次第に強靭さを加へてくるのに対して、今や伸びるだけ伸びきつた三成の腰はやうやく安定を失はうとしてゐるのだ。かりに東軍の精鋭を向ふに廻して此処に最後の決戦を試みるとしても、後につゞく部隊がなければ笹尾山をまもつて敵の包囲にまかすよりほかに手段はない。石田はすぐに再三島津に出動を促してゐるが、総指揮官の立場にゐる豊久は『よろしい』と引受けたゞけで容易に動き出しさうな気配も見えなかつた。業を煮やした三成は従士八十島助左衛門を使者として豊久に最後の決意を促した。

『最前より伝令、重ねて申上げる、——主君治部少輔は笹尾山の全軍を率ゐて内府と決戦を試みる所存、すぐさま出動の用意をお願ひしたい』

『早刻主君義弘と談合の上御返事申上げる』

島津豊久は威丈高な態度で極めつける八十島助左衛門の言葉がぐつと癪にさはつたらしい。彼はせせら笑ふやうな声で答へた。極度に感情の昂奮してゐる八十島はもう我慢がならなくなつてきたのである。

『そのやうな逃口上は薩摩隼人の体面に関はりますぞ。——この期に及んで躊躇さるるは内応の志ありと見られても致し方はあるまい』

『何を?——』

豊久は到頭床几を蹴つて立ちあがつた。『聞き捨てならぬ雑言ぢや、その方ごとき雑兵の雑言はゆるさぬぞ』

気色ばんだ豊久の周囲には従士たちが犇めき合ひながらぞろぞろとあつまつてきた。助左衛門は歯ぎしりをして豊久の顔を睨めつけたまゝ会釈も残さずにかへつていつた。山上にあつて芋粥を啜つてゐた三成はこの報告を聞くと、粥の入つた茶碗を足元に投げすて、一人の従士に馬の口をとらせたまゝ山を駈け下つた。島津隊は街道口にがんばつてゐる前隊の山田有栄が、必死になつて攻めよせる井伊の部隊を一手にひきうけてゐるだけで、本隊は微動もしてゐない。今は敵も味方もごちやごちやに入りみだれて所属の陣さへ何処にあるのかわからなくなつてゐるときに、いまなほ鳴りをひそめてゐるのは島津隊だけである。街道の右側は泥田で、敵は一本道を一列縦隊になつて押寄せてきたと思ふとすぐバタバタとやられる。右は池寺池、左は笹尾山で、小西部隊が支離滅裂にやぶれたとはいへ島津隊はびくともしないほど有利な地形を占めてゐた。

竹藪をうしろにした藁葺の民家のうしろに豊久の陣があり大将義弘の陣は雑木林にさへぎられて見えなかつたが、三成は竹藪を突つ切らうとしたところで槍を持つた鎧武者に、

『待て!』

と咎められた。『何れへまゐらるる?』

『治部少輔ぢや、――馬上の無礼は許されよ』

『いやならぬ』

『何故ぢや？』

『軍規の命ずるところぢや、御用の筋はお伝へ申さう』

前に来たときとは打つて変つた仕打に三成はむらむらとしてきたのである。

『退け！』

と、叱咤するやうに睨みつけ、三成は小高い丘の上の床几に腰をおろしてゐる豊久の前まで馬を進めた。

『従士助左衛門をして申入れたる件につき御返答を承りたい』

嚙みつくやうな声を聞くと、豊久の顔はたちまちこみあげる怒りのために真つ青になつた。

『何で御座つたかな』

『最後の決戦と相成つたにもかかはらず、軍を動かされぬのは納得がゆかぬ、――すぐさま黒田勢の横合ひから突き崩されたい』

『お断り申す』

豊久は憎々しげにそつぽを向いて答へた。『今日のことは各隊それぞれの任を果せばよろしからう、――御覧のとほりのありさまぢや、他をかへりみる余裕は御座らぬ』

もし、三成が命令的な態度を捨て、島津の出動を懇請してゐたら、おそらく島津部隊は義理にも石田の佐和山軍と協同動作に出なければならなかつたであらう。主将義弘は太閤在世の頃から三成には一目置いてゐたが、しかし、かりにも九州の雄藩である薩摩が十九万六千石の佐和山の命に従つて動くためには、それだけの儀礼がつくされねばならぬ。大垣城内の評定のときから少しづつ喰ひちがひを示してゐた両者の感情はこれでいよいよ最後的な段階に辿りついたといふことになる。作戦上の建議が一つ一つ斥けられた今日となつては、兵力の乏しい島津は厭でも単独行動を執るよりほかに方法がなかつたであらう。これより先き義弘が西軍に参加したといふ報が薩摩につたはると、一門郎党は三人、五人と隊を組んで東上してきた。関ケ原の合戦には夜あけ方に辿りついてやつと間にあつたといふ者さへある。この濃密な君臣の感情のために、義弘ならびに豊久の部下に対する責任感はぬきさしのならぬほど深刻なものになつてゐたのである。義弘はこの時すでに最後の覚悟をしてゐたと言はれる。してみれば戦ふ意志がなかつたのではなく、むしろありあまる闘志に最後の花を咲かせようといふ下心のために、有利な地形から転ずることを欲しなかつたと解すべきであらう。そこへ単純で気の早い八十島助左衛門の失言が島津の決意をいよいよ動かすことのできないものにしてしまつたのである。もし、石田がこの咄嗟の間に生じた微妙な人間心理の変化を洞察し得てゐたら、とるべき策がほかになかつたわけではない。だが、時機は一秒一刻をゆるさぬほど切迫してゐる。三成は豊久の言葉を聴くと、重ねて問ひかけようともしないでそのまゝ笹尾山へ引きかへした。相川山麓から中山道一帯の通路はことごとく東軍の溢れる軍勢によつてみたされてゐる。それがぢりぢりと堅固な包囲陣形に移らうとするのを見てとると、島の隊は柵を乗り越えて最後の突撃を試みる準備にとりかかつた。味方に有利なことは左右に水田がひらけ、ほそい畦道は泥濘のために一歩足を踏みだすごとにつるつるとすべる。それを味方の射撃陣地から狙ひ撃ちにして敵を悩ましてゐるうちに、田中、生駒の部隊が左中山道の松原まで進出してきたとみる間に矢継早の砲火を横合ひから浴びせかけた。

砲煙は天を掩つて日影をさへぎり、あたりはたちまち真つ暗になつた。銃丸のひびき、矢の軋る音、叫喚、悲鳴は湧きかへり土煙の中に槍の穂先が稲妻のやうにきらめく。——もう泥田も道も区別がなかつた。鎬を削つて戦つてゐるのはどの部隊の誰彼ではない。一本の線となつた力の塊りがぐいぐいと前へ伸びてゆくのである。時間は正十二時であつた。桃配山の本陣から形勢を眺めてゐた家康は、しきりに松尾山の方に気を配つてゐたが、山上の旗印が容易に動き出しさうな様子もないので次第にぢりぢりしてきた。そこへ使番の久保島孫兵衛が慌しく馬をかつてきて、松尾山、南宮山の挙動が疑はしいといふことを告げると、家康は爪を噛み頰を顫はせて床几から立ちあがつた。彼はすぐうしろにゐた山上郷右衛門を呼びだし、黒田の陣へいつて長政に小早川部隊の内応をもう一度たしかめて来いと命じた。郷右衛門は馬で黒田陣に駈けつけると濛々と立てこめる硝煙の中をあつちこつちと飛び廻りながら、

『甲斐守はいづれに居らるる、——甲斐守は？』

と呼びたてたが、乱軍の中で主将が何処にゐるか応じ答へる者もないありさまなので、こんどは、

『甲州、甲州はゐないか？』

と叫びつづけた。このとき第一陣を率ゐて戦つてゐた長政は後陣と入れかはるため汗びつしよりになつてひきあげてきたが、しきりに『甲州、甲州』と自分の名を呼びながらうろつきまはつてゐる郷右衛門を見ると、小癪なといふ気持になつたらしく、彼の眼の前へ馬をさつと乗り入れた。すると郷右衛門は右手を高くあげながら、

『筑前中納言の裏切はいかゞ相成ましたか？』

『狼狽へものめ！』

と長政は吼えるやうな声で一喝した。

『そんなことがおれにわかるか、筑前には筑前の所存があらう、裏切らうと裏切るまいとおれの知つたことではない』

『なれども、主君より今一度たしかめて来いとの仰せもあり、何とか使者をお仕立願ひたう存じまするが？』

『慮外なことを申すな。たとへ筑前がわれ等を欺いたところでおどろくことはいささかもあるまい、――長政の思慮は槍先のみにある、先づ石田の本陣を斬りくづした上で筑前の首を上覧にかけよう。裏切の保証はいたしかねると伝へてくれ』

郷右衛門が桃配山へかへつて長政の返事を伝へると、家康はうん、うんといつて聴いてゐるうちに何事かを決意したらしく、すぐさま横に控へてゐた久保島孫兵衛に松尾山に鉄砲を撃ち込めと厳命した。桃配山から松尾山までは一里三町ほどある。――久保島孫兵衛は家康の命を鉄砲頭、布施源兵衛に伝へて射手十人をつれて福島陣の背後へ廻り、著弾距離を測定してから一気に山上の小早川陣に向つて火ぶたを切つた。家康は南蛮渡来の遠眼鏡で、陽ざしのあかるい松尾山の中腹に白煙が立ちのぼるのを息を殺して見詰めてゐる。今こそ最後の戦機を決するときであつた。しかし、このとき笹尾山麓を包囲した東軍の陣形は混乱の絶頂に達してゐた。黒田、竹中をはじめとして、田中、本多、生駒、一柳の部隊が八方から無統一に笹尾山の石田陣に向つて攻めかけてゐたが、その夥しき人数のために道はことごとく塞がれ、手負ひの将士は泥田の中に半身を没したまゝもがいてゐるものもあれば、鎧の重さに堪へかねて血まみれになりながらのたうち廻つてゐるものもある。乗手を失つた馬が何十頭となく狂ひたつてゐるのも哀れであるが、血は草に沁み、硝煙に溶け、陽ざかりの関ケ原は瞬くうちに血の池、針の山の地獄図と化した。そこへ島（左近）隊から撃ちだされた大砲のために東軍は四分五裂の状態に陥つたのである。石田方の砲撃がしづまると、こんどは本多部隊の後尾から大砲を撃ちだした。両軍の死命を制するものは今や小早川部隊の去就如何に関つてゐる。三成はいよいよ意を決して、島、蒲生の隊に再度の突撃を命じた。ちやうどそのときである。松尾山の頂上からゆるやかな傾斜面を白い旗差物が点々と樹の間を縫つて下つてきたのは。

五

家康の遠眼鏡にはまるで空から湧きだしたやうに雪崩をうつて藤川台にある大谷の陣を目がけて下つてゆく小早川の大軍があざやかに映つた。大谷陣はしづまりかへつてゐる。小早川の大部隊は先づ六百挺の鉄砲組によつて大谷の旗本をおびやかしながら藤古川の岸まで下つてきたが、先鋒が徒歩で浅瀬を渡りかけたとき大谷陣から弓、鉄砲を撃ちだした。

前隊のひるむところを大谷の参謀平塚因幡守（為広）が六十騎を率ゐて川を渡り側面から突撃したので、小早川部隊の前衛は構へを立てる余裕もなく潰乱状態に陥つた。これを知つた吉継は、すかさず二段の備へを立て、藤古川の河岸をかためた。受身の陣形から積極的な攻勢に転じたのである。それはそれとして、小早川部隊の進退に決断的な方向をあたへたものは、いふまでもなく家康が久保島孫兵衛に命じて撃たしめた誘ひの鉄砲であらう。小早川の老臣、稲葉正成、平岡頼勝の両人は戦局の変化に対応して戦ふやうに装ひながら実は待機の姿勢のまゝで終始一貫するつもりであつた。徳川家の附け人である奥平貞治や黒田の家人大久保猪之助、大音六左衛門等は遠く桃配山本陣の動揺するのを見て主将秀秋の決意を幾度となく促したが、老臣平岡頼勝は容易に山を下りさうな気配も見せなかつた。大久保猪之助はつひに業を煮やして頼勝にちかづき、力まかせに鎧の草摺をおさへた。『戦機はすでに熟し切つてゐる、何故裏切の命令を発せられぬか、――わが主君甲斐守とあれだけの深い盟約を交はしながら、今に及んで主君を欺く御所存ならば手前にも覚悟が御座るぞ』

殺気を眉宇に閃めかして、脇差の柄に手をかけ、今にも差違へて死なうといふ意気込みを見せながら詰めよつてくる猪之助の視線を頼勝は冷やかな眼でうけながら言つた。『内応には潮どきといふものがある、われ等武門の誇に賭けて甲斐守を偽るごときことがあらうか』

『その潮どきは今ではないか、味方が有利の形勢に移つてからはもはや裏切の必要もあるまい』

『いやこれだけの大軍を動かすには動かすべき理法がある、――先手を進むる頃合はわれ等に任せられてよろしからう』

二人が押問答をしてゐるとき徳川陣から矢庭に鉄砲が乱射されたのである。それが頼勝に最後の決意をさせる動機になったのだ。しかし、家康の不敵な態度の背後には、予め監視人を送つて大谷との連絡を遮断させようとする細密な思慮が働いてゐたのである。一片の口約を信じて小早川の監視を怠つてゐたことは大谷にとつて一生の不覚であつた。尠くとも彼は小早川の内応が積極的な反撃にうつるとまでは考へてゐなかつたのである。とは言へ、数発の銃声が松尾山の中腹に轟きわたるまでは老臣平岡、稲葉の心底にも全軍を動かすための確信はなかつた。況んや盟約の対手である大谷陣を攻撃の目標にしようなどとは夢にも考へてゐなかつたのである。

『小早川勢が裏切つたぞ！』

高く呼ばはりながら物見の兵がつぎつぎに藤川台の本陣に駈けつけた。松尾山では各方面の使番が召集され主将代理として頼勝の口から裏切の緊急命令が伝へられた。当時の風習からすれば計画的な裏切は必ずしも武門の恥だとは言へないものがある。例へば最初東軍に加担して伏見籠城を申出た島津維新（義弘）が鳥居元忠から素気なく断られたのを憤つて直ちに西軍に寝返りを打つたことも、今日の道義感からすれば一種の裏切には相違ないが、しかし昨日の敵は今日の味方であり武門の名誉が謀略によつて証拠立てられねばならなくなるやうな不安定な国内事情の下にあつては、個人の道義と集団の道義とは明らかに相容れない規準を示してゐたとも言へる。それも大義名分の不分明な戦争においては一切の道義的認識を決定するものは感情の純粋な発露よりほかにはない。島津が伏見城で断られて向つ腹を立てたことは、その行動の如何に関はらず何人も承認せざるを得ないことであつた。大谷にしても最初は上杉征伐に随伴して家康の一部隊たることを志願してゐたにもかかはらず、途中から石田の友情に感激して態度を一変したのである。もし大谷が個人の信義に反いて集団の盟約に殉じてゐたら、彼は不義の徒に一変せざるを得なかつたであらう。つまり当時の考へ方からすれば、誰の眼にも美しく映ずるものが善であり、誰の眼にも醜くうすぎたなく映ずるものが悪であつた。——さうだとすれば、金吾中納言の去就は良心的でもなければ、さうかといつて功利的でもなく、しかも堂々たる内応ではなく外の力に押されながら止むなく動かなければならなかつたところに払ひ去ることのできない陰影があり、それが友軍の大谷軍に向つて鉾を転じたといふにいたつては、よしんば当時の武将の誓死契約なるものがいかに安女郎の起請文にもひとしきものがあつたにもせよ、自発的な動機を含んでゐないところに救ふことのできない「武門の恥」があつたと言はねばならない。余談にわたりすぎたが、松尾山上にはたちまち法螺貝、陣太鼓の音が鳴りわたつた。君命であるとはいへ、全軍の将士が裏切の忠節を果すために奮ひ立つといふ道理はない。養父隆景以来の勇将松野主馬は平岡頼勝の命令を使番村上太兵衛の口から聴いて烈火のごとく憤つた。『裏切には裏切の時期がある、——いま、両軍死活の接戦を前にして裏切るとは何事であるか、あゝ亡き隆景公が聴かれたら何と言はれるであらう。太兵衛よ、わが心意を石見守（頼勝）に伝へてくれ、全軍命を奉じて動かうとも松野主馬の一隊だけは徳川勢を向ふに廻して戦ふつもりだ、小早川の家にこのやうなことがあつてたまるものか』

太兵衛がこのことを伝へると、頼勝は狼狽の揚句、再び太兵衛に命じて、君命如何とも逃れがたいものがある、――意を決して大谷部隊を粉砕せよと命じたので、松野は不承不精に山を下つたものの、しかし、もとより戦ふ意志のあるべき道理はなく、藤古川を眼下に見おろす峠の上に立つて最後まで傍観的態度を示してゐた。現在、大垣にある郷土博物館には大谷部隊が松尾山を駈け下る小早川の大軍を追ひ散らしてゐる奮戦の状を書いた大絵屏風がある。図面にあらはれた主将刑部少輔は、そのとき肌に練衣小袖をかさね、鎧はつけずに白布の上にうす墨で群れ遊ぶ蝶を描いた直衣を着て、顔は朱の頰当でつつみ、四方をとりはづしにした駕籠に乗つて軍扇を持つた片手を前につきだしてゐる。

松尾山から殺到してくる兵力は数において圧倒的ではあつたが、闘志において大谷軍の敵ではなかつた。平塚為広は十文字の槍を抱へて先頭に立ち、敵の大軍を三度までも松尾山の中腹まで追ひあげた。徳川の家人松平貞治はこの激戦で銃弾に倒れ、小早川部隊の死傷者は三百七十人を数ふるにいたつた。藤古川の急流に陥ちた鎧武者が午後の陽ざしの中を浮きつ沈みつ流れてゆく姿が絵屏風の中に哀れにも美しく描きだされてゐる。

時間は午の中刻（正午十二時）であつた。そのときまで藤堂の軍と対峙してゐた戸田重政の部隊が大谷部隊の側面から進撃して小早川部隊の前衛に備へた。危機はすでに通り去つたのである。大谷部隊の主力である吉継麾下の一隊は凱歌を挙げて藤川台に引つかへしてきたが、朝から長時間の戦闘に疲れた将兵たちが草原に腰をおろしてほつと一息ついてゐるとき、草摺に血をにぢませた、北国第一の勇者、湯浅五助が苦しさうな息づかひをしながら吉継の駕籠の前へ走り寄つてきた。

『脇坂の隊、一向に動く様子も見えませぬ』

『脇坂が、――?』

吉継の声には絶望的な響があつた。『小川、赤座はどうぢや?』

『内応の兆し疑ふべくもなき様子を見受けました』

脇坂、小川、朽木、赤座とつらなる中山道口の部隊は森のかげにあつてそこからは見えなかつたが、そのとき槍を杖に立ちあがつた湯浅の眼に、藤堂の部隊から何か合図でもするやうに大きく旗を振るのが見えた。とたんにどつと鬨の声が起つたと思ふと、中山道を左に迂廻した脇坂部隊の先鋒が藤古川に沿つて前へ前へと伸びてくる。それが川を渡つて小早川部隊の先手をおさへてゐる平塚隊の背後に向つて射撃を開始したらしい。

『裏切だ、裏切だ！』

藤川台の軍勢は俄かに色めき立つてきた。

『脇坂が裏切つたぞ！』

敵は藤川台を挟撃しようとしてゐるらしい。

『五助、脇坂だけはと思つたのに、やつぱりさうであつたか、是非もあるまい。因幡（平塚）も討死の覚悟はしてゐるであらう、もし戦場でめぐりあつたら吉継は本望だと伝へてくれ』

彼は腰の矢立をとり、顫へる手で懐紙に筆を走らせた。『契りあれば六つの巷に待てしばしおくれ先き立つ互ひありとも』――辞世の思を托した歌をさらさらと書き終ると、五助の手にわたし、

『治部も運が無かつたのう、――しかしこれで滅びたとて男の誇に曇りはあるまいぞ』

砲撃の音が間近に起つた。形勢はたちまち一変したのである。小早川の内応は覚悟の前であつたが、絶対に裏切ることはあるまいと信じた脇坂が鉾を転じようとは思ひがけなかつた。しかし、それも今となつてはどう防ぎやうもあるまい。吉継は全軍に藤川台から一歩も動くなと命じ、いよいよ最後の決戦にとりかかつた。初秋の風が汗ばんだ皮膚にすがすがしく、無心に空を見あげた彼の見えざる眼に白いものがキラキラと雲の翳のやうにかすかな光芒を曳いてひらめいた。藤堂、京極の部隊が左に、脇

坂、小川の部隊が右に、次第に銃声が高まり、軍馬の音が刻々あふれるやうにちかづいてくる。正午のひととき、伊吹の絶巓には雲の往き来が遽しく、天満山の一帯を占める宇喜多の陣はみるみるうちに砲煙につつまれた。午後になつて急に勢を盛りかへした福島部隊から法螺貝の音が怒濤のやうにひびいてくる。

『ひと合戦の上、最後のお目通りを願ひませう、――必ず裏切者の首を土産に』

『待て五助！』

吉継が落ちついた声で言つた。『醜き顔をさらしたくない、よろしく頼むぞ』

泣いてゐるらしい、――五助の声は聴えなかつたが、しかし、もう指図をするにも八方から来る敵の方角を見定めることができなかつた。吉継は駕籠を右に左に走らせながら全軍に突撃の命を伝へた。――そこへ乱軍の中を斬りぬけ斬りぬけして平塚為広が唯一騎、最後の訣れを惜むためにやつてきた。

大谷部隊の前衛は早くも切り崩されたらしい。平塚為広は馬の上から手に提げた首を大谷の駕籠の前に投げおとして、『冥途への贈りものには少し粗末に過ぎますが、もはや一刻の猶予もなりますまい、――速かに自害の御用意』

と言ひ残して、またしても殺到する脇坂勢の中へ躍り込んでいつた。

『五助で御座います』

といふ声が吉継の耳元で聞えた。

『生きてゐたか、——雑兵の手にはかかりたくない、この首を敵に渡すなよ』

吉継は駕籠をとめさせると、すぐに肌着を押しひらいて腹十文字に掻き切つた。前へぐつたりと倒れかかつたその身体を片手で支へ駕籠の柱に凭たせかけるやうにしてから五助は一刀の下に首を斬り落した。その首を三浦喜太夫が羽織につつみ、水田の奥深く埋めたときには大谷部隊は跡形もなきまでに崩壊しつくし、やうやく一方の進路をひらいた小早川部隊が平岡、稲葉の両将を先頭にして旗鼓堂々とすでに浮足の立つた天満山一帯の西軍に向つて進撃を開始してゐた。

六

中山道から小関村に下る谷合ひの戦闘は地域が狭い上に揉みあひ押しあつて入り乱れる大部隊の衝突によつて人馬の傷つき倒れるもの数を知らず、敵も味方も将士も雑兵も草葉にながす血潮に差別はなかつた。行き交ひざまに馬の腹をすり合せて馬上に組んで転がり落ちれば、そのまゝ起きあがる隙もなく軍兵の足に踏みにぢられ、足を撃たれて跳ねあがつた馬は悲鳴をあげながら幾十頭となく荒れ狂つて敵味方を蹄にかけてとび廻つた。その混乱を煽るやうに、法螺の音、吶喊の声が渓谷をめぐる断崖にあたつて谺は谺をよび返す。

このあたりが、ちやうど現在の関ケ原町の中央部であると言はれてゐる。横へ曲る北国街道も今は新道がひらけてゐるが、旧道の入口に胴塚があつて小高い丘の上に雑木林をうしろにしたささやかな御堂がある。二年前、私（作者）が此処を訪れたのは、五月の初めであつたが、夕方、宿屋についてひと風呂浴びてから足まかせに歩いてゐるうちに、何時の間にかこの胴塚の前に出てしまつたのである。月の夜であつたが堂の屋根の下に小さい木の額がかかつてゐて『行末を守らせたまへ観世音』と、樹立を洩れる月のあかりに、消えかかつた文字をやつとの思ひで読みとることができた。此処に埋められた首のない屍骸はおそらく数万を数へたであらう。八時になるともう寝しづまつてしまふ関ケ原の町には灯かげが暗く、ふと伊吹もぐさを売る薬種屋を見つけて、店に出てきた老主人としばらく立ちばなしをしたが、彼の話によると、その四五日前、この町で水道工事があり、工夫が土を掘つてゆくと人間の骨が層を成して陽ざしの下に出てきたといふことであつた。この一帯の窪地が、ちやうど天満山の正面下にあたつてゐる。してみれば、宇喜多の大軍が三方の敵にかこまれて悪戦苦闘をつづけた場所であることは疑ふべくもない。心なき薬種屋の主人のはなしに耳をかたむけながら、私は凄気の胸に迫るものを覚えた。

午前八時から正午まで休息するひまもなく終始福島部隊を急追してゐた宇喜多部隊も午後にいたつてついに三方から攻めよせる敵を防ぐによしなく、この谷底に殲滅の運命を辿るの止むなきにいたつたのである。桃配山の本陣にあつた家康は大勢のすでに定つたことを知つたらしく、麾下の兵を岡山の手前まで進め、使番を前軍の各部隊に走らせ、小早川の内応と脇坂等の叛乱をあまねく伝へさせた。全軍鬨の声をあげて大貝を吹きたてて一挙に前進したのもこのときである。かくて東軍の意気は天に冲した。山中村、藤下村をかためてゐた諸隊も大谷軍の壊滅と宇喜多部隊の総崩れとなるにつれて、徐々に笹尾山を目ざしてあつまつてくる。藤堂、京極の部隊は石田の部隊に向ひ、小早川、脇坂の内応軍は井伊部隊の横備へとなつて島津の陣に向つたのである。天満山麓には太鼓丸の旗も赤地吹貫の大馬印も今は影さへなく、身に数ケ所の矢傷を負つた宇喜多秀家は小早川の反撃を知ると、もはや最期と思ひさだめたらしく、旗本の兵を率ゐて、金吾中納言（秀秋）と一騎討ちの勝負をしようといきまいたが、部将明石全登は馬の口をおさへて離さうとしなかつた。

『君は諸将に号令する御身分ではありませぬか、今こそ再挙に備へる御自重が策の得たるものと心得ます、――裏切者はそれがし必ず君の身代りとなつて』

『いや、もはや大事は決したのだ。おれは秀秋の内応だけを憎むのではない。大坂の旗本の醜きざまを何とする、南宮山に馬を進めて形勢を観望してゐる秀元は、あれでも男か、――全登よ、おれは口惜しいのだ』

『お察し申し上げます、これも時節で御座いませう、今は一刻も早く戦場を立ち退き備前美作へおかへり下さることこそ願はしう存じます、もし事終らば岡山城に天下の兵を受けて最後の決戦をなさるともおそくは御座いますまい』
明石全登の老眼は早くも涙で曇つてゐる。とはいへ今は半刻の猶予もゆるすべきときではない。鎧の袖にふりかかる口惜し涙をおさへて秀家はわづかに近臣数人を従へ、うしろに廻つた脇坂の一隊を斬りぬけて伊吹山麓に逃れ去つた。このときまで黒田、田中、生駒の諸隊は石田の前衛、島、蒲生、舞（兵庫）の隊と血みどろの白兵戦をくりかへしながら、勝敗は未だいづれとも決しないでゐたが、大谷部隊を撃滅して中山道を下つてきた藤堂、京極二隊の来援によつて士気は俄かに奮ひ立つたのである。島の部隊も大砲の砲弾が尽きて今は防戦の道なく、笹尾山の中腹まで逃げのぼつたが、猛将左近の必死をこめた下知によつて十数回反撃を続けたもの丶、しかし、そのたびごとに士卒は数を減じて前衛の陣形は此処にまつたく崩れつくした。時機の切迫したことを感じた蒲生郷舎は残る数人の従士とともに群がる敵兵の中へ斬り込んでいつたが、手あたり次第に槍をかざして突きまくるうちに、馬が倒れ、やむなく徒歩のま丶藤堂勢の列をつきぬけて相川にちかい坂道の下へ出た。前もうしろも砲煙にとざされ、足元の草原には雑兵の屍骸が所きらはずころがつてゐる。振りかへつてみると誰ひとりついてくるものはない。ちらつと部将喜多川平左衛門のうしろ姿だけが視野の中をそれもほんのおぼろげにかすめ去つたが、今の彼には呼びかける気力もなかつた。
『三七郎、三七郎』

と、呼ぶ声が心気を鈍らせる硝煙の中から聞えて来た。とたんに、舞兵庫だな、と思つた。つれてくる筈ではなかつた倅を、たまたま、親ごころをこめて造らせた鎧、兜の出来栄えが芽出度く、着せてみた武者振りの頼母しさに、そのときの心の機《はづ》みで倅に初陣をさせようと夢を追ふやうな気持で戦場へつれてきた舞兵庫のことが、堪へきれない感情の翳をとほしてうかんでくる。たしかにさう聞えたと思つた声も、たゞそれだけで聞えなくなつてしまつた。すぐ鼻先に馬の蹄の音が大地を蹴つてひびいてくる。蒲生郷舎はわれに返つて草むらの中で息をこらした。すぐ眼の前の岩かげに彼が寝そべつて潜んでゐるとも知らずに、悠々と馬を進めてくる鎧武者がある。しかもひとかどの武将らしく、小桜を黄に返した鎧の色のすがすがしさに、やり過して置いて、武門の習ひ、——われともなくすつくと立つて、うしろ姿を消えかかる煙の中に見まもると、馬上の大将はまぎれもなく一面識のある織田信長の弟有楽斎であつた。

一期の名残にめぐりあふ敵としては、いささか物足りぬ感がないではないが、しかし、名もなき雑兵に首をあたへるよりはまだましであると思ふと、飄逸な性格の持主である郷舎の心に余裕が生じてきた。彼はすでに五十をすぎて老の見える有楽斎のうしろから、

『そこへまゐらるるは右大臣信長公の弟、有楽斎信勝殿とお見受け申す』

と、紋切型の声で呼びかけ、有楽斎がどきつとして振りかへつた髯面へ、

『よもやそれがしをお忘れにはなるまい、蒲生飛驒守の家中にて横山喜内と申すもの、よきところでお会ひ申した』

人馬のひびきは四周から聞えてゐたが、不思議にもこの草原の一角だけには人影の動きさへもなかつた。有楽斎が頷いて、

『おゝ存じてゐたぞ、――今度の戦にはさぞかし艱難を重ねたであらう、有楽斎が見かけた上からは、必ず内府に乞ふて一命だけは助けてやるぞ』

と、いふと郷舎は鎧の胴をおさへて笑ひだした。笑ひ終つて彼はすかさず有楽斎の鎧を片手でおさへ、

『そのお志は身に沁みてありがたく存ずるが、有楽斎も耄碌めされたな、人を知らぬにも程が御座るぞ、それがし、まことの名は蒲生郷舎、今日の戦には刀折れ矢玉尽きて、この首誰かに進ぜようと待ち設けてゐるところへ図らずも尊老にお出合ひ申した。これも前世の因縁で御座らう、御迷惑とは存ずるが郷舎が一期の思ひ出、この一太刀をお受け下され』

背中に背負つた大野太刀を抜く手も見せず有楽斎の右の佩楯に斬りつけた、不意をうたれて老将有楽斎は魂消るやうな悲鳴をあげて馬から転り落ちた。郷舎もこれを殺すつもりはなかつたらしく、突立つたまゝ有楽斎の起きあがるのを待つてゐると、坂の下から振返つて眺めてゐた有楽斎の従士沢井久蔵が矢庭に槍を構へ直して郷舎にと

びかかつてきた。郷舎はこれを無雑作に斬り伏せた。そこへ沢井の部下である雑兵が三四人、槍を合せて突き進んでくるのを慌て丶体を躱さうとした機みに泥土に足がすべつて前にぶつ倒れた。郷舎は疲労しきつてゐた。再び立ち直らうとして片肘を突いたところをもろくも雑兵の槍に突き刺されたのである。やつと気力を恢復した有楽斎がその首を斬り落した。

蒲生、舞（兵庫）の隊はもはや潰乱しつくして柵内には味方の傷兵が呻き喘ぎながらのたうち廻つてゐる。すでに午前中の戦闘で腿に銃丸を受けた島左近も笹尾山の竹林の中で生き残つた麾下の将兵百余人をあつめて最後の決意を洩らしてゐた。去るものは遠慮なく去るがいい、我と死をともにするものだけ我につづけといひ渡して彼は陣頭に立つたが、誰ひとりとして立ち去らうとするものはなかつた。島の一隊は決死の勢ものすごく、午後の陽ざしに照り輝く金の七本骨の馬印を目がけて、むらがる敵の中に突き入つたのである。たちまち京極勢の右翼が切り崩された。岡山の麓、陣場野にある家康の本陣をまもる生駒部隊を目ざして一気に近づいたとき、左近は運悪しくも流弾に胸をうちぬかれ、その場で落命した。左近の死については諸説紛々として一定してゐないが、彼が関ケ原を去つて何れかに姿を晦ましたといふ解釈には頓《にわか》に同意しがたいものがある。むしろ混乱の最中にあつて彼の屍体は雑兵の屍体にまぎれて見出すことができなかつたと推定すべきが至当であらう。笹尾山をかこむ東軍の諸将は、いづれも三成の首をねらつてゐる。未の中刻（午後二時）をすぎて天候が一変したと思ふと、たちまち雨になつた。最後まで戦ひ抜いた石田部隊もいまは、勝ち誇る東軍の鬨の声のうちに滅び去つたのである。栗の林がざわざわと風にゆれ、相川山を迂廻して伊吹の山裾に落ちてゆく傷武者の姿が、雨の中だけにひとしほ侘しく眺められた。家康は黒田、田中の部隊に命じて敗走する石田部隊を追撃させたが、栗林をぬけるとすぐ水田の畔道で、雨のために騎馬の追撃は不可能となつた。それでもなほ沿道の民家は残る隈なく、縁の下から屋根裏まで捜索しつくしたが、治部少輔の姿は何処にも見出すことができなかつた。そこで田中部隊だけが残敵の掃蕩を命ぜられて相川村一帯の警備に就いたのは未の下刻（午後三時）である。主将三成は伊吹裏山道の渓谷にそつて、降りしきる雨の中を唯ひとり、江州路を目ざして落ちていつた。大事は悉く決したやうにも思はれるし、未だ為すべき事が残つてゐるやうにも思はれる。死を希ふよりも生を欲するよりも形を見定めることのできないやうな悠久なものが彼の行手にひろがつてゐる。やつと渓谷を二つ越えた密林の中の岩のかげに腰をおろし、はじめて彼は自害しようかどうしようかといふことについて考へてみた。近江路へ抜ければ佐和山はそれほど遠いといふ道程ではない。佐和山の居城には父の隠岐守正継もゐるし、兄の木工頭《タクミノカミ》正澄もゐる。それに大坂からは弓鉄砲の物頭赤松則房が援軍として到著してゐる筈だ。――しかし、今の三成には、生きて佐和山へかへる気持はなかつた。彼はすぐ足元を流れてゐる谷川までおりていつて、腰の血刀を洗ひきよめた。血の色はすぐ水に溶け、刀身には落葉が蛭のやうにへばりついてゐる。それをとらうともせず、そのまゝ元の鞘におさめた。風の音が樹立をゆるがしてひびいてくる。

七

雨の中に伊吹は尾根の線を灰色の空にぼかしたまゝ暮れていつた。藤川台から中山道一帯にかけて西軍の旗差物は影をひそめ、残るのは北国街道口、小池村の陣所に次々と友軍の崩壊するのを傍観しながら、辰の中刻から未の中刻まで次第に数を増してくる敵の中に微動もしないで待機の備をかためてゐる島津部隊だけである。熊の皮の一本杉の馬印は雨にうたれ、白地に黒十文字の旗差物が三段備の位置を保つたまゝ関ケ原を埋める東軍を俯瞰してゐる姿は見るからに壮烈であつた。終始一貫して島津と対峙してゐた井伊（直政）の部隊は近づくごとに三方に備へた鉄砲組に掃射され、みるみるうちに街道は人馬の屍骸によつてうづめられた。しかし、今は東軍総勢の目標は残る島津部隊のみである。中山道を隔てた関ケ原は見わたすかぎりの敵勢であつた。笹尾山の高地を占領した黒田部隊は強引な砲撃をつづけながら、島津の横備へに肉迫してくる。これに当つた長寿院盛淳の一隊は何時の間にか不利の地形に追ひ詰められ、その上、雨を防ぐ用意がないために火薬はほとんど不発に終つて用をなさず、兵児部《へこ》隊が誇とする鉄砲組も此処にまつたく威力を失ひつくしたのである。山田有栄の前隊が急湍のやうに三方から流れ下る敵にかこまれたと思ふと、瞬く間に大軍の渦の中に影を没してしまつた。北国街道口に集結した東軍の諸隊は今はもう剣戟を交へる間隙もないほど気勢をそろへて、泥田も畔道もひと飛びに前へ前へとひた押しに進んでくる。義弘の眼にもこの形勢はもはや力をもつて恢復することのできないほど絶体絶命のものであることがハッキリ映つてきた。そこへやうやく残兵をまとめた盛淳がひきあげてくるのを見ると、義弘は床几を蹴つて立ちあがつた。

『この大軍を向ふに廻しては勝算も覚束ない、――この老軀では伊吹に逃れたところであの嶮路を越ゆる見込も立たぬ、今こそ島津が最期の武名を残すべきときだ、此処から見れば陣場野の内府の陣もそれほど遠いといふほどでもあるまい、一気に敵陣を突き切つて、よしや敵はぬまでも内府の麾下に斬入らう』

かねて覚悟をしてゐたらしく、彼は『急ぐなよまた急ぐなよ世の中を定まる風の吹かぬかぎりは』――と、乱軍を前にして綽々たる余裕を示しながら決死の思ひを仄めかしたが、豊久、盛淳、重時の諸将は口を揃へて異説を主張した。『このたびの合戦は秀頼公に対する薩摩単独の義軍であつて、三成のための戦ではない。してみれば、三成が敗れたとてその弔合戦をする必要がどうしてあらう。秀頼公御在世のかぎりは、いかなる手段を用ひてもこの場を遁《のが》れ、再挙を図るべきが大勇に赴くもの、志である』

義弘もこの言葉に動かされた。つひに後醍院宗重の献言によつて、伊吹を越えるよりもむしろ前に逃れ敵陣の中央を突破し、内府の陣に迫ると見せて伊勢街道から一気に脱出することに決定したのである。

池寺池は雨に煙つて、水面に波のざわめきが無気味な音を立てはじめた。義弘の陣があつたといふ小丘は今日もなほ昔のまゝのかたちをとどめてゐる。私（作者）の此処を訪れたのは、新緑の季節であつたが、丘の上には目じるしとなるための桜の木が一本、若葉の色が午後の陽ざしに輝くばかりであつた。年ごとに「鹿児島青年団」によつて建てられた標木が、「何年何月」と書いた墨の文字もあたらしく、幾本となくならんでゐるのも、ほかの西軍諸将の陣跡が道しるべのやうな石さへ苔古るにまかせて年とともに哀れを深めてゆくのにくらべ、盛衰の機縁のはかりがたさを思へば、ここに見られる追慕の標木にも胸に迫るものがあつた。関ケ原の合戦に強引の退陣を決行した島津の運のつよさが、池寺池の水に映る桜木の若葉の色にさへ宿つてゐるやうに思はれる。

すでに意を決した島津部隊は長距離競走にスタートを切る選手のやうに全然異常な速力をもつて街道口をふさぐ井伊の前隊を突きぬけ、西貝塚まで出てきた筒井定次の横備へを破り、関ケ原の西に抜けて福島部隊と決戦するやうに見せかけながら、俄かに進路を南にとり、桃配山をうしろにして烏頭坂《うとうざか》をのぼりみごとに予定どほり伊勢街道へ出たが、その行軍の速さには陣場野にあつて観望してゐた家康も思はず舌を捲いたと言はれる。北国街道にある前の陣地から烏頭坂までは十七町ほどはなれていたが、いよいよ島津の退陣戦略に一泡吹かせられたと知ると、井伊、本多、小早川（秀秋）の部隊は時を移さず追撃に移つた。島津隊は急追する敵を防ぎ防ぎ南へ南へと逃れて、やうやく牧田村大門に達した。この大敵を逸することは井伊にとつては一生の不覚である。彼の一隊だけはなほも必死になつて追撃した。義弘から授けられた猩々緋の陣羽織を着た豊久が唯一騎、井伊の追撃隊に包囲されて八方からの槍ぶすまにかけられ、馬上に突きあげ突きおろされること数回に亘つて見るも無慚な最期を遂げたのもこのときである。老将盛淳も義弘と偽つて敵中に跳り入つた。義弘は、やうやく危難をまぬがれたもの、、しかし、愛馬はすでに倒れて乗り継ぐ馬も無く、足にまかせて逃げ延びようとすると、井伊は先頭に馬をすゝめて必死に追ひ迫つてきた。そのとき島津の家臣、柏田源蔵が窮余の策として撃つた鉄砲が見事に井伊の槍を抱へた右腕に命中した。不意をうたれて馬から転がり落ちたところを草むらに息をひそめてかくれてゐた三成の家臣で、そのとき島津隊に混入してゐた入江権左衛門が矢庭にをどりだして太腿に斬りつけた。つゞいて二の太刀を浴びせかけようとしたが、そこへ追撃隊が駈けつけてきたので、入江はその機会を失つて逃げ失せた。——瀕死の重傷を負つた井伊は従士たちの手で附近の民家へかつぎ込まれ、義弘をまもる島津の残兵五十余人は九死に一生を得てやうやく敵の追撃をまぬがれたのである。全身綿のやうに疲れた義弘は、途中で鎧兜をぬいで従卒に持たせ、命のかぎり走りつづけて多羅尾峠まで来たところで振りかへつてみると、関ケ原一帯には雨の空に黒烟が濛々と立ちのぼつてゐる。民家に火災でも起つたのであらう。秋の七草のみだれ咲く多羅尾峠には早くも夕闇が忍びよつてきた。井伊の追撃隊がかへつてくると、家康は全軍に戦闘中止の命令を発した。これと前後して南宮山の裏にかくれてゐた長曾我部、安国寺、長束の三部隊に猛撃を加へながら、やうやく追撃に移らうとする池田、浅野の部隊にも中止命令が発せられ、雨の中を家康は陣を藤川台に移し、そこで直ちに首実検にとりかかつた。石垣をめぐらした高地に座所をつくらせ、軍監、目付役を残らず動員して、引きも切らずに戦場からかへつてくる部隊を広場の両側に配列させた。高地の横の草原には細竹を渡して、その上に渋紙をはり、臨時の湯呑場がつくられた。首実検の場所は今も鉄柵にかこまれて昔のまゝの形を残してゐると言はれる。うしろには雑木林があり、そのかげに首塚があるが、もし雨の日の夕方に傘を傾けてさまよつてみたなら、蕭殺の思ひはおそらく肺腑をえぐるものがあるであらう。初夏の一日、私（作者）は首塚のすぐ前に「首洗ひの井戸」と書いた標木のあるのを見つけたのでそのあたりを探つてみると、草の中にやうやく人体を没するほどの穴があつた。覗いてみたが、内部は真つ暗で、底は相当に深いらしい。戦場で斬獲した首は先づこの井戸の前で洗ひきよめられ、次々と家康の面前へ運ばれたのである。

時刻は申《さる》の中刻（午後四時）をすぎて伊吹はみるみる裾野から暮れそめ、高原には黄昏の色が雨脚の白さを濃くうき出してゐる。座所の周囲には家康の旗本衆がいかめしく居流れ、石垣の前には木の台が設けられた。首実検に先立つて戦功諸将の賀式が行はれようとしてゐるのである。略式ではあるが儀礼は厳重を極めた。家康は横にしぶく雨を避けるために近臣に命じて兜を持つて来させ、自分で紐を締めながら、

『どうぢや』

と満足さうにあたりを見廻した。『勝つて兜の緒を締めよといふのはこのことぢやよ』

戦勝の祝詞は先手の諸将からはじめられた。客分として福島正則がうやうやしく頭を下げ、

『今日の合戦、勝利は当然とは言ひながら、御武運の目出度さお祝ひの言葉も御座りませぬ』

と、言ふと家康は、

『いや危いところぢやつた、――左衛門太夫殿が宇喜多の大軍を支へてくれなかつたら、どうなるかわからぬところぢやつたよ』

正則は自分よりも本多忠勝の武勇こそ、たぐひ稀なるものであるといつて推称した。

先きを争ふやうにして進み出てくる将領の一人一人に、家康は上機嫌で愛想を振りまいてゐたが、やがて黒田長政がちかづいてくると、

『甲斐守、――近う』

と、いつて座所からとびおり、長政の手をつよくにぎりしめた。

『今日の大勝は貴公の謀略の致すところである、――戦功の比ぶべきものはあるまい。黒田家のつゞくかぎり決して疎略には致さぬぞ』

家康は腰につるしてゐた吉光の小刀を長政の手に渡した。長政が押しいたゞいてひき下ると、すぐ首実検にうつつて、外藩の諸将が本多忠勝の附添でそれぞれ慶賀の詞を述べてから首を次々と台の上へ運んできた。忠勝の倅、内記忠朝が五つあまりの首を腰にぶら下げて入つてきたが、刀が反りかへつて鞘におさまらぬらしく五六寸刀身の出てゐるのを見ると石垣をかこむ将士たちが思はず感歎の叫び声をあげた。

『お、よき功名を樹てたな』

家康が嬉しさうな声で呼びかける。祐筆が首の名前を順々に帳面へ書きつらねた。内記忠朝が面目を施してひきさがると、織田有楽斎が倅の長孝とつれだつて進み出てきた。有楽斎はやつと聞えるか聞えないほどの声で祝辞を述べ、石田の部将、蒲生郷舎の首と名乗つて台の上へあげると、草原を埋める将士たちは急に鳴りをひそめた。首はさつきからすでに幾十となく上覧に供へられてはゐたが、しかし、これに比ぶべ

き勇将の首を持つてきたものはまだなかつた。それが、織田有楽斎の手に落ちようとは誰ひとり予想もしなかつたのである。家康の顔が急にひきしまつた。
『いかにも備中守の首に相違ない』
手傷一つ負はないで雨の中に立ちすくんでゐる有楽斎の顔が勇ましいといふよりも、むしろ哀れつぽく見えた。『蒲生備中の勇名は長年聞き及んではゐたが、無慚な最期を遂げられたな』
思ひなしか、その首は唇を前へつきだし、かすかにせせら笑つてゐるやうでもある。宇喜多部隊が福島の本陣を圧迫し、形勢が味方に不利になりかけたとき、石田の部隊から撃ちだした石火矢（大砲）が家康のかけてゐる床几から一町ほどはなれた断崖の上で炸裂したときの、全身が縮みあがるやうな絶望感はまだ彼の胸にこびりついてゐる。一瞬の幻夢であつたが、家康はハッとわれにかへつたやうに有楽斎の顔に笑ひかけた。『これは御老体にもかかはらず抜群の功名、ありがたく存上げる』
有楽斎と入れかはりに、深傷を負つて気息奄々たる身体を両側から従士の肩によつてやうやく支へられながら、井伊直政が家康の第四子、下野守忠吉とならんで石垣の前にひれ伏した。井伊の助言で先陣の功名を樹てた忠吉は、さつきから到著してゐたが直政のおくれてやつてくるのを待つてゐたのである。忠吉も、島津部隊の追撃戦で傷をうけ、左手を胸の上につりあげてゐた。しかし、家康はちらつと忠吉の顔を一瞥したゞけで、すぐ石垣の前にうづくまつてゐる直政に近づいた。

『しつかりせよ、――その方の武勲は家康肝に銘じてゐるぞ』

『申訳も御座りませぬ、維新入道（義弘）の落ちてゆく姿を眼の前に見据ゑて、不覚にも』

声がかすれてよく聴きとれなかつた。不完全な足の繃帯に血があふれるやうににぢみ、口をきくさへも苦しさうである。

『言ふな、――早々に引きさがつて傷の手当をいたすがよい、その方が今日の働きは三河武士の誉であるぞ』

『いや、わたくしごときが』

直政は感激に胸を顫はせた。『もつたいのう御座います。それがしよりも忠吉公のおん働きの眼ざましさ』

水びたしになつた草原に両手をつき、苦しさうな咳をつづけた。家康は、しかし、忠吉の方へはいかにも満足さうな眼配せをしただけで直政の従者に薬品をあたへ、充分の手当をするやうに命じた。二人がひきさがると、朝から吉川部隊と睨みあつて南宮山の毛利勢を牽制してゐた浅野長政、池田輝政の二人がやつてきた。中村、山内、蜂須賀、金森、遠藤、――とそれぞれ恩賞の言葉をもらつて退出すると、もう柵の前には、各部隊の部将たちが首を上覧に供へるために列をつくつてゐる。どの首も髪は濡れて乱れるにまかせ、両眼をとぢてゐるものもあれば、片眼をあけてゐるものもあり、口惜しさうに歯を喰ひしばつてゐるのがあるかと思ふと、皮肉にも台の上へ載せてから急にとぢてゐた眼をひらいた首もある。家康も今まで数度の戦に同じことを何べんとなく繰返してゐるが、しかし、これほど夥しい数の首実検をしたことはかつて無かつた。首は無際限にあとからあとからとつづいてくる。宵闇のために顔の輪郭を見定めることができなくなつたので、蓆で雨がこひをつくつて篝火を焚いたが、燃料がしめつてゐるせゐか火はちよろちよろと燃えたと思ふとすぐに消えた。それがために闇は一層ふかく、どの首も何処かに無気味な影を忍ばせてゐる。首の列が少し途切れたところで家康はうしろを振りかへつた。

『金吾中納言はどうした?』

従士の村越直吉が慌て丶立ちあがらうとしたとき、黒田長政が機会を狙つてゐたもののやうに首の列を遮つて前へ進み出てきた。『中納言はそれがしの陣にて御沙汰の下るのを待つて居られます。内応の機を逸したことは重ねがさねお詫びを申してくれとの依頼をうけて、唯今参上いたしたところ、——不行届の段は何卒おゆるし下さるやう、それがしよりもお願ひ申上げます』

紫裾濃の長政の鎧が雨にうたれてキラキラと光つて見えた。

『それには及ぶまい、——早速、案内をお頼み申さう』

秀秋の来るまで首実検を休んで、家康はうしろの床几によりかかつた。やがて赤縅の鎧を着た小早川秀秋が黒田に附き添はれて落ちつきのない姿を見せると、

『よう』

と、家康は高く呼びかけ、兜の忍びの緒を解いて挨拶をしてから、

『もう来られるかと待ちこがれてゐたところぢやよ』

どうなるかと案じぬいてゐた秀秋は、ほつとひと安心したもの丶、しかし、あまりにも不自然すぎる家康の応待にどうしてい丶かわからなくなつたらしく、そのま丶足元に両手をついて平身低頭した。『弱年の身にして戦機の動きを知らず内応のおくれ申したることは、まことに恥かしきかぎりに存じあげます』

『いや、いや、何を言はれる、尊公の裏切りがなくば関東勢は袋の鼠となつたかも知れぬ、——機を見ることの正しさは、さすがに亡き隆景公の御名跡を継がれるだけのことはあると感じ入りましたぞ』

秀秋の胸の奥に淀んでゐた処理のつかない感情は、これがためにいよいよやりきれないものに変つてきた。

『中納言へは思ひがけぬ恩賞のお言葉にあづかり、それがしも嬉しく存じあげます』長政が横合から複雑な感情の動きをひそめた家康の微笑に答へた。『中納言は是非とも明日の佐和山攻撃に先手を承りたき所存のよし、——その志を御嘉納下さればそ

れがしも身にあまる面目』

『御志は家康過分の至りに存ずる』

これで秀秋は黒田に促されて、半ば侮辱されたやうな、半ば面目を施したやうな気持で、家康の視線を避けるやうにしてひきさがつたが、つゞいて、脇坂、朽木、赤座、小川の西軍諸将が型どほりの挨拶をしてかへつていつた。それから再び首実検に移らうとしたとき、

「お側はなれず」（当時さういふ名称があつた）の侍臣、岡江雪が横合から口をはさんだ。

『まことに夜が明けたやうな気がいたします、——西軍内応の諸将の謁見も終つたのを機会に、今こそ全軍に凱歌を挙げさせられて然るべきものと心得ますが』

『待て、今日の勝利はすべて諸将の協力による、その諸将の家族の者どもが人質となつて大坂、伏見にあるかぎりは、わが心も安らかではない、——必ず数日の後、大坂へ攻めのぼり、質をわが手にとりもどした上にて勝鬨の式を挙げることに致さう』

首はあとからあとからと持ち運ばれる。夜になつて雨はあがつたが、風が出て凄惨の気は高原にみち、左右から従卒のかかげる篝火の焔が音を立てゝ燃えあがる。家康はもう首を仔細に見ようともしなかつた。黒い影が流れるやうに彼の前へちかづいてきて、『舞兵庫殿』といつて血の滴る首を台の上へ置いた。佐久間安政の家臣、中山

大平であつた。

『お丶舞兵庫の——？』

家康が従者のかかげる篝火を右手にうけとつて兵庫の首に眼を移さうとしたとき、中山大平は兜をかぶつたままの小さい首をもう一つ兵庫の首の横へ置いた。鍬型に金の兎をうつた兜の、それも忍の緒で首の切口がしつかりと結びつけてある。風に煽られた焔がゆらゆらと人形のやうな子供の顔を照らしだした。家康はびくつと眉を顫はせながら、

『何ぢやよ、それは』

『兵庫殿の子息、三七郎に相違御座りませぬ』

『その方、斬つたのか？』

『どうしてこの私に』

中山大平は太い声で答へたと思ふと、両手で虚空をつかむやうにして泣きだした。

『敵とは申せ、兵庫殿には格別の恩を受けた覚えも御座ります、——それが、笹尾峠の麓にて兵庫殿にバツタリ出会ひましたが、乱軍の中にて、お丶中山と呼びかけられ、敵を前にして怯むな、わが首とつて今日の手柄とせよと申されました』

『兵庫がのう』

『それも、もはや数ケ所に傷を負はれ、吐く息も苦しさうに見うけられましたが、左

の脇にこの首を』

と、台の上の兜首に眼をうつした。『しつかりと抱へてをられました』

『うん』

家康は前かがみになつて首を覗きこんだ。『それから、いかがいたした』

『中山、三七郎の首ぢや――頼むぞと申されました』

『うん』

『あとは夢中で御座りました、槍をしごいて立ち向はれ、それがしも必死の応戦にて、やうやく組み敷き、せめてもの御恩報じと、いさぎよく首をうちおとしました』

『もうよい、ひきさがれ、――その小倅の首を手あつく葬つてやれよ』

倅の首を抱へてゐたのは、おそらく最後まで、見ぐるしき死にざまをさせないためにわが手で斬りおとしたものであらう。中山大平の姿が闇の中に消えてゆくと、家康はすぐ床几を立つた。そこから二町ほどはなれた大谷吉継の陣が家康の休息所にあてられてゐる。松平忠吉が父に代つて首実検の役目をつとめることになつた。十数名の侍臣にまもられた家康が柵の外へ出てゆくと、首実検を終へた部隊もそれぞれの陣営にひきしりぞいた。士分の首は目付役、雑兵の首は使番がこれを検べて合計三万二千六百五十、――とするされた。雨のために諸隊の炊爨は不可能になつたので、沿道の民家から徴発した米もそれを生米のまゝ分配するよりほかに方法はなかつた。午後七時になつて家康の命を奉じた使番が、生米を食ふべからず、これを水にひたし八時をすぎてから食すべし、といふ布令を各部隊に伝達して歩いた。

# 瀧について

瀧は没落の象徴である。その没落がいかに荘厳であるかといふことについて説かう。私は一日天城の峻嶺を越え、帰途、山麓の雑木林の中の細径に、しめやかな落葉のにほひを踏んで浄簾の瀧の前に立った。

冷々とした水煙を頬に感じながら、私は夕暮るる大気の中を白々といろどる瀧を眺めた。私の心は幾度びとなく瀧とともに没落した。すると、ある自暴自棄な感慨が私を圧へつけた。私は眼の前の瀧の色が、微妙な、しかも急激な速さで刻々に変つてゆくのを見た。その変化が私の心に新しい浪漫主義を呼び起した。山腹をめぐる渓流はその静寂な環境の中で、ゆるやかな運命に対して一つの刺戟を求めはじめた。流れの先端は新しい方向を求めて、彼等が常に避けてゐた障碍物に突進していつた。渓流の冒険が始つた。彼等は無限にひろがる広濶な眺望に憧れはじめたのである。しかし、彼等が新しく活躍しようとしてゐる岩のうしろはやがて深い絶壁である。渓流は岩を乗り越えた。彼等が凱歌をあげて、すべるやうに勾配の急な岩の間に殺到してきたとき一瞬間、渓流は彼等の運命に対して懐疑的になつた。彼等自身の力でない、ある不可思議なものによつて導かれてゐるといふ感じを避けることが出来なくなつたからである。傾斜がたちまち垂直になつた。私は今やうやく落下しようとする瞬間に、非常な力で自分をうしろへ戻さうとする渓流の意志をありありと見る。しかし、到頭落下しはじめた。不安と疑懼と後悔との感情が、没落の出発において彼等を支配する。だが、すぐ新しい反動が現はれた。彼等は彼等が没落を意識した瞬間において、ほとんど予期しなかつた悲壮な情緒によつて、没落の運命に突入してゆくための勇気をとり戻した。さあゆけるところまでゆかう。瀧がその下半分においていかに英雄的に没落するかを見よ。彼等は最早回顧的な感情の片影をすらも止めてゐない。――

# 没落論

この頃読んで非常につよく感銘をうけたものにロシアの作家の書いた「降伏なき民」という小説がある。これはドイツ軍が進駐してきて小都会の民衆を圧迫する。それに対して最後まで抵抗しようとするロシア庶民の生活の根づよさを書いたものである。テーマはどこまでいっても負けないという精神のつよさであるが作者はこの民族性のつよさを思想のつよさに結びつけている。だから一種の宣伝書でもあるし、同時に民族の強靭さを主張する小説でもある。しかし、一応そういう解釈を下した上で最後に残るのは人間の根づよさだけである。現象的にいうと戦争をやりぬく力であるとも言えよう。しかし、そういう感銘をだんだん追究してゆくと、文学としては必ずしも新らしいものではなく、むしろ、ゴーゴリの「タラス・ブーリバ」を近代的な用式に置き換えただけのもののような気がする。換骨奪胎というかんじである。結局宣伝小説というものは古くして低い。政治がうしろにいて糸を曳いているからである。

ゴーゴリの「タラス・ブーリバ」は武士道的偏見によって一生をつらぬいた男である。これは思想でもなければ主義でもない。同時に武士道がつよいのはその根抵に横たわる正義感のためであった、正義と愛情の存するかぎり武士道は厳として存在しているからである。これは思想とはまったく別個のものであって、例えば日本に武士道的な思想がかたちづくられ封建制度の用心棒としての武士の生活が確立してから正義と愛情は権利と義務に一変した。「タラス・ブーリバ」の美しさは彼が政治的偏見を信じているところにあるのではなく、愛情に根をおろした人間的な強さの中に潜んでいると思う。しかし、いずれにしても「タラス家の人々」は仮りにそれがどのような宣伝力を持っているとしても、ゴーゴリの描いた「タラス・ブーリバ」よりあたらしいものではない。結局最後に残されるものは文学と政治的環境とが一致し得るという仮説が今日において一つの大きな食いちがいを残しているのは何がためであるかという問題だけである。もし十九世紀を文学の世紀だと言い得るとすれば二十世紀は断じて文学の世紀ではない。早いはなしがロシアにおいてさえ、あたらしい政治的環境の中からあたらしい人間が生れるということは考えられぬ。トルストイの「戦争と平和」が今日なお且つ戦争と人間についてあたらしい解釈を残しているのは彼が創作態度の上に政治的な枠を持っていなかったからではあるまいか。文学は二十世紀に入って完全に政治の枠の中へ追い込まれ、政治が人間生活の規準をつくりあげたときに、僅かに時代の滓として残された。それ故、新らしさというものはテクニック問題だけに限定されてしまったのである。

戦争期間において文学が、ほとんど何の苦悶もなく、至極簡単に国民的義務に還元していった安易さについては、今日においてさえなお考うべき多くの問題が残されているが、作家の生活感情の中に内在する人間的苦悶（個人だけに終始する場合は別として）が時代の上にかすかな陰影さえも残さなかったことは、必ずしも作家の罪ではなく、テクニックにのみたよろうとした時代的風潮の然らしむるところである。テクニックは常に動揺する。むしろ動揺することにのみ生命があるのである。それにもかかわらず国民的義務に還元したテクニックは厭でも一つの鋳型によって自分をへしゆがめなければならない結果になるのである。これがために文学は恰かも海鼠が鎧を着たような姿になってしまった。これが次第に年月が経って、一年を送り二年を迎えるにつれて作家各個人、――もっとも順調な機会と状態をあたえられた人たちでさえ、少くとも彼等が文学者であるという自覚を失わないかぎり、もはや自分が物を書くという自信を持つことができなくなってしまったのである。特に戦争の最後的段階において文学はこの世の中から形影ともに没し去ったといっても嘘ではあるまい。このような国内の現象と対比するとき、「タラス家の人々」の生れたロシアの民衆生活の根づよさは、十九世紀に築きあげられた文学の成果であるということを痛感しないではいられぬ。ロシアの民衆は歴史の一貫性の上に立って精神の伝統を保っていた。これは武士道の示す倫理的方則を超越している。民族のもつ信仰が貧乏ゆるぎもしないでそびえ立っているかんじなのである。われわれが民衆の生活を神話の仮説によって形式づけ、やっとこさで保っていたような信仰とはわけがちがう。大地から伸びあがってくる信仰である。大地から伸びあがった信仰だから大地へたたきつけたところで決して潰れるものではない。とにかく民族というものが実存するかぎり、民族の中にある伝統のうつくしさが、各個人の人格に反映するのである。これを今日の場合にあてはめてみると、日本の民族は正しくぺしゃんこにへしゅがめられているけれども、そのゆがみかたにおいても何か一歩手前のところで踏みとどまったというかんじである。もし民族が没落の方向をつかんでほんとうに没落しきってしまったとしたら、おそらくそこから真にあたらしい形が生れてきたにちがいないと思う。しかし、残念なるかな、日本の場合は民族が没落の方向を見出す前に個人の堕落がはじまったのである。そこにわれわれのうけとるべき宿命があったとも言えよう。このような堕落は、これこそ相当長いあいだ、ほとんど永遠といっていいくらい、あたらしい宿命がわれわれをおとずれるまでつづくのではあるまいか。今日、個人の生活の中において、没落と堕落とがいびつな喰いちがいを示している。民族の没落には歴史をつらぬく一つの流れがある。これは没落であって堕落ではない。例えば、個人的に飯が食えない、それから精神の支柱を見うしなってしまった、それで、どうにもならん、勝手にしゃがれといって捨鉢になってゆくすがたがある。これは没落を前提としない堕落である。今日においてはこのような堕落でさえもなお合理的であれば必然でもあろう。しかし、われわれが今日、貞操を放棄することによってあたらしく当面する状態に適応するためにつくりあげた生活を、もう一ぺん底の底から味わいつくし、しっかりと噛みしめて、これから生きてゆく方向を見定めなければならぬときが到来したとき、おそらくこのような時代は無意義な空白として抹殺されてしまうであろう。その意味で、今日の日本は、終戦の一歩手前において救われたという幸運にめぐまれたことはたしかであるが、同時にそこに何かひとつの曖昧なものがあって、自分をゴマ化し、ゴマ化すことによって変態な余裕を持つようになったということもたしかである。そのすき間から人間個人としての堕落がはじまったのである。没落には高さがある。堕落には単なる通俗的な低さがあるのみである。

　今日のジャーナリズムの動きかたを遠くから眺めていると、紙一重のところで堕落と没落とをはきちがえているように思う。ジャーナリズムの動きかたは十年前の生活に戻ろうとしている。これは精神の回帰ではなくて商業主義への復帰である。言いかえると、今まで流行していた全体主義に対する反動が、個人の独善主義に形を変えただけのことである。こういう時代の潮流に押し流されながら、とにもかくにも自分の正しさだけをまもりとおしてゆこうという生活様式が日本全体を掩いつくしているのである。これは、純粋ならざる政治力が国民生活を支配しつつある形のあらわれである。文学の上にもさまざまな色彩がうかびあがっているようであるが、不純な政治の支配力をはねっかえして、あたらしき時代を築きあげるに足る文学精神は何処にも萌芽をあらわしてはいないように思う。先日、批評家N氏の「若き世代におくる」という文章をよみ、このような叡智にすぐれた人たちでさえも、政治の俗臭にまきこまれているのかと思うと、結局空疎な思索と、それにふさわしい掛け声だけが時代の空白をみたしていることとさえむしろ当然というべきであるかも知れぬ。N氏の説くところによると、一切の歴史と伝統を切りはなして、あたらしき精神を創成するものこそあたらしき文学の使徒である。従ってこの仕事をやりとおすものは、いささかも過去につながりのあるものであってはならぬ。具体的にいうと三十以上の人間はもう駄目である。真に期待し得べきものは二十代乃至それ以下の青年たちである。云々。

このような無内容な言葉が今日何故に必要なのであろうか。私は戦争なお酣なりしころ陸軍のある報道部長が、今の三十代、四十代の人間はもう骨の髄から自由主義の病根に蝕まれて腐っている。結局、われわれが期待するものは二十代、十代の青少年あるのみだと放言した言葉を想いだす。この報道部長の言説と批評家N氏の提言とその差幾何ぞや。むしろ前者の方に時代に適応した切実感のあることを誰しも疑わないであろう。何となれば報道部長の意見は民衆を戦争に駆りたてるという現実的要求の上に組みたてられていたからである。N氏の言説にはそれだけの切実感すらもない。青年よ奮起せよというのはいつの時代においても変わることなき温良な指導者の叫びであろうが、しかし今日の日本にあっては先ず現実が仮説の上に存在していることを理解しなければならぬ。民族の没落を無視して、唯、青年よ奮い立てといってもそんな言葉に陶酔のできる青年は一人もいないであろう。青年の悩みはふかく苦しみは更に大きい。これを解決することにもし文学が役立たないとしたら作家は今こそ慙死すべきである。

# 大関清水川

1

昭和六年の春場所、私は二年ぶりで彼の土俵を見た。九日目の相撲で、相手は東の小結武蔵山、——清水川は西の小結であつた。そのとき私のゐた桟敷は玄柱のかげになつてゐたので控席にゐた力士の顔はよく見えなかつたが、呼出しの名乗りが終つて両力士がゆつくりと腰をあげたとき、私は一種名状することのできない胸さわぎを覚えた。逞しいといふかんじではない。すつきりとした面魂が一脈の剣気をふくんで、私の視野をかすめたのである。突嗟のかんじであるが私は、場内に湧きかへる武蔵山の声援を睥睨《へいげい》するもの、やうに突つ立つてゐる男の姿を仰ぎ見るやうな思ひで、同席の鈴木彦次郎君をかへりみた「こいつは君、大関になるぞ!」

「まアね」

と、温顔に微笑をうかべた鈴木君が、しかし幾分私をたしなめるやうな表情で答へた。

「――さうもゆくまいが、とにかく、今日の清水はたしかに張りきつてゐるよ」

これで私の言葉は一蹴されたかたちになつたが、いづれにしてもその日の彼が精彩にあふれてゐることだけは誰れの眼にも映つたらしい。さればこそ若き小結武蔵山に呼びかける圧倒的な声援が高まるにつれて、清水の仕切にはいよ〳〵慎重味が加はつてきたのである。仕切直さうとする瞬間、彼がいつもやる斜めに首をあげて相手を威嚇する癖も当時はそれほどハツキリした印象をあたへなかつた。後年、彼に加はつた人気が虚勢の構へ方にも拍手をおくるやうになつたけれども、しかし武蔵山の勝利を期待する観衆の眼には、返り新参の清水川が示す敵愾心《てきがいしん》は彼の仕切が冴えてくればくるほどいよ〳〵小憎らしいかんじを深めるやうに思はれた。次第に殺気立つてくる怒号の中から、清水川と呼びかけるかぼそい声が武蔵を声援する波にもまれて何と哀れに消えていつたことであらう。その前日（八日目）までの成績は、清水が三勝五敗、武蔵は六勝二敗、――相撲常識をもつてすれば破竹の勢ひをもつてすでに三十を越して、左上手の注文一つで現在の位置を保つてゐる下り坂の力士との勝負である。私はこのときほど悲壮な昂奮に駆り立てられたことはない。誇張して言へば自分の運命がそのまゝ清水川に乗りうつるのではないかと思はれた。そこに贔屓の持つ不可思議な心理作用があるのかも知れぬ。今から考へるとこの土俵が期せずして清水の将来を決定する契機をつくつたといふことにもならう。この日の清水は戦はずして既に敵を呑んでゐたのである。立上るや右四つになり深く上手褌をひいて東土俵にぐい〳〵と寄り立て、一気に上手投をうつて武蔵の残すところを二度うち返して堂々たる勝利となつた。「どうだい！」と私は感極つて鈴木君の肩を敲《たゝ》いたのを覚えてゐる。その頃、彼に対する印象は軽薄なお調子ものといふことに相場がきまつてゐたやうである。だからこそ観衆の眼にもこの一番は番狂はせにちかい勝負に見えたであらう。土俵の上で一刻もぢつとしてゐられず、手を打つたり腰をさすつたり、仕切なかばにも気忙しさうにうごいてゐる彼の姿を「朝日新聞」の漫画子が描いたことがあるが、大正十一年入幕して小結にまでなつた相撲が、協会を除名されねばならぬ運命に見舞はれて、二年間の廃業の後、十両からとりなほしてきたことを考へ合すと、あせりにあせる気もちがそのまゝ彼の土俵の上の姿になつてゐたとも言へる。武蔵との勝負は終始積極的で一点の陰影さへもとゞめなかつたが、しかし、当時の相撲評はこの実力的な土俵にさへも彼に讃意をおくつたものはなかつた。もし、武蔵が左上手を許さなかつたならば勝負は逆になつてゐたらうといふやうな、途方もない意見を平然として述べたてる人さへあつた。玄人筋において清水がいかに不人気であつたかといふことよりも、武蔵への期待がいかにすさまじかつたかといふことを反証する好適例である。しかし、年少の頃から大好きであつた朝潮（今の高砂）が引退して以来、数年間国技館へ足を運ぶことをわすれてゐた私が再び相撲にあたらしい関心をもちはじめたのもこれが動機であつた、土俵の上の清水の動作に漫画子の示したやうな焦立たしさが消えて、颯爽とした不敵感が観客の眼にあたらしい印象を植ゑつけるやうになつたのもこれから以後である。

ところで、私の大関説だけは私の知つてゐるかぎりのほとんどすべての相撲通から遺憾なく否定された。昭和六年の夏場所は前場所の不成績で前頭三枚目に下つたが、初日の土俵にのぼつた清水を見たとき、私は「いゝぞ！」と思はず胸を撫でおろした。長いあひだ相撲を見てゐる観客の眼に初日の土俵ほど運命を卜するやうな感慨をあたへるものはない。気力に乏しい力士の肉体には何処かにすがれたやうな翳がうかんでゐるが、張りきつてゐる相撲は一挙一動が生彩を湛へて見える。小さい身体が倍ぐらゐ大きく見えたり、大きい身体が半分ほどに縮んで見えたりするものであるが、その日の清水の肉体は黒光りに光つてゐた。当時の清水は三役さへも危つかしい相撲とされてゐたのである。前頭中堅といふのがおそらく定評であつたのも、復帰前の粗笨《そほん》な取口が好角家の記憶から消え去ることができなかつたからであらう。その場所の清水川はかすかな不安も抱かせないほど大胆で自由な積極感に溢れてゐたのである。十一日間の勝負は果して私の予想どほりであつた。玉錦、武蔵山を敗つて十勝一敗、――藤ノ里にだけは敗れたが曇りのない濶達《くわつたつ》な土俵振りを示して、いよ〱武蔵山との額争ひになり、つひに上位にゐる武蔵に惜しくも栄冠を奪はれたが、この一場所によつて人気は徐々に彼の身辺にあつまつてきた。天竜一派の脱退は昭和七年の一月であるが、その紛擾《ふんぜう》のために二月にのびた春場所で彼が全勝したことは、ある観察をもつてすれば土俵が空虚になつた隙に乗じたものだといふことにもなるが、しかし、天竜一派の脱退事件がなくとも彼が優勝したであらうことは前場所の十勝一敗、(その場所の東方は殆んど出羽ノ海一門によつて占められてゐた)の好成績をもつてしても偶然でないことが予断されるのではあるまいか。もし、あのとき清水川が脱退組と行を共にしてゐたとしたら、おそらく彼の今日あることは想像もできなかつたであらうと思はれる。彼はひとたび連判状に名を連ねたが間もなくそれをとり消した。外観的に見れば彼の態度に首鼠《しゆそ》両端な感じがしないでもないが、力士相互の関係や、特に復帰当時の複雑ないきさつを背後にもつてゐる彼としては、親方との情誼から言つてもむしろさうなるのが当然であつた。天竜一派の行動については是非の理窟は別として、制度の伝統に伴う弊害がおのづからにして招いた必然の結果であつたとも言へる。それにしても、その頃の天竜が示した英雄的な行動を関西相撲協会の現状と照し合せると思ひ半ばに過ぎるものがあるではないか。相撲協会の立場からすれば彼等は獅子身中の虫であつたかも知れぬが、相撲がやうやく拳闘によつて民衆的人気を奪はれようとする時代であり、力士の生活はいよ〳〵不安定なものとなつて、やがては横綱の栄位を手に唾してとらうとする好運に恵まれてゐた武蔵山さへも、拳闘に転身しようと決心したほどの衰頽期であつたことを回想すべきである。一時は、幕内力士の過半数を失なつた相撲協会はそのまゝ解散するのではないかと思はせたほどの非境に陥つてゐた。そのやうな危機を辛くも通りぬけることのできたのは、伝統を守らうとする残留力士の悲壮な覚悟によるものであつた。官軍となるも賊軍となるも時の運である。天竜一派にもし国技館に匹敵するだけの競技場があり、競技方法にあのやうな急激な変化を企てようとしなかつたら、人気力士の大半を脱退せしめることに成功した当時としては風雲はどのやうに変化したか俄かに逆睹《ぎやくと》すべからざるものがあつたのだ。民衆の一人である私の感情を卒直に言へば、力士の生活権を擁護しようとして立つた天竜一派の行動には無条件で賛成であつたが、しかし、相撲を愛好する気持に徹すれば、協会の非は非として鳴らしても伝統的形式の美しさを失ふべきではあるまい。天下の同情、——特にヂヤーナリズムの好意が脱退派に集まらうとしてゐるとき、私たちが敗残の相撲協会を復活させようと努力してゐる人々に共感を寄せたのは唯、それだけの理由に尽きる。市井の文人が痩腕に入れた力瘤のごときは物の数でもなかつたにもせよ、しかし、猫の手一本でさへも必要であつた相撲協会にとつては文壇の一隅から起つたさゝやかなる声援が必ずしも有害無益ではなかつたことは理解されるであらう。それにつけても、有望力士を失ひつくした昭和七年の二月場所ほど寂寥《じやくれう》感にみちたものはなかつた。十両から抜擢された大邱山《たいきうざん》、双葉山が幕内格で土俵にのぼつた姿はまだあり〳〵と眼底に残つてゐる。僅かに国技館の人気を支へるものは玉錦、能代潟、清水川、沖ツ海、高登《たかのぼり》くらゐのものではなかつたらうか。寂しい土俵ではあつたが、それだけに土俵は悲壮感に溢れて見えた。横綱と大関が踏みとゞまつたといふことが協会に再起の決心を固くさせる動機をつくつたとも言へる。その土俵に清水川の颯爽たる姿を見出したことは私にとつてせめてもの喜びであつた。幾分感情の動揺を示した清水川の残留は大関能代潟が、紙屑拾ひとなつても師匠と生死を共にすると契つた積極的な決意と比べるとその消極性において見劣りがすると言へるかも知れぬが、しかし、あの頃の状勢から推しはかれば、風雲に乗じた脱退組が相撲界の新興勢力となるべきことは既定の事実とされてゐたのである。清水は今日あることを予期して残留したのではない。否、むしろ、歩むべからざる個人的情誼に殉じたといふべきが至当であらう。此処に彼の運命の分岐点があつた。二月場所に全勝した彼が夏場所から大関の地位を獲得したことは必ずしも不合理ではない。ある批評家は「週刊朝日」に彼の大関説をけなして、協会いかに人無しと言へ、人格劣等にして過去にいかがはしき汚点を残してゐる清水川を大関たらしむるとは何事ぞや、と痛烈な罵倒を試みたが、続く三場所全勝もしくはそれに近い成績をあげてきた清水川は大関となることは土俵の動きを知るものにとつては必然の数であつた。しかし、ある批評家の加へた非難の中には、復帰以前の彼が放縦無頼な生活の中に残した失敗がかすかな暗影を曳いてゐる。その乱行振りがどの程度のものであつたかといふことは推して知るべきであらう。その時分、私は某氏の好意で再三清水川に会見することをすゝめられたが、私は土俵の上に見る幻影の失はれることをおそれて辞退した。相撲には土俵だけによつて示された人格がある。土俵人格は力の強弱、技術の優劣、素質の良否だけによつて決するものではない。土俵人格は土俵に託しきつた姿の中にあらはれる。土俵外の生活態度がどんなにやくざで非人格的に見えようとも、土俵を生命の力士にとつては感情が土俵に集中し全生活が凝結するところにはじめて相撲人格が決定されるのである。もちろん、土俵人格だけが大力士たるべき要素ではない。実力がこれに随伴するときにははじめて言ふべからざる妙味を生ずる。私が清水川と会見することを避けたのは個人的な好意に溺るゝことをおそれたが故である。贔屓の心髄は土俵にあらはれた力士の進境に正しい認識をもつことである。その意味において大関清水川は土俵とぬきさしならぬ調和、――別の言葉で言へば何時でも乾坤一擲《けんこんいってき》の勝負に任じ得る力士であつた。闘志と気魄と技術とが円熟して放胆な構への中にも態度の慎重さが影をひそめてゐる。しかし、おのれを唆しかける意識的な動作が独特ではあつても、苦手に対しては自然に萎縮するやうな危さを感じさせた。その清水川が八年の春場所、当然活躍すべき土俵であるにもかゝはらず五勝六敗の悪成績でまつたく生気をうしなつてゐたのは見る眼にも意外であつた。あの特有の志に張りきつた仕切も型だけでやつと持ちこたへてゐるといふかんじで、強引の上手投も利かず、新海の足くせに雑作もなくやられたり、好敵手武蔵山にひと息に突き出されたり、格別身体が衰へてゐるといふ風でもないのに、何となく土俵と調和しない空虚が彼の一挙一動を示してゐるやうに見えた。つひに清水も潮流に外れたのかと身に迫る哀感におそはれたが、そのことを協会の彦山光三氏にはなすと彼は清水の厚生の恩人である玉の井（旧千葉ケ崎）が場所を前にして他界したことが何か心理的な弛緩をまねいた原因ではあるまいかと答へた。なるほどさう言へば毎場所、検査役の席に端然として坐つてゐた玉の井の姿は何処にも見えなかつた。果してさうであつたかどうかは知らぬが、土俵で敗れてもすぐ、支度部屋にひきあげず支腕を組んだまゝ悄然《せうぜん》としてゐる清水川の顔を、一抹の哀傷がかすめ去るやうに見えたのも故あるかなである。

2

昭和八年から九年にかけて国技館は再び人気を盛りかへした。その八年、春場所のある日私は数年前に物故された千葉亀雄先生とそのことについて論議を交はしたことを記憶してゐる。千葉先生は相撲に復興的空気の漲つてきたのはファッショ的な政治状勢の然らしむるところではあるまいかと言はれたが、私は大いに屁理窟をならべて異議を中立てた。現象の示すところに一理のあることはたしかであるが、しかし、相撲の復活してきたのは土俵の古典美が滅ぶべきものとして残されてゐる状態から脱して今日の民衆的感情に適応性を示してきた結果である、——私はさう論じて譲らなかつたがそれはそれとして、八年の春場所は近来にない盛況であつた。武蔵山の人気は脱退当時のいざこざを一蹴して場内を圧してゐたが、これに次ぐものは清水川であつた。彼の人気は武蔵山ほど全面的ではなかつたが、ギリギリと湧いてくる底力においては質的な意味において遥かに武蔵山を凌ぐものがあつたのである。人気は必ずしも強いところにのみ来るものではない。玉錦が観衆の人気に反いてゐるやうに見えるのは人気を度外視しようとする傲岸さにある。それと比べると清水は誰れの眼にもしつとりとした親しさをかんじさせる。人間的な好感が彼の印象を決定するのだ。顔が綺麗でのつぺりしてゐるために性的な人気をあつめるといふ力士は、現在においては殆んど跡を絶つてゐるが、しかし、さうかといつて格別無恰好な力士や、土俵が内にこもる陰気さに掩はれて見えるやうな力士は、どこまで出世しても絶対に人気の対象にはなり得ないやうに運命づけられてゐる。人気も千差万別であつて、大向の声援に乏しくとも部屋関係の贔屓筋に奪ふことのできない人気を持つてゐるものもあれば、鉄傘下に湧きかへる歓声だけで実体を捕捉することのできないやうな人気もある。しかし、総じて年齢、力量、気性、風貌の綜合したところからあらはれてくることはいふまでもないが、おもしろいのは、強すぎてもいけないし弱すぎてもいけない。――多少の危険を残しながらしかも将来への発展性を示すところに言ひ知れぬ魅力の生ずるのは、ひとり相撲だけではないであらう。清水川に伴ふ人気の特徴は持久力のつよいところにある。国技館を背負つて立つといふほど華やかな人気でないにしても、人間的な親和感がおのづからにつくりあげた人気である。昨日あらはれて今日消えるといふ性質のものではない。話が横道へそれたが、昭和九年の夏場所、清水川の人気は絶頂を極めた、――といつてもおそらく過言ではあるまい。六日目、七日目、八日目と三日間通ひつめた私は、八日目にいたつてもつとも高潮した感情において勝負の尊さに胸をうたれたのである。この日の彼の敵手は制覇の業やうやく成らんとする玉錦である。二人ともに充実し、闘志に燃えてゐることにおいて勝敗の数を予断する前にいかに緊張した決戦が行はれるかといふことに興味が湧きたつのである。この日は相撲協会の彦山光三氏が私のそばにゐて手さばきや勝負の説明をしてくれた。館内がその場所切つての満員であることも、実力と条件において互角同志である七日間土つかずの横綱と大関との決戦が人気をあつめたことはいふまでもあるまい。私はその日中入前に富ノ山と玉ノ海の勝負だけを見て、午後三時に日本橋の偕楽園で開かれる新潮の座談会へゆくために外出券をもらつて外へ出た。そのとき早くも札止めになつて、木戸の前には入場を拒まれた観衆が立ち去りかねたまゝ、群れをなして立つてゐた。座談会を終へて帰つてきたのは六時だつたが、場内は殺気を孕んでしづまりかへり、息をころした観衆の波が一刻ごとにぐい〲と高まつてゆくのが眼に見えるやうであつた。その以前にもその以後にも、このやうに緊張した土俵を見たのは全くはじめてである。土俵にはすでに電灯が点いて、高登と武蔵山が最後の仕切に入らうとするところだつた。立ちあがつたと見る間に湧きかへつた場内がしいんと落ちついてくる。出し投げ極つて武蔵山の勝である。いよ〱清水川と玉錦だ。このとき観衆の緊張は咳の声さへ立てられぬほどのクライマックスを示した。仕切が進むにつれて二人の対戦は私の予想どほりのかたちに入つてきたのである。予想といふのは勝負ではない。力と感情と気魄の調和が、もはや玉錦でもなければ清水川でもなく二つの肉塊が自然のつくりあげたもつとも高きかたちにおいて融けあつた境地である。この場合二人の力士はそれぞれの力を、自然に生じたすがたの中で一つになつた闘志を寸分の隙もないほど逞ましい均整によつて一致させてゐるやうに見えた。一瞬間地の底をながれるやうな静けさが場内を圧した。誰れの心もこの世の中におけるもつと美しきものを眺めようとする念願に顫《ふる》へてゐるやうである。私は胸がはずみ、肩が顫へ——拭いても拭いてもあふれてくる涙をおさへることができなかつた。相撲を見はじめてからの二十年間、こんなにぴつたり調和した感情の壮烈さにうたれたことは一ぺんもない。この日の清水の顔ほど明朗なやすらかさに落ちついてゐるものはなかつた。此処にあるものは天下を睥睨する英雄的感情のもつとも理想化された象徴である。衒気が衒気とならず、虚勢が虚勢とならず、清水川は唯高まらうとする一念に凝りかたまつてゐるやうに見えた。玉錦の豪快と清水川の奔放とは最後の仕切においてしつかりと結びついたのである。立ちあがつた、――と思つたときみる〳〵うちに土俵は私の視野の中で曇つてきた。立ちあがつた二人の姿の中に私の見たのは取口の変化ではなくて、燃えさかる男性の精気だけである。横にゐた鈴木彦次郎君が思はず伸びあがつて「あゝ黒煙が、――」とさけんだ。その声はペンをうごかしながらも今猶ほ耳の底からほのぼのと聞えてくるやうである。土俵際で打つた清水の上手投みごとに極つて玉錦の巨体は土俵に倒れたのであつた。

私たちはその帰りみち、ある旗亭に立ち寄つて夜更くるまでそのことを語り合つた。こんな子供らしい純粋な気もちで語り合ふといふこともめづらしい。それほど高邁なかんじが胸の底から湧きのぼるやうな思ひであつた。私は同座の友人たちをかへりみて「おい、あいつはきつと横綱になるぞ、――」と確信にみちた声で言つたが、既に大関を予言した私の鼻息もあたるべからざるものであつたし、かりにもその場所の彼の土俵振りを親しく見たものにとつては、私の放言が一笑に附すべき性質のものでないことが認識されたであらう。二年前大関説を一蹴された口惜しさを私は此処で遺憾なくとりもどしたかたちである。「まアね」――と同座の鈴木君が不即不離の気もちに多少の同意をふくめた言葉を挟んで、「結局年齢の問題だな、しかし今日の清水を見ると誰れだつてあるひは然らんと思ふだらう、横綱説は今にきつと協会の内部から起つてくるよ、それよりもあの頃大関を予言してゆづらなかつた君の明識に敬服する」かういふ言葉であつたかどうだかハッキリ覚えてゐないが、いづれにしても私は自分が大関になつたやうな気持だつたのである。その後日ならずして鈴木君の想像は実現してきた。ある雑誌の座談会記事にも藤島取締の言葉として、武蔵山、男女ノ川、清水川の三人のうちで残された問題は誰れが先きに横綱になるかといふことだけである、といふ意見が発表されてゐた。私の得意想ふべしである。ざまを見ろ、——と、誰れに対してともなくさけびかけてやりたい気もちだつた。しかし、間もなくその期待が完全に失はれるやうな時が来た。そのことは後章に書く。その前に私が奇異の思ひをふかくしたのは清水川米作といふ名前がいつの間にか元吉に変つてしまつたことである。米作と元吉とはどう考へたところで大した相違はない。最初は大関になつてから急に思ひついて改名したのであらうと想像してゐたが、それならそれでもつと何とかいかめしい名前のつけやうもあるであらう。何右衛門とか何太郎とかいふ名前においてこそ、古風ではあるが大関の貫禄らしいものがある。それを米作が元吉に変つたところで格別変り栄えもしないではないか、——私はそのことを協会関係の知人にたづねてみたが、誰れひとり何故彼が改名したかといふ理由を知つてゐるものはゐなかつた。無雑作な改名がいかにも清水川らしいといふことで一応のケリはついたが、米作改め元吉が容易ならぬ理由に基いてゐることを知つて愕然としておどろいたのは、それから一ケ月ほど経つてからである。この改名には彼の半生をつらぬく悲劇的な原因、——それも今日においてはあまりにも美しすぎる伝説であるが——ひそめられてゐるのである。

3

話は大正五年の秋にさかのぼる。——二十山《はたちやま》一行が青森地方の巡業を終へてかへらうとするとき、青森出身の有望力士と目されてゐた一行中の大岬をたよつて、一見十八九と思はれる痩せぎすの青年が父親同道でたづねてきた。相撲になりたいといふのである。上脊もあるし骨組もしつかりしてゐるが、当時の常識をもつてすればはじめて相撲になるには少し年をとりすぎてゐる。こんな男がひと興行に二三人は必ずやつてくるので、いち〳〵本気になつて応接してゐるわけにもゆかぬ。二十山も軽くあしらつてかへさうと思つてゐたらしいが、何分父親同道ではあるし無下にもことわりかねてしばらく遊んでゐろといふことになつた。ところが、この青年が次の日から下痢にやられて数日足らずのうちに目方も十四貫足らずになつてしまつた。ことわるには絶好の機会であつた。二十山は、何よりも身体が大切だ、旅の空では療養もできないからひと先づ家へかへつてゐろ、そのうち適当な時に東京へ呼びよせてやるから、——といふやうな逃げ口上であつさり追ひ出してしまつた。いかに熱心でも東京までやつてくる気づかひはあるまいと思つたのである。ところが翌年早々その青年が場所前の二十山部屋を訪ねてやつてきた。そのまゝずる〳〵に弟子入することになつたが、初土俵を踏む頃になると稽古は熱心であるしそのせゐか、身体も見ちがへるやうに大きくなつてきた。さて土俵名前は何ときめるかといふことになつたが、田舎にゐる頃草相撲で清水川と名乗つてゐたからといふので、そのまゝ清水川とつけることになつた。これが過ぎし日の清水川である。数年経たぬうちに彼はめき〳〵と進境を見せてきた。七年の一月場所には序ノ口につけ出され、同年五月には序二段に進み、あくる年の夏場所には三段目に昇進した。越えて十一年の春には幕下十両に進み翌年にいよ〳〵入幕して、左上手のあざやかな技倆によつてたちまち有望力士の列に加はり、やがて小結に躍進したが、放胆な性格は次第に荒廃した生活に陥ち込むやうな結果になつた。乱酒放蕩のかぎりをつくしてその行状は見るに忍びぬものがあつたといふ。今日国技館随一の好漢が往年の鼻つまみものであつたといふことは何たる皮肉であらう。この乱行時代に彼の犯した致命的なる失態のために、つひに協会から除名されねばならぬやうな始末になつた。その直接の動機が何であつたかといふことは私も詳しく知らないが、後年大関の栄位を獲得した彼を難じた「週刊朝日」の批評家の言葉はおそらくこのあたりに端を発してゐるものと思はれる。廃業二年間の生活がいかに惨澹《さんたん》を極めたかといふことは枚数に制限があるから省くことにしよう。五尺九寸の体軀容る、にところなき清水川は追はれる思ひで満洲放浪の旅にのぼつたが、そのときひよつこり巡りあつたのが昔の贔屓である時の関東軍司令官の白川大将であつた。大将の眼にも落魄した彼の姿は見るに忍びがたきものとして映つたにちがひない。よし、おれが添書を書いてやるからそれを持つてもう一度協会へかへれ、といふ大将の慈愛をこめた言葉にはげまされて清水は勇躍してかへつてきたが、しかし、協会の鉄則はいかに白川大将の保証をもつてしても、ひとたび除名させたものを復帰させることを許さなかつた。もはや清水川は寄るべなき身の上である。恥を忍んで帰国したが故郷の人情さへもつめたく、頭をくり〳〵坊主に剃りあげた清水川が最後の嘆願をするために、老父に伴はれて上京してきたのはその翌年であつた。清水も哀れであつたが父親も痛ましかつた。しかし、除名の理由が理由であるだけにいかに嘆願してもどうにもならぬのである。絶望した父親は清水だけを残して郷里へかへつたが、つひに死をもつて協会への詫びを叶へようと決心したのである。父親の縊《ゐ》死《し》が清水の許へ報ぜられたとき、心血をこめた遺書が協会幹部のところへ送り届けられた。協会でもこれを放置するわけにもゆかぬので再び清水の復帰についての評定をひらいたが、意見は四分五裂してまとまらず、ある有力なる幹部は、たとひ死をもつてする嘆願であつても前例を残すやうな結果になつては困るからといふ理由を楯に断乎として斥けた。評議会の大勢がやうやくその意見に傾かうとしたとき、幹部の某氏が異説を主張したのである。前例を残してもい丶ではないか。——身を殺して嘆願するといふやうな前例がそんなに幾度びも繰返へされるべき筈のものではない。なるほどそれもさうだといふことになつた。力士の評定は簡単にして要を得てゐる。この某氏の一言によつて清水川は昭和三年の歳末、やうやく宿願を達することが出来た。彼の身柄は年寄玉ノ井があづかつて、次の場所は十両のどん尻につけ出されることになつたのである。そのとき倅を協会に復帰させるために自分の命を縮めた父の名前が元吉であつた。米作改め元吉の理由はそれ以上の説明を加へるにも及ぶまい。改名による悲しき祈りが亡父へのせめてもの手向となつたのである。それを何人にももらさず、亡父のおもかげをまぼろしに描いてひたすら土俵にのぼる清水川の姿はそれだけで美しいのである。土俵一ぱいに気魄のあかるさを漲らせながら何処かに悲劇的な印象を刻んでゐる彼のやうな力士を、われ〳〵はおそらく再び国技館の土俵に見出すことはできないかも知れぬ。大力士としての玉錦、双葉山はあるひはいづれの日にか後継者をつくりあげるであらう。しかし清水川のごとき悲劇的な性格と運命を克服して、明朗極りなき大関の地位を築きあげた力士は古往今来一人もなかつた。二年廃業の後十両から返り咲くといふことさへ尋常一様の努力で出来ることではないのに、土俵は常に濶達放胆な動きを見せて、しかも小心周到、終始合理的な相撲の中に見えざる苦心を続けてきた彼は、反素質的なものをさへも素質の中に生かしきつたことにおいて近来の名大関といふべきであらう。その彼が、昭和九年の秋、次の春場所の成績一つで否が応でも横綱にならうとする好機会を、鳥取地方の巡業中、久能山との稽古で無理な動きをした、めに不覚にも脱臼したことによつてむざ〳〵と逸し去つたことは、何といふ悪運であらうか。一時は再起不能であるとつたへられた。苦しみ悶える清水を汽車に乗せてやつと東京駅へ着いたときには、そのま、半身不随になるのではないかと思つたほどであると同伴者の一人から聴いたが、東京駅から荷物車で慶応病院へ送りこまれ、前田博士の診療によつてやうやく旧体に復することができたけれども、腰に疾患のある清水川はもはや上手投の力士ではなくなつたのである。昭和十年の春場所の悪成績は心ある観衆をして涙を催さしめたであらう。ある清水ファンは、このやうな大切な場所を進んで休場しなかつた彼の非をしきりに鳴らしてゐたが、しかし私はこのやうな悪条件を物ともせず、十一日間涙をかくして出場した彼の態度の中にこそ不世出の名力士のおもかげを描くのである。彼の上手投は従来打つ呼吸、引く呼吸に連発の強味を見せるところに特徴があつたが、腰の粘りを失つてからの彼は上手投に執着せず、あたらしい寄味を研究して更に一境地をひらいた。引退を前にする今場所（五月）の清水が、その取口において現在備つてゐる実力以上の成績ををさめたことはまことに奇蹟といふべく、必死以上の決意が、花と散るべき土俵に最後の思ひ出を残したところに、悲劇に彩られた彼の半生が燦として輝くやうな哀感に襲はれたものはひとり私だけではあるまい。

# 人生の一記録

○

昭和三十一年、五月十八日、五月場所のはじまろうとする二日前である。この日は私にとって忘るることのできない「思い出」の日になった。

年寄「追手風」と会見する計画を立ててくれたのはK雑誌であるが、この計画には、対談会とか、談話筆記とかいったような、職業的な動機は少しも含まれていなかった。もうそろそろ会ってもいいだろうという気持が相撲好きな編集者を刺戟した結果である。

その偶然の作用が私の生活、——というよりも人生に関連するところの深さを知る少数の人たちが、「よかった」といって肩をたたいたり、「とうとう会ったか」と、ほっとした思いで会心の微笑をもらす顔が、私の幻想の中に閃くようである。

私はその日、はじめて、三十年の歳月が過ぎ去っていることを知った。

○

私の周辺だけではなく、今日の相撲ファンの中には、毎場所、土俵の向正面、赤房下のあたりに、一見して、古風な、素朴ではあるが何となく風格のある六十ちかい、額際から脳天にかけてつるつる禿げあがった一人の年寄が端然と坐っていて、場内アナウンスが交替の検査役を紹介するときに、「赤房下は追手風、元大関清水川であります」と簡単な解説をするのを耳にするごとに、昭和初年、豪快、奔放な上手投の名手として一世に鳴らした清水川の姿を思いうかべる人もあるであろう。

私が、はじめて清水川の土俵姿にふれたのは、昭和四年の一月場所で、大正十五年、すでに若くして小結であった彼は、昭和二年、悲痛な一事件のために協会から破門され、番附面から削除されていたのが、二年後にやっと帰参が叶って、十両どん尻に付け出され、久し振りに国技館の土俵に姿をあらわしたときである。

○

一年以上、土俵を去って稽古をする余裕もなく放浪に身をゆだねている男が、よしんば前に三役の地位を占めていたとはいえ、十両尻に付け出され、そこから再生の第一歩を踏み出すということは、だれの眼にも無残なかんじであった。この破格な運命に殉じた彼がふたたび入幕のできることを予想したものの少なかったことはいうまでもあるまい。

土俵に立つ清水川の姿もまた心理的な抵抗を反映して焦燥な動きにみちみちている。贔屓の感情を裏づける動因にはいくつかの機縁が絡みあっているであろうが、そのとき彼の姿ほど孤高のうつくしさをもって私の心に迫ってきたものはない。

私は一見しただけで必死になって土俵の宿命を突きやぶろうとしている彼の努力と悲壮な覚悟にうたれた。これは発作的な感慨であるが、この男に見どころがあるというような型どおりの贔屓心理ではない。

彼の運命がそのまま私の生活の上に乗り移ってくるような切迫した思いにうたれたのである。その感じは、続く場所ごとに深さを加えてきた。

○

彼の再入幕は五年一月であるから、一年間の十両時代を経過したわけであるが、常に土俵の新人に対して注目を怠らぬ相撲批評家たちも、すでに三十歳を過ぎた帰り新参の中老力士の存在に対してはほとんど関心を寄せてはいなかったようである。昭和五年、私は三十三歳である。波瀾と艱苦を極めた生活が、いかに不安定なものであったかということは、その前年の一月「中央公論」に発表した「悲劇を探す男」という中篇の中に描きつくされている。清水川の運命が私に乗り移ったという意味は、単に土俵を愛好する感情だけに終始するものではない。

そのころ、生活的にも文学的にも一つの絶壁のようなものを前にして身動きのとれなくなっていた私の気持をゆすぶり動かすものは唯、国技館の相撲だけであった。

○

今は、年代的な記憶もうすれているが、昭和七年に放浪の一段階を終って、やっと自分の動くべき方向にかすかな自信を得た私は、昔住んだ馬込村にちかい源蔵ケ原に新居を構えた。新居といっても、路地の奥にある侘住居であるが、翌昭和八年の四月から、都新聞（現在の東京新聞）に、「人生劇場」青春篇を書きだした。

土俵の清水川は、そのときすでに大関である。私が三十六歳であるから、彼もまた私と同年輩くらいであろう。昭和四年から以後の彼の躍進は周囲の批判を尻眼にかけて、五年一月に入幕した。六年一月には早くも小結である。

多少取口が奔放すぎるために、取りこぼすことも多かったが、しかし、上手投の妙技には絶対的な威力が加わって、ひとたび壺にはまれば、もはや無敵の観を呈していた。

財的に恵まれぬ貧乏な作家が、毎場所の土俵に連日親しむということは容易な仕事ではない。私が機会あるごとに清水川のことを書いているのが動機となって、素人の相撲批評家として自他共にゆるすようになってきたのを好機として、私は都新聞の要請に応じ、毎日相撲観戦記を書くことになった。先代の出羽ノ海が私の「土俵人格論」を読んで、特に私の批評を重んずるようになったのもそのころだ。

○

私の観戦記の中心が清水川の動向におかれていたことはもちろんであるが、私はまもなく「観戦記」をやめて、「人生劇場」の執筆に専心するようになった。執筆中、清水川を見て帰ってくると、心の底から何か大きくひらけてくるものがある。

彼の上手投が利いたときは、私の仕事の上でも鮮やかな上手投がきまるのである。彼の土俵に直面している私は、息が苦しく、咽喉が乾いて、手に汗をにぎるどころのさわぎではない。

ほとんど正視することのできない思いで、横に坐っている人の声なぞはまったく耳に入らなかった。

○

彼の復活後の土俵生活は、昭和四年から昭和十二年まで、大阪場所を合算すると二十七場所であるが、大関になったのが七年五月であるから引退まで六年間、同じ地位を保っていたわけである。このとき、彼の横綱は既定の事実とされていたが、稽古中、大腿骨を折り脱臼してから、寄身一つの相撲となり、もはや無敵の妙手であった上手投を見ることはできなくなってしまった。双葉山の時代が徐々にもりあがってきたのはそれからまもなくである。

彼の引退と共に私の観戦態度の上には大きな変化を生じてきた。私は六年間、彼の土俵と運命を共にしていながら、当人の清水川に会ったことは一ぺんもない。土俵の美しさをそのまま残しておきたいという気持に徹していたからであるが、その思いを今や年寄、追手風と変った彼もまたぴったりとうけとめているらしい。進んで、私たちを会わせようという人は幾度となく現れたが、私は進んで会おうとしなかった。

十八日の夕方、K雑誌社のK君が迎えにゆくと、追手風は入浴してから羽織袴に着替え、掃き清めた玄関の前に端然と椅子によりかかって待っていたそうである。その姿が、実につつましやかで、堂々としていたことを、K君は繰り返して私に語った。この感激の一夜がどのようにして終ったかということは到底書きつくすことのできるものではない。三十年前、私をゆすぶり動かした大関清水川は、三十年前よりも明るく、あざやかに私の回想の中に颯爽たる姿をあらわしてきた。人の世に相逢うことの何ぞ難きやである。

彼の現役中、ついに逢う機会のなかった私が、老いたる年寄追手風のために後援会をつくるのは偶然ではない。現役のころに果し得なかったことを今日果すのである。

中谷孝雄

二十歳

鐘を鳴らせといふ声が突然彼の耳を撲つた。誰か立つて自由の鐘を鳴らさないのか！　啓一はその声に弾かれて思はず飛上つた。演壇の上の弁士はなほも頻りに腕を振つて叫び続け、それを取巻いた生徒たちの間からは拍手と怒号との凄まじいどよもしが湧きあがつてゐた。然し啓一にはもう早それらの騒ぎは一切耳にいらなかつた。彼は昂奮に我を忘れてゐる生徒たちの間をかき分け遮二無二校庭を横切ると、息を弾ませながら鐘塔の梯子を駈け登つた。だが鐘を鳴らさうとすると、その鐘には撞木がついてゐなかつた。生徒たちはその鐘を校風の象徴といふ意味で自由の鐘と呼んでゐたが、それは授業の時間を報じるために使用されてゐるもので、教務室から綱で鳴らすやうになつてゐた。啓一は当惑して、何か撞木の代りになるものはないかと、あたりを見まはし徒らに洋服のポケットを探つた。何もなかつた。彼は失望してもう一度下に降りて棒切れでも捜してこようと思つた。その時初めて彼は自分が下駄を履いてゐることに気づいた。流石に躊躇されたが、一瞬の後には彼は片方の下駄を握つて夢中で鐘を鳴らし始めてゐた。最初の一打には思はず耳を覆ひたい愕きがあつたが、そのうちに鐘の響きは恰も自分の体から流れでるやうな、不思議なすがすがしさに変つてゐた。彼の体は今や誇らかに学校ぢうの空に響きあふれてゐる。そんな思ひにゆとりを得て、彼の目は自ら校庭の集会を見下してゐた。

校庭にはたゞならぬ混乱が起つてゐた。数百の生徒たちは総立ちとなつて彼の姿を振仰ぎながら、双手を差しのべ帽子を空に投げて、津波のやうにおらび叫んでゐた。中には上着を脱いで頻りにそれを振りまはしてゐる者もある。肩を組み相抱いて踊り狂ふ者、互に体をぶつつけ合つて揉合ふ者、それら昂奮した群集は今にも挙つて鐘塔を目がけて押寄せてきさうな気勢を示してゐた。啓一は我を忘れて鐘を鳴らし続けた。校庭ではその時一人の男が演壇に飛上つて激しい身振りで両腕を振りまはした。すると、今までてんでに踊り叫んでゐた生徒たちの間に、一つのリズムのある動揺が起つた。やがて校歌の合唱が空つぽの校舎を揺り動かして、八方からこだまを返しながら盛上つた。演壇の男は身振り巧みにその歌を指揮してゐた。

校庭の気勢に鼓舞され、啓一は更に一段とその腕に力を加へた。だが歌がまだ最初の一節を終らないうちに、どうしたのか演壇の男は不意にその下に詰寄つた数人の男たちによつて、手足を引きずるやうにして降ろされてしまつた。小さなごたごたがその周囲に起つた。同時に啓一は彼の鐘塔の下に、激しい叱責の叫びを聞いた。何時の間にか其処には、十人ばかりの生徒が押しかけてゐた。彼等は命令者の厳しい語気で、降りろ降りろと怒鳴つた。だが啓一は彼等の言葉には耳を貸さず、なほも強く彼の撞木を振りあげた。校庭の歌は依然として続いてゐたが、其処でも混乱は次第に四方に拡がり出してゐた。制止の手を振つて駈けまはる連中が其処此処に現れたのだつた。

鐘塔の下の連中は、暫く怒号を繰返してゐたが、啓一が頑なにそれを無視してゐるので、間もなくその中の二人が梯子を登つてきた。鐘塔はそのためにゆらゆらと揺れた。彼は片手でしつかりと柱に摑まつて、追ひつめられた者の逆襲を鐘に響かせた。だがたうとう二人の制止者は彼の傍までやつてきた。緊張に蒼ざめた顔をした彼等は、物も云はずにいきなり啓一の腕を捻上げ、その手から下駄を奪ひ取つてしまつた。そして追ひ立てるやうに啓一を先登に梯子に移らせた。啓一はその時になつて絶えてしまつた鐘の音が却つて強く彼の体ぢうを響かせるのを感じた。

下では待つてゐた連中が啓一を取巻いた。啓一は彼等の鋭い視線を身に受けながら、不逞々々しく芝生に足を投出し、両手を後ろに突いて身を支へてゐた。どうしてこんなことになつたのか彼には合点がゆかなかつた。彼を取巻いてゐる連中はいづれも各クラスの代表者たちだつた。彼等は申し合したやうにむづかしい顔をして黙つて啓一の姿を見降ろしてゐた。啓一はすつかり己を投出してしまつた者の糞落着きから、まともに彼の前に突立つてゐる男の顔を見つめてゐた。すると相手は軽く瞬きをして洋服のボタンを弄りながら口を開いた。

「君はどうして生徒会議の統制を破つたのか、誰が君に鐘を鳴らせと命じた！」

そんな譴責を受ける理由が、啓一にはまだ呑込めなかつた。腑に落ち兼ねる目を相手に向けながら啓一は黙つてゐた。

「君の過激な行為がわれわれの運動をどんな破目に追込むか、われわれは統制ある示威で学校当局の反省を促がさうとしてゐるのだ、生徒大衆を一足飛びに過激なストライキに導くやうなことはあくまで避けなければならない」

相手は頸筋のあたりを力で膨らましながら厳かに云つた。その言葉に続いて誰か啓一の後ろにも声が起つた。

「自由の鐘を下駄で叩くとは何事であるか」

だんだん事情が啓一にも分つてきた。彼等の運動のためには、生徒を必要以上に昂奮させてはならないのだつた。気勢の中庸を保ちながら、学校当局の折れるのを待たうといふのが、生徒代表間の指導方針だつたのである。誰か立つて自由の鐘を鳴らさないのか！　あの叫声も、たゞ修辞学の範囲でだけ真実だつたのだ。

「ぢや、僕はどうすればいゝのか」

啓一はあの叫声を聞いた時の咄嗟の衝動を、今となつては自分でもあやしみながら、正面の男に訊ねた。

「二度とこのやうな勝手なことをしないと誓ひ給へ！」

宣告らしい語調で云つて、彼は他の連中の意見を求めるやうに一同を見まはした。

「生徒大会にも出てはいけない！」

「一切の煽動的な言動を慎んでもらひたい」

そのやうな言葉が、同じ厳めしい調子で皆の口から宣告された。啓一は思ひもかけない自分の行為の結果に驚きながら、素直に身を起して彼等の言葉に従ふことを誓つた。彼等はなほ暫く互に何か耳打ちをしたり頷き合つたりしてゐたが、遂に最後の宣告が正面の男によつて下された。

「直ぐ帰り給へ！」

啓一はやつと放免された、生徒代表が連立つて立去ると、彼は再び草の上に腰を降ろし、傷だらけになつた下駄の緒を立て直して、額の汗をぬぐひながら校門の方へ出て行つた。

どうしてこんなことになつたのか、自分ながら啓一には合点がゆかなかつた。この日頃生徒間の問題となつてゐる馘首教授復職運動や、校長の教育方針に対する反対など、それらのことは彼には全く関心がなかつたのだつた。のみならず学校そのものに対してさへ彼は殆んど愛着を持つてゐなかつた。最初、春の休暇と同時に五人の老教授が学校を退いたことを知つた時にも、彼はその理由など全く考へてもみなかつた。また休暇中に父兄の許に配布された校長の新教育方針に関するパンフレットを読んだ際にも、少しも心を動かされはしなかつた。それは誰の筆になつたものかは知らないが、五六頁に亘る美文調のものでたゞ従来の校則を確実に実施するといふだけのことが書かれてゐる切りだつた。勿論、その中には幾らか激越な口調がないではなかつた。例へば、その文章はスポーツの選手化を排撃し、それに夢中になる学生を次のやうに写してゐた。――之を戦はしめて見て以て快となす、豈に言ふに堪ふべけんや。然も勝てば即ち酒池肉林、破れたりと雖もその暴状にいたつては敢て劣らず――が、これは寧ろ啓一には滑稽なだけだつた。新学年の開始と共に、五教授復職運動、弾圧方針反対の気運が生徒たちの間に起り、その時になつて啓一は初めて五教授馘首の理由が、彼等が校風自由の擁護者であつて、校長は彼等のゐる限りその方針が実施され難かつた為めであることを知つた。だがそれにも関らず、啓一の心はその運動に巻きこまれるまでには動かされなかつた。

既に入学と同時に彼は学校に対して背を向け始めてゐた。それは単なる怠惰のためばかりではなかつた。彼の心には何かしら教育されることを強く拒んでゐるものが動いてゐた。彼の求めてゐるものは寧ろその反対に植物のやうな無意識であつた。近郊の平凡な風景を前にして、草の上に身を横たへることを愛した。その放心のなかで彼は一本の蘆の葉のやうに水に戯れてゐた。この喜びは何物にも代へ難かつた。その後間もなく啓一は一人の女を愛するやうになり、直ぐ生活を共にすることになつたのであるが、その時になつても彼はこの喜びを捨てなかつた。学校を逃れ女を逃れて、屢々近郊の草に身を横たへに出かけた。そんな啓一にとつて、学校の扮擾などは殆んど他人の問題だつた。彼は寧ろそのために休講などの多いのを自分への口実として、この日頃滅多に学校へも出ず、生徒大会にも今日まで一度も出席してはゐなかつた。彼はそれらの時間の大部分を、下宿の窓によりうつらうつらと比叡山の姿を眺めて暮らしてゐた。彼と生活を共にしてゐた幹子は、春の休暇と同時に、彼女もその故郷に帰り、まだもどつてゐなかつた。啓一はたゞ一人だつた。彼は日に日に新緑の色を深めてくる比叡山の頂きに心を通はせながら、時に弱々しい孤独に陥り、幹子を待ち侘びることも珍らしくなかつた。けれどもその気持は次第に複雑になつてきた。おほどかに丸味を帯びた山の美しい斜面に、ふと愛撫の手触りを誘はれた時など、思ひもかけない憎悪が突然幹子に対して燃えあがつた。今まで切なく求めてゐた幹子の姿が、見る見る憎むべき醜さに変つてゐた。すると、幹子と共に過した半歳足らずの日々が、限りなく疎ましいものに思はれ、いはれなく互に傷け合つたゞけの生活だつたやうに見えてくるのだつた。それは恋愛の日に夢みたものを、互に協力して汚し合つてきたやうな日々であつた。魂は餓え体はいぎたなく疲れた。——このやうな奇妙な想像力のために、次第に彼の心の中では幹子の姿が汚され、日を重ねるに従つて彼女との絶縁を思ふ心さへ募つて行つた。彼は来る日も来る日も重たい思ひで山頂を仰ぎながら、美しい斜面の緑に伸々と身を投げだしてしまひたいと憧れてゐた。

このやうな啓一が、たゞ気まぐれに出席したゞけの生徒大会で、一人の煽動家の演説に我を忘れて鐘塔に駈け登り、事もあらうに履いてゐた下駄で鐘を叩き鳴らしたのだつた。彼は今そのことをひどく恥ぢながらも、せめてその行為の根拠を突きとめたいと思つた。たゞに自分の溢れ易い感受性のためばかりだとは考へられなかつた。けれどもその呪はれた秘密はなかなか彼の前にひらかれなかつた。散々思ひ迷つた末、彼が最後に辿りついたのは自分に対する嘲笑だつた。あのやうな雰囲気に一瞬間でも巻込まれた自分を笑ふと同時に、そんなことに拘はつてゐる自分をも軽蔑した。

間もなく彼は吉田山の丘の上に立つてゐた。直ぐその下の校庭では、今なほ生徒大会が続けられてゐて、彼等のあげる叫声が其処まで聞こえてきた。だが彼の心は今はすつかり冷たくなつてゐた。その小人国の騒動の図は、却つて気楽な眺めにしか過ぎなかつた。巨大な長靴がその上を一踏みに踏みにじる光景などを空想しながら、彼はのんびりと煙草の煙を吐き続けた。けれども不意に彼の耳はその時苛立たしい鐘の音をきいて彼を飛上らせた。彼は息を弾ませながらその音に注意を集めた。だがそれは彼の空耳であることが直ぐ分つた。彼はいまいましさうに舌を鳴らして学校の光景に背を向けてしまつた。

晩春の柔らかな午後の陽の中に、今比叡山はゆつたりと静まつてゐた。大文字から比良に続く峰々の上に、ひと際高く頂きは盛上つて、ゆるやかになだり降るその斜面には、のんびりと雲の影が這つてゐた。啓一は日頃の誘惑を、この時一層身に沁みて感じた。あそこには彼の心を眠りに誘ふ柔かい風が吹いてゐる。彼の体を軽々と遠くへ運んでゆく花の匂ひが満ちてゐる。彼はその風に乗り、その匂ひに運ばれて、峰をわたり湖を越え、――彼はすつかり登山の決心を定めてしまつた。

啓一は山に向つて白河道を歩いてゐた。街を外れて少しゆくと、爪先登りの道の両側には、古風な水車が廻つてゐたり、軒の低い藁屋根が並んでゐた。啓一は行手を急ぐ心から、それらの風物を顧ることもなく、ぱつぱと埃を立てながら、牛車の花売娘たちの帰りを追越して行つた。やがて道が山路にかゝると、草木の新芽の匂ひが路いつぱいに溢れてきた。彼はその匂ひを押分けるやうな元気で、下駄の歯に石ころを蹴つて、夢中で路を急いでゐた。次第に眼下の谷が深くなつて、その底には青葉が淵のやうに渦巻いてゐた。冷い風がその底から吹上げてきた。彼は思はず立停つて、洋服のボタンを外して肌いつぱいに風をいれた。何時の間にか体はすつかり汗ばんでゐた。何処かに鶯の声がきこえてゐる。啓一は時ならぬ驚きに打たれて、暫くじつとその柔かい歌に耳を傾けてゐた。

彼は再びゆつくりと歩き出した。足もとの谷の深さが加はつてくるに従つて鶯の声は次第に増してきた。あちらからもこちらからも、鳴競ふその声はふえてくるばかりで、啓一は最初の驚きの感情を次第に失つて、その声にだんだんと腹立たしさを覚え始めた。五月に近い太陽の下で、むつとするやうな若葉の匂ひに包まれながら、この小鳥の肌にまつはりついてくる鳴声をきいてゐると、彼は息苦しくなつてくるのだつた。それは女の愛のやうに彼の皮膚にねばりついた。彼は幹子との同棲の日の記憶を呼び起され、膚をはぎ取つてしまひたい程の嫌悪に襲はれた。女といふ物は凡て五月の鶯のやうに厭はしいものであらうか。

彼の心は昂ぶり、矢庭に彼は足元の石ころを摑んで下の谷に向つて投げつけた。すると、何の罪もない一羽の小鳥が、遽だしく葉影を縫つて飛び去るのが見えた。彼の心はその結果に満足して、更に石を拾つては次々に声のするあたりをめがけて投げ込んだ。かうして、一つ一つその声を黙らせようとする彼の反抗は、暫く彼を熱中させた。けれども、一つの声が絶えた後には更に数羽の鳥の歌が湧き上つてくるばかりで、彼の汗だらけの努力が加はれば加はる程、敵の数は増加するやうに思はれた。彼はすつかり腹を立て、土に汚れた手で額の汗を拭ひながら、息を切らしてその効果のない努力を続けてゐた。その時、急に彼の目の前の谷が不機嫌な表情に変つた。若葉の光がすつかり消えて、谷は陰鬱な色に包まれてしまつた。驚いて空を仰ぐと、白い一団の雲が太陽の下を静かに横切つてゐた。啓一は初めて自分の愚かな反抗に気づいた。彼はなほも湧き上つてくる鶯の声を逃れるやうに足を早めた。

七曲りと俗に呼ばれてゐるたどたどしい路を歩きながら、彼の思ひもひどくたどたどしかつた。行手の山の端を直ぐ目の前に見ながら、喘ぎ喘ぎ深く彎曲した大廻りの路を歩いてゐる。それと同じもどかしさで彼の思ひもなかなか結論にたどりつかなかつた。幹子と再び生活を共にする気持がないとすれば、一思ひに今のうちに別れてしまふのが一等いゝことだと考へた。そこへゆきつくのが当然な道であり、それが目の前に見えてゐる山の端だつた。それだのに、彼は愛とは何かなどと考へ続けてゐた。ようやく一つの結論にたどりつくと、更に次の山の端が目の前に見えてくる。そして、其処に達するには再び崖に沿つた赤埴の路を汗を流して歩いてゆかねばならない。幹子を自分は本当に愛してゐたのであらうか。今になつて二人の生活を回想してみると、そこにはどんな細部にだつて幹子の部厚な肉体が現はれてくるのだつた。それは自然のやうに暗く重たかつた。彼女の言葉は体の何処から流れてくるのか、少しも啓一の言葉の響きと調子が合つてゐなかつた。たまたま幹子がぴたりとした言葉を言つた場合は、たゞ彼女が憎悪を燃やしてゐる時だけだつた。然も、その言葉さへ啓一の言葉の鸚鵡返しに過ぎず、彼女は啓一の言葉の双刃《もろは》の性質を利用してそれによつて彼を傷けようとするのだつた。愛は何処にあるか。凡ては彼女の暗い体の中に吸込まれてしまつて、残されてゐるものは、たゞ五月の鶯の声のやうなねばつこい思出だけだつた。

啓一はそのやうな回想に重苦しく悩みながら、まだ何等の結論に達しないうちに、何時の間にか曲りくねつたその路の最後の端にたどり着いてゐた。左右の峰の間には琵琶湖の広い眺めが拡がつてゐた。啓一は思ひがけないその展望に我を忘れて崖の上に身を乗出した。空の色より一段と深い湖水の面には、処々ナイフをいれたやうに真白い波の腹が光つて、湖水は太古のやうな静寂をたゝへてゐた。遠く対岸の山脈が薄い雲の間に浮き上つて、その空の彼方には何かもつと深い静かな嬉びがかくされてゐるやうに思はれた。あの山蔭の入江の奥——彼は先刻のむしやくしやを全く忘れて、そのやうな空想にひたり始めた。その時、遽かに騒々しい人声が聞えて、山を降る四五人連れの男が路に現れた。大津から比叡を越えて京都に廻る田舎の旅行者らしかつた。着物の襟に白い布を巻いてゐた。いづれも四十歳前後の男たちで、彼等は養蚕のことなどを声高に話しながら通りすぎていつた。啓一の空想はすつかり乱されてしまつた。あの入江の奥の村でもやはり養蚕が始まつてゐる。夜になると青年達が軍事教練のラッパの練習を始めるだらう。凡てが彼の故郷の村と同じやうに平凡で、住民は互に頸筋の黒子のことまで知合つてゐる癖に、何彼と奇怪な噂ばかりを立て合つてゐる。啓一はやり切れない孤独を感じた。

やがて路は森林地帯にかゝつた。陰湿な空気の流れたなかに香の薫りが漂つて、そのあたりから寺の境内が始まつてゐた。だが、寺の建築や仏像などには彼は少しも心をひかれなかつた。それらの物を単に美術として見るだけの教養も彼にはなかつた。一切の宗教的な様式には、彼は以前から何の関心も持つてゐなかつた。彼はそれらのものを全く無視して、杉の梢の光を仰ぎながら路を急いだ。やがて四明ケ岳の頂きも近かつた。

間もなく山頂に達した啓一は、岩の上に登つて腰を降ろした。太陽は既に彼の目の高さに近いまでに傾いて、谷々はすつかり影に覆はれてゐた。彼は暫く自分の廻り廻つてきたそれらの谷を見降したり、遠く足もとに横たはつてゐる碁盤のやうな京都の市街を眺めてゐたが、山頂の憩ひは少しも感じられなかつた。熊笹の葉裏を巻きあげて吹いてくる風は、もう夕方の冷気を含んでゐた。

彼は尻を降ろしてゐる岩の冷たさが体に浸みこんできたので、其処を飛降りて草の上に身を横たへた。せめてこの山頂の風景に同化したい思ひが強かつた。けれども風景の複雑な明暗がさまたげとなつて、それさへ彼には困難だつた。淀川堤や衣笠山の平凡な眺めが彼には今更親しみ深く思はれた。下宿の窓から見上げてゐた時の撫でてもみたい親し味は、此処には全くなかつた。彼の求めてゐた平静、彼の耳に子守唄をうたつてその心を眠らせて呉れるものは、此処には何一つない。彼のやうな宗教心を持たず、まして経世の心など塵ほどもない人間には、傑僧や野心家の伝説は心にふれるものを持つてゐない。

彼は暫く山頂の草に腹這ひになつて、鎌首をあげて徒らに四囲の風景を眺めてゐた。だが気がつくとやがて夜がやつてくる気配が次第に濃くなつてゐた。影を深めた谷底からは夕靄さへ漂ひ出してゐるやうであつた。陽はまだ愛宕の峰の手前にはあつたが光はひどく衰へてゐた。彼は帰途を思つて心が冷たかつた。どんなに急いで山を降つても途中で夜になるだらう！　この考へは彼を苛立たせた。だが不思議な慰安に似たものが同時にその中には混つてゐた。彼は中々立上らうとはしなかつた。不安に戯れるもののやうに、彼は谷々を這ひ登る影の速さを眺めてゐた。

そのうちに、ふと徒らな心に動かされて、彼はあたりに残つてゐる枯草に燐寸の火を移した。焔はぱつと美しく燃えあがつて、周囲の青い草をこがしながらぢりぢりと拡がり出した。彼は平手でその上を叩いて、火の拡がるのを防いだ。やがて焔がすつかりと消えたと見ると、彼は再び同じやうに燐寸をすつた。何度も同じ小さい遊戯を繰返してゐるうちに、彼は次第に大胆になつてきた。火がいくらか大きく燃え延びるまではほつておいた。そして今度は飛起きて下駄でその火を踏み消した。青草の中に地図のやうな焼跡が浮出した。彼は再び火を放つた。焔は夕風に薙ぎ伏せられながら、処々、舌を出して、三尺ばかりの半径に拡がつた。啓一は急に狼狽して、その上を矢鱈に踏みつけた。けれどもそれまでに生長した火は執拗く青草の蔭を這つて、消えたと思ふ間もなく、あちらこちらと燃え上つた。彼はその後を追つて遮二無二駈けまはらねばならなかつた。青草は踏み躙られ、黒い焼跡がみにくく拡がつた。やつと踏消したと思つても、思ひがけない先に火はぺろりと舌を出すのだつた。啓一はかーつと逆上して、夢中でその火の悪戯に挑みかゝつてゆくのだつた。

暫くして、すつかり火の消えた時には、彼は全く疲れてへと〳〵になつてゐた。草の上に尻餅をつき、激しく体ぢうで息を弾ませてゐると、こげ臭い青草の匂ひが胸いつぱいに流れこんだ。彼は無性に悲しくなつて、遠くの空に目を放つた。陽はいつの間にか愛宕の峰に落ちかゝつて、その残光がまつすぐに京都盆地の空を横切つて彼の面を打つてきた。

# むかしの歌

## 一

七年前一緒に軍隊生活をした仲間で、現在東京に住んでゐるのは、杉田と大浦と木村と私の四人であつた。私たちは毎年秋の初めになると、一度づゝ会合をして、兵営生活の思ひ出や、その後の互の生活に就いて色々語りあふことにしてゐた。普段は仕事が全く別々なために、滅多に顔を合はすこともなかつたが、官吏の木村も、医者の大浦も、学校教師の杉田も、その日はみんな現在の職業や社会的地位を忘れて、隔意のない愉快な一夕を過すのであつた。私たちの間には、軍隊生活といふ強いきづながあつた。それによつて結ばれた情誼が、今も私たちの心の底を暖かく流れてゐた。

今年はその会合が、例年より早く、八月の初めに行はれることになつた。偶々金子と云ふ当時の仲間が新しく加はつたので、私たちの会合は例年より賑かであつた。私たちはみんな今度の支那事変に対して、軍隊生活をした者特有の興奮を感じてゐた。

私たちは色々昔の演習のことなどを話しあひながら、戦場の空に遠く心を馳せてゐた。

「僕はこの頃、昔の人がうたつたみたみわれといふ気持で生きてゐる」

皆の話が一段落になつた時、新しく加はつた金子がそんな風に云つた。

「その気持をもつとはつきり聞かうぢやないか」

「金子は今夜初めてわれわれの会合に出席したんだから、当然もつと多くのことを喋る義務がある」

みんなが口々に進めたので、金子は次のやうな彼の心の推移の跡を語り始めた。

二

僕は今夜偶然、電車のなかで大浦君に出逢つて、七年ぶりで諸君にお目にかゝることになつたわけだが、実は去年の秋からずつと東京に住んでゐるのだ。僕が何をしてゐるかといふことを話せば、恐らく諸君は多少びつくりすることだらうと思ふ。僕の仕事はウヰンドウ・クリーナーといふ奴で、一口に云へばガラス磨きなんだ。高層建築の窓に身を乗りだして、せつせとガラスを磨いてゐる男の姿を、諸君は時々見かけられたことがあるだらうと思ふが、僕も毎日あのやうにして働いてゐるのだよ。なに？　危険ぢやないかつて？　勿論危険でないことはなからうが、働いてゐる当人は下から見るほど危険を感じてはゐないものだよ。寧ろ、どちらかといへば気持は何時も朗らかなんだ。

僕がどうしてこのやうな仕事に就くことになつたかは、いづれ後から話すことにするが、この仕事を始めて、僕はどんなに簡単に見える仕事にだつて、それ相当に習練を要するものだといふことを知つたよ。僕の仕事は古手拭と水さへあれば誰にだつて出来るやうなものなんだが、あれでなかなか水の使ひかたにコツがいるんだ。素人が水を使へばガラスはぎらぎらと虹を噴くだらう。仕方なしに息を吹きかけたりしてゐるが、あれぢや大建築の沢山な窓をどうすることも出来ないだらう。それこそ息が切れちやふからね。それから手拭の運びかたなんだが、力のいれ加減がむづかしいのだ。僅かなコツだが、習得するにはかなりの時間がいるんだよ。

なんだか自分の仕事の紹介ばかりしてゐるやうだが、僕は今この仕事をかつて無い明るい落着いた気持で毎日してゐるといふことを諸君に知つてもらひたかつたのだ。僕はこの頃になつて、生きるといふことを本当に有り難いことだと思ふやうになつた。感謝といふことの意味がだんだん僕にも分つてきたやうに思ふ。

諸君も御承知のやうに、僕は軍隊にゐた頃は、至つて不機嫌な怠け者であつた。そのために諸君がみんな少尉に任官してゐるのに、僕だけは伍長で帰つてきたやうな始末だが、当時のことに就いては、改めて此処に語る必要もないであらう。軍隊から帰つた僕は、京都のある銀行に勤めることになつたのであるが、やはり始終不機嫌な気持につきまとはれてゐた。仕事が愉快ではなかつたのだ。当時の僕の気持としては、もつと精神力や独創的な才能を必要とする仕事がしたかつたのだ。来る日も来る日も同じやうに帳簿の記入をしてゐるやうな生活が、僕には甚だ物足りなかつた。僕は直ぐ自分の仕事を軽蔑するやうになつたのであるが、今になつて思へば、それは結局自分の怠惰を是認してゐたやうなものなんだ。いつたい不機嫌などといふものは、やはり怠惰と同じ性質の感情で、思ひあがつた傲慢さに原因してゐることが多いものなんだが、当時の僕にはまだそのやうな反省力も足りなかつた。

毎日ぶつぶつ自分の仕事に不平をこぼしながら、一思ひに仕事をかへる決断力もなく、そのまゝずつと同じ仕事を続けてゐたのであるが、そのうちにある人にすゝめられて、結婚することになつた。

結婚生活の最初のうちは、僕は大変幸福であつた。どんな風に幸福であつたかなどといふことは、既に諸君にも経験のあることゝ思ふから省略するが、とにかく僕はかつて喜びを受けることを期待したことのないやうな些細なことにも幸福を感じた。僕たちは岡崎公園の近くに小さい家を借りて住んでゐた。あのあたりは京都でも一等静かな住宅地で、僕たちの生活も、落着いたなごやかなものであつた。だがさうした生活の間にも、僕の仕事に対する不満はやはり続いてゐた。僕は時々ひどく不機嫌な気持に陥ることがあつたが、その度に妻はいろいろ僕を慰めようとするのであつた。僕は妻の心遣ひに対しても、努めて心を明るく引き立てようとした。かうして、結婚生活の最初の一年が過ぎていつた。

妻が突然原因不明の熱病に冒されたのは、それから間もないことであつた。ある日それは去年の九月初めのことであつたが、僕が勤先から帰つてみると、何時も玄関へ迎へに出る妻が、座敷の方で返事をしてゐるきりで、一向出てきさうになかつた。不審に思ひながら家にあがつてみると、彼女は奥の八畳に床を敷いて、その上に寝てゐるのであつた。僕の姿を見て床の上に上体を起した彼女の頬は、燃えるやうに真赤であつた。僕は驚いて妻の傍に駈けよつて、彼女の上体を片手で抱へながら、片方の掌を彼女の額にあてゝみた。ひどい熱であつた。

「済みません。なんだかふらふらするものですから」

「起きちや駄目だよ」

僕は静かに妻の体を布団の上に横たへながら、もう一度彼女の額に手をやつた。妻は熱に燃えた大きい目を見張りながら、微笑を浮べてじつと僕の方を見てゐた。

「だいぶん熱が高いやうだが、何時ごろからこんな風なんだ」

「つい一時間ほど前からなの、急に悪寒がしてがたがた体がふるへだしたので、床に就いたのですが、初めのうちはすつかり布団で体をくるんでゐても、寒むけがとまらなくて困つたわ」

「とにかく直ぐ医者を呼ぶことにしよう」

僕は取敢へず妻の額に濡れタオルを掛けてやつて、それから直ぐ医者を呼びにいつた。水枕と氷とを買つて僕が家に帰つてくると、間もなく医者がやつてきた。診断の結果は、憂ふべき程のこともないやうであつた。医者は多分風邪だらうといつて、後から薬を取りにくるやうにといつて帰つていつた。僕は氷枕の用意をしておいて、直ぐ薬をとりに出かけていつた。残暑の酷びしい頃で、夕陽をいつぱい受けた平安神宮の森では、しきりに蜩が鳴きしきつてゐた。僕はふと昔読んだことのある芭蕉の俳句を思ひだした。やがて死ぬけしきは見えず蟬の声――といふ句なのだが、今の場合それはへんに不吉な感じがして、僕はそれを忘れようと努めながら道をいそいだ。

薬を飲んで半時間もすると、妻の熱は次第に衰へ始めた。妻は自分で起きあがつて、汗によごれた着物を着かへようとした。僕は無理にも妻の体を寝かせておいて、新しい浴衣を押入れから取つてきて、妻の着かへを手伝つてやらうとした。

「い、のよ、そんなことをかしいわ」

妻は僕の手を軽く押しのけるやうにして、床の上に起きあがつて自分で着かへを済ました。

「大分楽になつたやうだね」

「えゝ、もうなんともありませんわ」

「静かにしてゐなければいけないよ」

妻は再び身を横たへた。僕はその間に、蚊帳をつゝて、勝手の三畳で一人で夕食を済ませた。

食事を終つて妻の蚊帳のなかを覗いてみると、妻はよく眠つてゐる様子であつた。僕はこの分ならば心配することもなからうと思つて、ほつとした気持で庭に出ていった。

昼間の酷びしい残暑もやうやく衰へて、庭には物静かな冷えびえとした秋の気配が流れてゐた。萩の茂みの蔭では、しきりに蟋蟀が鳴いてゐた。空を見ると、よく晴れた空には星がいつぱい輝いてゐる。月が出るのか、黒々と横たはつた東山の空の一部分が、ほのかに明るく染まつてゐた。僕はなんといふこともなく吐息をもらした。そして、永い間庭石の上に腰を降ろしてゐた。

その夜、僕が床に就いたのは、十時を少し過ぎた頃であつた。妻はその時ふと目を覚まして、僕の方に微笑を浮べた顔を向けた。

「私、ねむつてゐたのね」

「あゝ、よく眠つてゐたよ、気分はどうなんだい」

「ずつと楽になりましたわ、私夢を見てゐたのね、夢でよかつたわ」

「どんな夢かね」

「へんな夢なの」

妻はさう云つて声をたてゝ笑つた。何時もひと重の彼女の瞼が、先刻の熱のためか、珍らしく二重になつて、そのために顔全体が子供つぽく見えた。

「話してごらん」

「いやよ、なんだか生意気みたいな夢なんですもの」

「構はないよ、どつちにしても夢ぢやないか」

「ぢやお話するわ、おこつちやいけませんよ」

念を押すやうに云つて、妻は夢の話を始めた。

「なんだか知らないが、あなたがとても不機嫌な顔をしていらつしやるの、私がいろいろなだめようとしても、あなたはちつとも聞いてくださらないのだもの、私困つちやつたわ」

「それが夢かね、いやな夢だな」

「お話するのよしませうか」

「いや、きゝ度いよ、それでどうしたのかね」

「それで私いろんなことをあなたに云つたのよ、あなたは初めのうちうるさゝうにしていらつしたけど、そのうちにだんだん私の言葉に耳をかして下さつたの」

「なんだか普段の通りぢやないか」

僕はをかしくなつて笑ひだした。

「さうよ、でも普段と少し違つてゐるのは、その時私いつもは考へたこともないやうない、言葉を後から後からと思ひ出したの、今はもう大方忘れちやつたけど、不思議にはつきり覚えてゐる部分もあるの、少し生意気みたいだけど、とてもい、言葉よ」

「天来の声といふ奴かね」

「茶化さないできいて下さるでせう、こんな言葉なのよ……いのちといふものは、不断にその時その時の表情をとつて流露してゐるものだから、あんまり不機嫌な表情をしてゐると、益々停滞して腐つてくるといふの。私にしては大出来な考へでせう……私がそんな風に云つて、一度笑つてごらんなさいといふと、あなたも急にお笑ひになつたのよ」

妻は子供のやうな二重瞼に微笑を浮べてじつと僕の方を見てゐた。僕は手を延ばして妻の手を握りながら、かつてないおだやかな愛情を感じた。

間もなく妻は再びすやすやと眠つていつた。僕は幾らか昂奮してゐたので、なかなか寝つかれなかつた。先刻の妻の言葉が始終頭のなかを去来してゐた。如何にもそれは彼女にしては大出来な言葉であつた。それにしても、僕の日頃の不機嫌が、病床の彼女の夢にまで現れてくるほど、彼女を苦しめてゐたのかと思ふと、僕は妻に対して大変済まないやうな気がした。僕はいろいろ自分の不機嫌の原因を反省しながら、結局それは自分の仕事がつまらないためでも、自分に特別な才能があるためでもなく、却つて自分の怠惰と傲慢さからくるものではないかと思つた。気軽に仕事が出来ないといふのも、何処か僕の心のなかに、不遜なものがあるに違ひなかつた。僕はもつと謙虚な心にならなければならないと考へた。僕の暴君めいた不機嫌が、始終妻の心を圧迫してゐるものとすれば、どんな立派な贈物をしたところで、決してその償ひは出来るものではないであらう。

そんなことを考へてゐると、僕はふいに兵隊にゐた頃習つた、戦闘綱要のなかのある言葉を思ひ浮かべた。為さゞると遅疑するところは指揮官の最もいとふところ——といふ文句なんだが、実に立派な言葉ぢやないか。千金の重味のある言葉とは、あんなのを云ふのだらうね。指揮官がぼんやりしてゐたり、遅疑してゐた日には、その軍隊は必ず戦機を失してしまふに違ひない。一度失した戦機は、恐らく千度悔いるとも及ばないだらう。それと同じことが、個人生活に於ても云へるのではなからうか。為すべきことを遅疑したり、手を束ねてぼんやりしてゐると、必ず時期を失して後悔に責められる。手に負へない不機嫌がやつてくる。だがその時になつては、もはや万事手遅れなのだ。僕は些細な日常の義務を怠つてゐたゝめに、屢々この不機嫌に襲はれがちであつた。

何時の間に眠つてしまつたのか、僕は妻の呼ぶ声に驚いて目を覚ました。

「済みません、枕をかへて下さらない」

「どうした、また熱が出てきたんぢやないか」

起きあがつてみると、妻の顔はまた真赤に熱のために燃えてゐた。僕は直ぐ勝手に出ていつて、枕の氷をとりかへた。氷嚢の用意がなかつたので、洗面器の水に氷を浮べて、それを妻の枕もとに運んだ。タオルをしぼつて額にかけてやると、妻は気持よささうに目をつむつた。

「どうしたんでせう。さつきはあんなによかつたのに」

「直ぐよくなるよ、お前は安心して寝てをればい丶んだよ」

さう云つて、僕は妻の脈をとつてみた。早い鼓動が僕の指先に伝はつてきた。先刻とりかへたばかりのタオルからは、かすかに白い湯気が立ちのぼつてゐた。僕は少し狼狽した気味で、そのタオルを取りかへてやつた。妻はかすかに目をひらいて、

「あなたも、もうおやすみ下さい」と云つた。

「うん、そんなこと気にしなくてい丶んだよ」

そのま丶僕はじつと妻の枕もとに坐つてゐた。何処か遠くの方から鶏の鳴声がきこえて、間もなく隣家の時計が三時をうつた。妻の額からは、再び水蒸気が白く立ちのぼり始めた。熱はなかなか引きさうになかつた。僕は殆んど十分おきにタオルをしぼ

り直さねばならなかつた。妻はうつらうつらと眠つてゐるやうであつた。

一時間ほどして、僕が枕の氷を代へてやらうとすると、彼女はぱつちりと目を開いた。

「まだ夜があけないのでせうか」

「どうして、もう直ぐだよ」

「さう、もう直ぐなのね」

妻は再び目を閉ぢて、軽く胸の上に両手を組みあはした。だが暫くすると、彼女はまた目を開いて、まだ朝にはならないかと、同じことを繰返した。僕は医者を呼んで欲しいのではないかと思つたので、そのことを彼女に訊いてみると、彼女は黙つて軽くかぶりをふつてみせた。

「ぢや薬を飲んではどうかね、少しまだ早いのだが」

「い、のよ、もうずつと楽になりましたから……早く朝になるとい、な」

「そんなに夜の明けるのが待ち遠しいのかい」

「え、、朝になれば……朝のすがすがしい光を見たら、どんなに気持がい、かと思つて……きつと病気なんか逃げていつてしまひますわ」

だが、やがて朝が近づいてきても、妻の熱は衰へさうになかつた。僕はやはり何度もタオルを取りかへたり、枕の氷をかへてやらねばならなかつた。夜明けの光がかすかに部屋のなかに漂ひだした頃になつて、僕はもう一度妻に薬を飲むことをすゝめた。妻はうなづいて床の上に起きあがらうとした。僕は静かにその体を支へて、白い粉末を水と一緒に彼女の喉に流しこんでやつた。

暫くすると妻の熱は不思議なほど下つていつた。そして、彼女がしきりに待つてゐた夜明けがやつてきた。僕は彼女に寝巻きを着かへさしてやつて、それから庭に面した雨戸を開けた。さわやかな朝の空気が部屋いつぱいに流れこんだ。妻はうれしさうに、床の上で大きく胸をはつて深呼吸をした。

「やつぱり、朝になつたらよくなりましたわ」

「お前の云つた通りになつたね」

薬の効果が余りにてきめんなので、僕は幾分不安でないこともなかつたが、妻の嬉しさうな様子を見ると、その気持を壊すやうなことは云ひ度くなかつた。

「この分なら、お仕事を休んで頂くほどでもありませんけど、あなたもお疲れでせうから……」

「馬鹿だな、もうそんなこと気にかけてゐるんかい」

僕は笑ひながら縁先へ出ていつた。まだ太陽は登らなかつたが、空は美しく晴れて、初秋の気配が空いつぱいに溢れてゐた。隣家の屋根の上では、二羽の鳩がしきりに嘴を磨りあはせて、朝の挨拶を交はしてゐた。僕は暫く我を忘れて、親しげな鳥の様子に見惚れてゐた。眠不足の顔が、拭はれたやうに冴えていくのを感じた。

「何をそんなに熱心に見ていらつしやるの」

「鳩だよ、二羽の鳩がとても睦まじ気に嘴をすり合はしてゐるんだよ」

「鳩の接吻ね」

妻は朗らかな声をたてて笑つた。

朝のうち、妻の容態は大変よかつた。僕のつくつた粥を二杯たべて、小用にも一人で立つていつた。少し腰がふらふらするやうだなど、云ひながらも、僕の手を借りようとはしなかつた。僕はその間に、勤先へ欠勤の電話をかけにいつた。そして、万一の場合を考へて、氷嚢と体温計とを買つて帰つた。僕は妻がいやがるだらうと思つて、それらの買物を台所へかくしておいた。僕はそれらの品が、そのまゝ不用になることを、心のなかで祈つてゐた。

やがて、妻は疲れたのか、うとうと、眠り始めた。僕も昨夜から殆んど眠つてゐないので、畳の上に横になつてゐた。幾らか眠つたやうな気がして、起きあがつて時計を見ると、もう十時を少し過ぎてゐた。妻はまだよく眠つてゐる様子だつた。僕は静かに彼女の額に手を当ててみた。なんだかまた熱が出てゐるらしいので、僕は気がゝりになつて、先刻買つてきた体温計を台所から取り出してきた。その時ふと妻が目を覚ましたので、僕は熱をはかつてみないかと云つて、体温計を妻に渡した。

「何時買つてきて下さつたの」

いやがるかと思つた妻は、却つて感激するやうな目を僕にむけながら、叮嚀に脇の間に挟んだ。七度二分ほどの熱があつた。

「少し高いやうだね」

「これつぽち平熱だわ、誰だつて朝は少し体温が高いものですから」

だが、そんなことを話しあつてゐる間にも、妻の頬はだんだん熱に染まつてくるやうに思はれた。瞳の色もなんとなく濡れてゐるやうであつた。

暫く経つてから、僕はもう一度熱をはかつてみないかと進めた。妻は素直にうなづいて、僕の手から体温計を受取つたが、幾らか躊躇する様子で、指先でそれを弄びながら、直ぐには脇に挟まうとはしなかつた。

「あら！　この体温計、なんだか気味が悪いわ」

水銀の部分を二本の指で支へながら、妻は不思議さうに目盛りを見つめてゐた。

「どうしたんだ」

「へんよ、かうしてゐるだけで、どんどん目盛りがあがつてゆくんだもの」

「どれ、見せてごらん」

妻の云つた通り、水銀柱は僅かの時をおいて、つ、つ、つ、つと昇つてゆくのだつた。まだ七度までは昇つてゐなかつたが、こんな風に二本の指で握つてゐるだけで敏感な反応を示すのは、余程熱が高い証拠であつた。

「玩具にしてゐないで、計つてみなさい」

「いやよ、こんな気味の悪い悪魔の小道具なんか」

そんな風に云ひながらも、妻はやがてその悪魔の小道具を脇に挟んだ。九度近い熱であつた。僕はそれを妻に見せないで振つてしまつた。

「七度八分、さつきより少し高いよ」

「たいしたことはないのね」

妻は静かに目をつむつた。

三

午後になつて医者がやつてきた時、僕は昨夜からの容態を詳しく話して、チブスの危険はなからうかと尋ねてみた。医者は暫く経過を見た上でないとはつきりしたことは云へないが、多分その心配はないだらうと答へた。僕はなんとなく不安であつたが、医者の言葉に頼るより他には、僕にどうしやうもないことは分つてゐた。

妻の容態は、それからも殆んど同じであつた。時々潮のやうに熱が高まつてくるのだつたが、薬を飲むと間もなく熱は引いていつて、気分もよくなるのであつた。そして、その度に今度はもう大丈夫だらうと思ふのだつたが、四五時間も経つと、熱はまた盛りかへしてきた。僕は医者の薬に対して信用がおけなくなつてきた。なんだか不自然に発熱をおさへてゐるだけで、病源に対して何の効果もないのではないかと疑ひ出した。

かうして、その日もやがて夜になり、昨夜と同じことを繰返して再び朝がやつてきた。だが妻はもはやすがすがしい朝の光を見ても、昨日のやうに嬉しさうな様子は見せなかつた。熱はすつかり引いてゐたが、彼女はぐつたりと疲れたやうに身動きもしなかつた。

その後の彼女の容態に就いては、僕はもう詳しく語るに忍びない。午後になつて医者がやつてきた時、医者は彼女の腹部を押してみて、彼女が痛みを訴へると、盲腸炎の疑ひがあると云つて、その手当てをするやうにと云つた。僕は妻の病気が簡単に快癒はしさうにないのを知つて、派出婦を雇ふことにした。

だが妻の病気は盲腸炎でもなかつた。手当てをするまでもなく、腹部の痛みは間もなく消えて、彼女は再び痛みを訴へることもなかつた。僕は夕方その事を医者に話しにいつた。医者は盲腸炎でなくて誠に結構だつたと云つただけで、はかばかしいことは何も云はなかつた。僕はいつそ今のうちに医者を代へるなり、他の医者に立合診察を乞ふなりしてはどうかと考へたが、それには病人が不賛成であつた。妻はその医者を信用してゐる様子だつた。近所で評判のいゝ博士のことだから、今に病源もきつと発見してくれるに違ひないと云ふのだつた。

それから数日間、医者の方でも随分熱心に、手をつくして色々高熱を発する病気の検査をしてくれたのだつたが、妻の病気はそのいづれでもなかつた。僕は病人の脈をとりながら口髯の先をくはへてじつと考へこんでゐる医者の姿を見ると、知らず知らず苛々しがちであつた。

妻の体は急に衰へ出した。僕はそのやうな妻の様子を、此処で諸君に語るに忍びない。発病してから六日目の午後になつて心臓が駄目になりだしたのだ。それから臨終までの二日間のことは、永久に僕の魂の底にだけ秘めておくべきことで、みだりに口にすべきことではないであらう。

僕は妻の容態が悪化した日の夜、何かに誘はれたものゝやうに庭に忍び出て、薄の上に身を投げて永い間祈り続けた。このやうなことは、かつて一度もないことであつた。常にこの世の何物かに対して反抗的であつた僕は、今まで祈るといふことをも知らなかつた。今だつて西洋流の神とは甚だ縁が遠いのであるが、僕は僕なりに天地に寄せるこの命をしみじみ有り難いと思ふやうになつた。勿論、こんなことをその時直ぐ感じたといふのではなく、その時はたゞ何か奇蹟的な力によつて、妻の病気の恢復することを一筋に願つたのであつた。

妻の死は、僕に激しい驚愕と深い虚無の感じを起させた。これまで僕の周囲にあつて、その心に潤ひを与へ、その生活を満たしてゐたものが、一時に根こそぎ消えさつてしまつたのであつた。妻のゐない家のなかは、僕にとつてまるで空家のやうな荒廃を感じさせた。彼女が使つてゐた鏡台や簞笥などを見ると、僕は堪へ難い悲痛に歯を喰ひしばつて泣いた。何を見ても彼女を思ひ出さないものはなかつた。彼女が悪魔の小道具と呼んだ体温計は、まだ机の上に置いたまゝであつた。僕は彼女が使つてゐた凡てのものに胸を刺すやうな悲しみを誘はれながらも、彼女の思ひ出を出来るだけ壊したくないので、それらの品々を永い間もとの位置に残しておいた。僕はたゞ妻の思ひ出だけに生きてゐた。

死の瞬間まで自分の死ぬことを知らなかつた妻は、僕に別れの言葉さへ残していかなかつた。彼女は臨終の意識の薄れた境で、かすかに歌のやうなものをうたつた。それが彼女の最後の声であつた。僕はその歌の節を思ひ出さうとしたが、うまく思ひ出すことは出来なかつた。だが歌をうたひながら死んでいつた妻を思ふと、僕の心はせめても慰むのであつた。

その後仕事に通ふやうになつてからも、僕は始終妻のことを考へて、ぼんやりしてゐることが多かつた。僕は幾度も帳簿の記入を誤まることがあつた。そんな風に、僕は常に妻の面影を追ひながらも、不思議なことに時々どうしても彼女の姿がはつきり思ひ出せないことがあつた。僕はその度にこのまゝ妻の姿が僕の記憶から逃げ去つてしまふのではないかと思つて、ひどく悲しい気がした。

ある夕方、それは妻が亡くなつてから半月ほど経つてからのことであるが、僕は縁先に立つてぼんやり空の雲を見てゐた。秋らしい白い雲が、静かに東山の空を流れてゐた。僕はなんとなく魂といふやうなことを考へてゐた。すると、僕の唇には知らず知らずの間に、ある歌の節が流れだしてゐた。僕は永い間それに気づかなかつた。自分が歌をうたつてゐることも、それがどんな歌であるかといふことも、僕は全く知らなかつた。それほどその歌は自然に僕の体から流れだしてきたのであつた。そのうちに、だんだんその声が高くなつてきたので、僕は初めてそれに気づいたのであるが、実にそれは意外な歌であつた。それは、かつて僕が諸君と共に軍隊にゐた頃、激しい演習の後の永い行軍の間にうたつた戦友といふ歌であつた。諸君は僕が妻の死の悲しみのなかにゐてあの歌をうたつたことを変だとは思はないであらう。あれは僕たちが考へるより遥かに深く僕たちの魂にしみこんでゐる歌なんだ。軍隊生活をしたことのある者のみが知つてゐる複雑微妙な陰影をもつた歌ではないか。あの歌の文句に就いては、いろいろ議論もあるやうだが、その節には確かに日本の響きが流れてゐる。僕は既に、僕の妻が臨終に歌をうたつたことを諸君に話したが、我々の心に戦友が深くしみこんでゐるやうに、恐らく妻の魂にも、僕の知らない歌で、日本の女ならば誰の心にも通ふやうな響きが流れてゐたのではないかと思ふ。僕は不幸にもその歌を思ひ出すことが出来ないのであるが、静かに我々の心に流れこんでくるやうな、微妙な節であつた。

日を経るまゝに、僕の妻に対する思慕は深くなるばかりであつた。僕は次第に自分の仕事をさへ苦痛だと思ふやうになつた。銀行の窓口に坐つてゐる一日は、我慢のならない程永かつた。僕はたうとうしびれを切らしてしまつた。当時の僕には、今後の生活といふやうなことを考へる余地は全然なかつた。僕はたゞ一筋に妻の後ばかり追つてゐたのであつた。僕は仕事をやめて、家にばかり引きこもるやうになつた。それから十日ばかりの間、僕は家にゐる派出婦とさへ殆んど物も云はないで、妻の病室であつた八畳に痴呆者のやうに坐り続けてゐたのであつたが、ある夜ふと空を渡る風の音をきくと、急に自分も何処か遠くへ行つてしまひたいと思つた。僕がどうしてそんなことを考へたかは、今になつてもよく分らないが、とにかく僕は風のやうに遠くへ消えてゆきたいといふ強い誘惑にかられた。恐らくその気持のなかには、何処までも妻の後を追つてゆきたいといふやうな願ひが潜んでゐたのではないだらうか。

翌日になつても、僕のその気持は少しも衰へなかつた。僕はそのやうな願ひの甚だしく不合理なことを充分承知してゐた。だがその気持を圧へることは僕には不可能であつた。僕はもう一刻もじつとしてゐることが出来なかつた。僕は直ちに出発の準備にとりかゝつた。妻の荷物はひとまとめにして、彼女の実家の方へあづけることにした。暫く故郷へ帰つて静養したいといふ僕の言葉を、妻の実家の人々は誰も疑はなかつた。派出婦にも同じやうなことを云つて引きとつてもらつた。支度は簡単であつた。不用なものは全部売りはらつて、僕はたゞトランク一つさげて、その日の夕方には、妻と共に一年あまりの日々を過ごした家を引きはらつた。

それから数日間、僕が何処を歩きまはつてゐたかといふことは、此処で詳しく語る必要もないであらう。ある時は、僕は琵琶湖の岸に立つて、沖を漕ぐ舟の後を見送つてもゐたし、またその翌日には、長良川の早い流れを前にして、何時までもぼんやりと立ちつくしてゐた。そして、遂にある日僕は海抜五千尺といはれてゐる北信のある温泉場に到着した。

山はもうすつかり深い秋であつた。宿の前の谷間には、白樺が美しく黄葉してゐた。谷を距てた向うは一帯の丘陵で、薄の穂が秋の日に光り輝いてゐた。所々燃えるやうな真紅の色をした灌木の茂みがあつて、そのあたりには炭を焼く煙が白く流れてゐた。丘陵地帯を越えて遥か遠くの空には、雪をいたゞいた北アルプスの峰々が、屏風のやうにそびえてゐた。

自然は限りなく美しかつた。僕はいまだかつて、紅葉の色や空の青さを、その時ほど心にしむやうな思ひで眺めたことはなかつた。だが僕は其処にも落着いてゐることが出来なかつた。次の日の朝になると、僕はもう宿にじつとしてゐることが出来なかつた。けれどもそれより奥には、もはや宿屋も温泉もなかつた。変つたところへゆかうとするには、其処から再び山麓の方へ引きかへすより途がなかつた。だが引きかへすのは僕の本意ではなかつた。僕の心は奥へ奥へ——言葉をかへていへば高く高くへと誘はれるばかりであつた。

宿の主人の話によると、其処から二里ばかり奥へはいつたところに、このあたりで一等高い峰があるといふことであつた。僕は急にその山へ登つてみたくなつた。僕は直ぐ宿を出て、教へられた道をその山に向つて進んでいつた。何かゞしきりに僕を招いてゐるやうであつた。道の両側には白樺や樅などが生ひ茂つてゐて、よく晴れた空が青々と梢の間からのぞいてゐた。進むこと二時間足らずで、僕は目的の山の麓に達した。美しい谷川が瀬頭を乱して流れてゐた。その川を渡ると、胸を突くやうな急峻な山路であつた。

熊笹に覆はれた分りにくい小路をかき分けるやうにして、僕は憑かれた人間のやうに、ひた登りに登つていつた。道の両側には、樅やトド松や、その他僕が名を知らない珍らしい樹木が日蔭をさへぎつて繁つてゐた。だが僕はそれらの樹々をゆつくり眺める暇もなく、しきりに道を急いでゐた。何故だか知らないが、僕は一刻も早く頂上に達したい思ひにかられて、峻しい山路にひたすら喘ぎ続けてゐた。やがて一時間あまりもそのやうにして登り続けると、急に林が明るくなつて、そこから先は殆んど樹木といふべきものがなくなつてしまつた。豁然と開けた眺望のなかに、枯草に覆はれた頂上が直ぐ目の前に見えてきた。山の右側は切り立てたやうな深い谷であつた。谷底の方には霧が渦巻いて、冷たい風が其処から吹きあげてきた。道は其処から山頂まで、右側の嶮しいその崖にそつて続いてゐた。僕は剣の刃の上をゆくやうな思ひで、心をひき緊めて一歩一歩ゆつくりと登つていつた。頂上は思つたより遠かつた。登れば登るほど頂きはだんだん向うへ逃げてゆくやうであつた。僕は次第にもどかしい思ひにかられて、危険も打忘れて路を急ぎだした。

山頂の眺望は素晴らしかつた。豁然と晴れ渡つた空のもとには、四方の群山が波濤のやうに連なつて、太陽はそれらの山々の上に、澄み切つた美しい光を注いでゐた。空気は透明で、空は限りなく深かつた。僕は高い山に登つて、初めて空の高さを知つたやうに思つた。瞳をこらして、じつと空の奥を見てゐると、自分の命が静かにそのなかに溶けこんでゆくやうな恍惚を感じた。僕はなんとなく、自分が今妻の命と一体になつてゐるやうな思ひに満たされてゐた。涙がとめどなく流れてきた。僕は永い間、頬に流れる涙をそのまゝ、山頂の草に腰を降ろして、測り知れない空の青さに見惚れてゐた。

暫くして、僕が北側の崖の上に立つてみると、先刻まで谷底の方に渦巻いてゐた霧が、何時の間にか足もと近くまで押し寄せてきてゐた。南の斜面には陽が美しく輝いてゐるのに、北側の谷はすつかり濃い霧に覆はれてゐた。冷たい風にあふられて、霧はなほも崖に沿つて山頂近くまで舞ひあがつてくるのだつたが、其処までくると再び崩れるやうに引きかへしていつて、同じやうな運動を執拗く繰返してゐた。僕はその時ふと、その霧の上に不思議な物の影が漂つてゐるのを認めて瞳を凝らした。それは実に驚くべき物の姿であつた。七彩の円光に包まれた仏の像を僕は其処に見たのであつた。僕はあまりの不思議にしばらくは息もとまるやうな気持で、その姿に見とれてゐた。

やがて、その姿が少しづゝ薄れ始めた時、僕は初めてそれが僕自身の影であつたことに気づいた。後ろから太陽の光を受けてゐたために、僕の影が霧の上に写つたのであつた。僕が円光と見たのは、往々人が山頂などで見かけることのある円形の小さい虹であつた。だが僕の感激は、それが僕自身の影であると云ふことが分つた後になつても、少しも衰へはしなかつた。僕の影がそのやうな円光に包まれて霧の上に写つたといふことは、稀有の偶然であつた。それは奇蹟といつても差支へないものである。僕がその奇蹟のなかに、僕だけの寓意を読んだとしても、恐らく諸君は抗議をしようなどとは思はないであらう。

僕はその時、つくづく自分の命を尊いものだと思つたのだ。今までおろそかに思つてきた自分の命にも、小さいながら円光の生じる瞬間のあることを知つたのだ。僕の心は感謝でいつぱいになつた。僕を此処まで導いてくれた妻への感謝と共に、あらゆる物に対する感謝が一度に僕の心に溢れてきた。僕はその瞬間まで、妻に対するひたすらな思慕から、若しかすると死の機会を求めてゐたのであつたかも知れなかつた。だが妻は僕を死へは導かずに新しい生へと導いてくれた。僕が生きることを有りがたいことだと考へるやうになつたのは、この瞬間からであつた。僕は山頂の高い空に向つて、じつと指を組んで立ちつくした。

　生きることに感謝を見出してからの僕の気持は、やがて古人の歌つたみたみわれといふ心にも通じるやうになつた。山を降つた僕は、間もなく東京に出て今の仕事に就くことになつたのであるが、以前の不機嫌な気持はだんだん僕から消えていつて今では僕は自分の仕事に充分満足してゐる。

　恐らくこれだけの簡単な話では、僕の心の推移の跡を充分諸君に納得してもらへなかつたかも知れないが、僕が以前のやうな不機嫌な顔をしてゐないことだけは、此処にゐられる諸君の目ではつきり分つてもらへたことゝ思ふ。今は僕もそれだけで満足しようと思ふ。話が理に落ちて、諸君には退屈だつたかも知れないが、言外の僕の心を幾分でも察してくれるならば、僕としては誠に有りがたい次第だ。

　金子は此処で言葉を打ちきつて、人々の意見を求めるやうに皆の顔を眺めた。皆は期せずして大きい吐息をもらした。彼等の顔には一様にかくし切れない感動が溢れてゐた。

四

金子が今度の事変で召集を受けたのは、それから数日の後であつた。私たちは揃つて東京駅まで彼を送つていつた。駅の構内は、沢山の出征者や見送人で雑閙《ざつたふ》を極めてゐた。歓呼の声や遠征を送る歌声が、あたりいつぱいに谺をかへしてゐた。金子の見送人は、私たちの外にも、彼の新しい仲間が数人加はつてゐた。金子は先日久しぶりで逢つたと同じやうに、落ちついた機嫌のいゝ顔をしてゐた。私たちは交々彼の肩を叩きながら、短い別れの言葉を述べた。

「しつかりやり給へ」

「追つつけ僕らも出てゆくよ」

「からだを大切にしてくれよ」

金子はそれらの言葉に対して、一々大きくうなづいてゐた。その時、私はふと先日の金子の言葉を思ひ出して、戦友を歌はうぢやないかと云つた。すると金子は手をあげて私を制止した。

「あれは歌つてはいけないのだよ」

私はその時の金子の落着いた態度をつくづく頼母しいと思つた。やがて私たちは、天に代りてといふ歌をうたひだした。

汽車の時間が来た。私たちは歩廊の盛りあがるやうな国旗のなかに分けいつて、手に手に旗を振りながら万歳を叫び続けた。金子は窓に身を乗りだすやうにして、自分も万歳を叫びながら私たちの歓呼に答へた。間もなく汽車が動き出した。

みたみわれ生けるしるしあり天地の栄ゆる時に逢へらく思へば——遠ざかつてゆく汽車の後を見送りながら、私はしきりにその歌の心を考へてゐた。

# 吉野

## 一

母と帰省したついでに、吉野へ行つてみることにした。私の郷里から吉野までは、電車で二時間もすれば行けるところなので、私は母も一緒にと誘つてみた。だがそれだけのところさへ、母には無理な様子だつた。母はその年のはじめ父が亡くなつてから、急に気崩れがしたやうに、何処が悪いといふのでもなく、ぶらぶらしてゐる日が多くなつてゐるのだつた。

母は弁当に握り飯を作つてくれた。私は弁当のことなど考へてゐなかつたので、ちよつと意外な気がした。母はすぐ私のそぶりに気づいた様子で、この節は何処へ行つても、不自由なことが多いさうだから、といつた。私はさういはれてみて、はじめて母の心遣ひが身にしむのを覚えた。

秋のよく晴れた日のことで、沿線の紅葉が美しかつた。殊に伊勢から伊賀へ越える青山峠のあたりや、室生から初瀬へかけての谷間の紅葉には、そのまゝ素通りするのが惜しまれる誘惑を感じた。

橿原で電車を降りて、神宮に参拝した。私はその年の五月にも、一度お詣りしたのであるが、その時は御陵から神宮の方へまはつたのであつた。今度は神宮だけにして、直ぐ吉野へ向つたが、皇紀二千六百年といふ記念すべき年に、二度までお詣りの出来たことは、よくよくの機縁といはなければならなかつた。

吉野への電車には、修学旅行らしい、何処かの女学生の一団が乗つてゐた。彼女たちは若々しい殷かなお喋りに夢中になつてゐたが、電車が停るたびに、駅の名がをかしいといつて、きやつきやつと笑ひころげた。今木だとか六田だとかいふ地名がよほど聞きなれないものだつたやうである。

吉野川の鉄橋の下には、幾つもの大きい池をつくつて、上流から流れてきた杉材が、おびたゞしく貯へてあつた。秋の陽がその上にいつぱい溢れて、裸の材木の肌が艶々と美しかつた。

鉄橋を過ぎると、間もなく終点であつた。そこから架空ケーブルによつて、下の千本の谷を見降ろしながら登つた。流石に桜の古木が多かつたが、秋に早いその葉は、今は大方散つてしまつて、谷の地肌が露はに見えてゐるのが、季節外れの感を深くした。一緒に乗つた女学生たちは、ちよつとした乗物の動揺にも、大袈裟な叫びをあげたが、怖ろしいからといふよりも、手頃な冒険の期待が満たされた満足からのやうであつた。彼女たちの頬は生々と輝いて、声にも弾みがあつた。

山はひつそりと静かであつた。女学生の一団をやりすごしてしまふと、人影も殆ど見当らなかつた。道の両側には大きい旅館や、土産物を売る店などが軒をならべてゐたが、客を呼ぶ声も聞えなければ、売子の姿さへ見えない店も多かつた。吉野葛、陀羅尼助などの看板が、しばしば目にとまつた。

私はある茶店で桜の杖を買つて、それを突きながらゆつくりした足どりで、町の坂道をのぼつていつた。黒門をはいつて、道の左側に聖武天皇の御建立と伝へられてゐる、銅の大鳥居を仰ぎながら行くと、間もなく蔵王堂の仁王門であつた。高壮な楼門建築で、私はしばらくその下に立つて、澄み渡つた秋の空に聳える高い屋根を見上げてゐたが、扉が閉ざしてあるのではいるわけにはいかなかつた。仁王門の下を、蔵王堂の境内に沿つて右へまはると、吉野朝の宮址であつた。宮址の広さは、どんな田舎寺の境内でも、これより狭くはないと思はれる位のもので、私が行つた時には、そこの広場で国民学校の生徒が体操をしてゐた。二年か三年程度の男生で、皆で二十人位であつたが、如何にも山の上の子供らしく、その中の五六人は和服を着てゐた。

私は広場の外れに立つて、遠く金剛、葛城などの山々が西の空を限つてゐるのを眺めながら、太平記や日本外史を読んだ頃の感動を蘇らしてゐた。弾丸黒子の地など、いふ言葉が、今更のやうに新しく思ひ出されるのであつた。

やがて子供たちが体操をやめて、駈足でその場を立去ると、私はそろそろ昼飯を食ふ時刻であることに気づいた。宮址の入口にはちよつとした茶店があつたので、私はそこで茶をもらつて、母がつくつてくれた握り飯を食ふことにした。

「え丶お米だすな」

茶を運んできた老婆は、私の握り飯を見て、無遠慮なことをいつた。

「田舎は米だけはえ丶さ」

私は田舎者になりすまして、言葉も故郷の言葉の口調で答へた。

「結構だすな。こ丶らはてんとあきまへんわ。そやけどもう馴れました。馴れたら外米も結構おいしおすな」

私は黙つて母のことなどを思ひながら、一粒も残さず綺麗に握り飯を食べてしまつた。

蔵王堂は金峯山寺の本堂で、木造建造物としては多く見かけないやうな高壮な建物であつた。境内も広く、僅かながら参詣の人々もあつた。不思議なのは本堂が山頂の方に向つて南面してゐるのに、仁王門が麓に向つて本堂の後ろにあることであつた。何かのいはれがあるのか、それとも偶然そんな風になつたのか、いづれにしろ変な感じであつた。

境内の四本桜の下では、カーキ色の服を着た何処かの青年団が十人ばかりで、案内者の説明を聞いてゐた。

「……悲しい哉、大塔宮の軍利あらず、この桜に幕を張り渡して、最後の酒宴を挙げられたのであります。その時村上義光公は宮の御身代りとなつて、この場に奮戦遂に壮烈な戦死を遂げられたのであります。宮はつ、がなくこの場をお逃れになつて……」

私は聞くともなくその話を聞いてゐるうちに、ふと少年時代に読んだ絵本のことを思ひだした。吉野の花は忠孝の花といふ題で、忠の方には満開の四本桜を背景に奮戦する義光を描き、孝の方には母を連れて花を見る頼山陽の姿が描いてあつた。粗末な絵本で、彩色も決して美しくはなかつたが、子供の空想力を刺戟するにはそれで充分だつたと見えて、その絵は永く心に残つた。中学生の頃に太平記や日本外史を読んだ時にも、その絵が先づ心に浮んだ。その後私は、外史の世界などからは全く離れてしまつたが、ふと何かの機会にその絵のことを思ひ出すと、義光や山陽を懐しく思ふのであつた。

吉水神社では、後醍醐天皇の御座所や、御遺品の多くを拝観した。宝物棚の中には、建礼門院右京大夫の歌集なども混つてゐたが、寿永の佳人の哀唱を、吉野の朝廷でも弄ばれた日があるのであらうか。

勝手神社から道を左に、中の千本の下を東側の尾根に渡ると、中腹に如意輪寺がある。正行の歌で名高い例の扉は、今は宝物殿の中に蔵つてあつた。境内には山陽の弟子の森田節斎が建てた、正行の髻塚といふものがあつた。

後醍醐天皇の御陵は、如意輪寺の直ぐ後ろの林の中に、限りない思ひを秘めて拝した。私は維新の慷慨家たちが奉つた数多くの詩歌を思ひ浮べながら、ひたすら臣材の小さきを思ふばかりであつた。

陵後の杉林のなかを、渓流にそつて爪先登りにのぼつてゆくと、しばらくして灌木の黄葉が美しい山の斜面に出た。所々に楓や漆などが真紅に燃えてゐるのが、ひときは鮮かであつた。このあたりは本道からすつかり外れてゐるので、人の子一人通る者もなく、森閑としてゐた。私は時々立停つて澄み渡つた空を仰いだり、小鳥の声に耳を傾けたりしながら、あたりの静けさを身にしみて味はつた。

灌木の林が尽きると、頂上に近いあたりは耕作地になつてゐた。冬菜か大根が蒔いてあるらしく、青いものが二三寸に伸びてゐた。学校帰りの子供が五六人、畑の中をぶらぶら歩いてゐたが、彼等は申し合したやうに、和服を着て古い鞄を肩から掛けてゐた。私は彼等を呼びとめて、山麓の方を見下しながら、そこから見える大きい建物の名前などを訊ねてみた。さつき通つてきたばかりのところであるが、蔵王堂以外の建物は、はつきりした見当がつかなかつた。

子供たちにも蔵王堂は第一の目標であつた。彼等の一人はのろくさとその方を指し

ながら、

「あれが蔵王堂」と答へた。

「うん、それから」

「その前の大きい建物が学校」

「勝手神社は」

「分らん、どれやろな」

その子は他の友人にも訊ねてみたが、誰もはつきりしたことを知つてゐる者はなかつた。

「吉水神社は」

「よう分らん、行つてみると分るけどな」

子供は照れ臭さうに、舌を出して笑つた。

私たちが今立つてゐるところは、如意輪寺の峯つゞきで、蔵王堂を中心とした吉野の町は、浅い谷を距てゝ西側の尾根にあつた。この二つの尾根にはさまれた谷間一帯に、上の千本から下の千本へかけての桜の林が、なだれのやうに続いてゐるのである。

私は上の千本の明るい林を右にながめながら、頂上の人家のあるあたりを目当てに登つていつた。人家の直ぐ下のところに、雲井の桜といふのがあつた。

後醍醐天皇の雲井の桜の御製は、恐らくこの木の何代か前の花をお詠みになつたものであらう。

世尊寺の址を訪ねて、それから水分神社に参拝した。吉野のやうに古い歴史の錯綜した土地では、却つて懐古的な感情など、いふものは、稀薄になり勝であつた。私は山腹の崖に片寄せて造営した廻廊式の建築を美しいと思つたゞけで、造営者の悲劇的な運命については、何の感懐も起らなかつた。

私は更に金峯神社まで行くつもりで、後ろの杉林の中にはいつていつた。行くに従つて林は益々深くなつて、闇も濃くなるばかりなので、私は急に日が暮れたやうな心細さを感じだした。しばらく行くと道の左側に、高城山址といふ標札が立つてゐる小高い丘があつたので、私は陽の位置を確めるために、その丘に登つてみた。

丘の頂は小松のまばらに生えた禿山で、夕陽が明るく残つてゐた。私は頂上に登つてみて、南の空に拡がる雄大な山々の景観に、思はず感嘆の声を放つた。暗い杉の密林に蔽はれた紀伊の山々は、幾重にも折重なつて目路の限り果てしもなく続いてゐた。所々にひときは高い峯が聳えて、海中の孤島のやうに、夕陽を浴びて静まつてゐた。私は恰も波の穂を踏んで立つてゐる者のやうな、傲りたかぶつた気持で、遠く南の空の果てに見入つてゐた。

しばらくして私は、あたりが急に暗くなつたのに気づいた。陽はやうやく西側の金峯神社の森に沈んで、弱々しい残光が僅かに梢のあたりに漂つてゐるきりであつた。

神社までの距離は、見たところ何程もなかつたが、これからお詣りするだけの時間はなかつた。私はあきらめ難い思ひで、見る見る暗くなつてゆく神社の森や、遠い山々の姿が陰鬱な表情に変つてゆくのを眺めてゐた。

丘を降りて杉林の中に入ると、あたりはすつかり夜であつた。私は足を速めてもと来た道を引返した。ところどころ道の湿つたところがあつて、下駄が吸ひついて離れないので、もどかしい思ひをした。途中で私は一人の年とつた木樵を追ひ越した。その男は腰に鉈をさげてゆつくりと歩いてゐた。

「今晩は」

私は声をかけてその男の傍を通りすぎた。

「ようお参りで」

木樵の言葉には、自然の親しみがこもつてゐたが、私は足をゆるめてその男と一緒にならうとは思はなかつた。

水分神社のあたりまで出ると、下の町には美しく灯が輝いてゐた。私はほつとして少し足をゆるめた。雲井の桜から町へ降りるには、登つて来た時とは別の広い道が通じてゐた。だがその道は急な坂になつてゐて、古木のかげに蔽はれてゐたので、杉林の中よりも歩きにくかつた。私は危い足元を踏みしめながら石ころの出た闇の坂道をたどりたどり降りていつた。道の両側にはところどころに何か曰くのありさうな立札なども立つてゐたが、足をとめて読んでみるゆとりもなかつた。

やうやく町にたどりついた私は、何処かの宿で呼びとめてくれたらそこに泊るつもりで、ぶらぶら歩いて行つたが、何処の宿もひつそり閑として、帳場に人の姿も見えなかつた。町には今朝電車で一緒だつた女学生たちが散歩してゐるのを見かけるきりで、私のやうな季節外れの男の姿は全く見られなかつた。私は町の中心にある蔵王堂よりずつと下の方まで降りていつて、やがて町も尽きようとするあたりに宿を求めることにした。

部屋は後ろの谷に臨んだ八畳で、他に客のない広い宿のうちは、うそ寒いほどひつそりしてゐた。私は手持無沙汰な気持で、卓袱台に肱を突いて襖の文字などを読んでみてゐたが、襄といふ署名に目がとまると、私にはふと思ひ当ることがあつた。私は宿の名前も確めずに、でたらめに泊つたのであつたが、部屋の両側八枚の襖に、全部山陽の文字が使つてあるところから見ると、恐らく山陽が母を連れて前後二度の花見に泊つた宿といふのが、この家に違ひないと思はれるのだつた。

私の想像は、夕食の膳を運んできた女中によつて、間違ひでないことがはつきりした。

「宮様方も大勢お泊りになつたことがおすし、東郷さんも乃木さんもうちでお泊りやしたのどすえ」

京都生れだといふ、色の白い年増女中は、人をそらさぬ口調でそんな風にいつた。

「東郷さんや乃木さんを知つてゐるの？」

「けつたいな旦那はん、かう見えても大正生れどすえ」

「これは失敬……だけど東郷さんの薨くなられたのは、つい最近のことだから」

「吉野へ見えたのは、ずつと前のことどす。旦那はん東郷さんと乃木さんとどつちがお好きどす」

「変なこと聞くものぢやない」

「聞いたら悪るおすか。旦那はんフランスの本お読みやすか」

女中の言葉は益々唐突であつた。私は食事の手をやめて、笑ひながら彼女の方に目をやつた。少しおでこで愛嬌のある二皮目をした女中は、別段何の感情も顔に現してゐなかつた。

「読まないよ。どうしてそんなこと聞くの」

「髪を伸しといでやすやろ。えゝお髪《ぐし》どすな……フランスのなんやらいふ大きい字引に、東郷さんが腹切をおしやしたて、そないに書いてあるさうやおへんか」

「知らないね。そんなこと誰に聞いたの」

私は思はずふきだしてしまつた。女中も笑ひながら、

「学者どすやろ。かう見えても、それ位のこと教へてくれる人、あんまりおへんけど

な……字引の名前かて知つてますえ、ラルースたらいふのどす」

「まさか、そんな馬鹿なことが」

私はフランス語は読めないが、ラルースの大部な辞書は友人の書斎にあるのを見てよく知つてゐた。世界で最も権威のある辞書の一つだといふことを聞いてゐたが、そんな間違ひを犯してゐるとすれば、フランス人の日本に対する知識などといふものは論外の沙汰だと思つた。

「ほんまどす。乃木さんとまちごたのどすやろ。そないにあの人もいふてどした」

「あの人とは」

「そんなこと、それこそ聞くもんやおへんえ」

女中は意味ありげに、声をたてゝ笑つた。

二

ひつそりした夜の部屋に、私は山陽のことなどを思つてゐた。襖の文字は懸腕直筆の草書体で、私にはとても読みこなす力がなかつた。

山陽が母に侍して吉野に花を訪ねたのは、最初は四十歳ごろのことで、二度目はもう五十近い年頃ではなかつたかと思ふ。私は何かの書物で、山陽の母の日記の一部を読んだことがあるが、最初の時は少し季節がおそかつたのと、雨に降られたために、ろくに見物もしないで帰つてしまつたやうであつた。だが母の日記には、花を見ない恨みよりも、息子に対する親愛の情が言外に溢れてゐて、気持のよい文章であつた。彼女は宿が四階あつて大きいことや、間数が多くて家のうちに上り下りがあるので、迷ふやうだなど、書いてゐたが、私は同じ宿に泊つてみて、階段の上り口などでうろうろしてゐる彼女の老いた姿を想像すると、思はず微笑の頬にのぼるのを禁じることが出来なかつた。

私は山陽の気持を想像してみた。子供の頃から人一倍体の弱かつた彼は、並々ならぬ苦労を母にかけてゐた。父の春水は江戸詰のことが多く、山陽は殆んど母の手一つで育てられたやうなものであつた。当時の母の日記には、しばしば山陽の病気のことが書いてあるが、長ずるにおよんで山陽はだんだん癇癖の強い憂鬱な人間になつていつた。彼の憂鬱症は二十歳の春、妻を迎へてからも治らなかつた。彼は新婚後三日とたゝないうちに、手のつけられないほどの放蕩を始めだした。母の日記には「癇児今宵も帰らず」といふやうな言葉が、しばしば現れるやうになる。

彼が母と妻とを捨てゝ広島藩を脱藩したのは、二十一の頃のことで、捕へられて帰つてからは、座敷牢に閉ぢこめられる身となつてしまつた。父の江戸詰中の出来事で、母がどんなに驚倒したかは、察するに余りがあるのである。妻はそのために実家に帰つてしまつたが、妊娠中の彼女は実家に帰つてから、彼の長男余一を生みおとした。

母はその子を引取つて自分の手で育てることにした。

幽閉と謹慎の長い期間を、彼は専ら日本外史の著述に没頭して過したのであるが、その期間が過ぎると山陽はまた放蕩を始めだした。父母は彼の将来を慮つて、福山藩の菅茶山の塾に彼をあづけることにした。だが彼は間もなく其処を飛出して、父母に無断で京都に赴いた。それから数年間、彼はかつて父母に満足を与へる程のことを何一つしないうちに、父の春水はこの世をさつてしまつた。どんなに痛哭しても今はおよばないことであつた。彼は儒教の定むるところに従つて、厳格な三年間の喪に服した。

父の喪が明けると彼は、余憂を遣るために九州旅行に出た。かうして一年程の間に、ほゞ鎮西一帯を遍歴した彼は、帰途広島に立寄つて、母を奉じて京都に帰つたのであつた。

京都では祇園の花を見せたり、東寺の花供養に案内したりした。壬生の狂言を見にいつた帰りには、島原へ立寄つて太夫の道中も見物させた。嵐山へ行つた時には、三軒茶屋に二晩泊つて、心ゆくまで朝夕の花に親しんだ。かうして京都の花を見尽した彼は、その翌日吉野へ向つて出発したのであつた。

母を奉じて京都から吉野へと旅をつゞけることの出来た山陽は、恐らく何よりも満足であつたに違ひない。彼の書いたものによると「せめてもの孝養」といふ風な言葉も出てくるが、それは儒教でいふ孝道など、いふものとは、幾らか異つた種類のものであつたらうと思はれる。彼の母は梅颸と号して、若い頃から小沢蘆庵の門に入つて歌を学んだ人であるが、今山館の夕べに歌を案じる母の傍で、静かに杯をあげてゐる彼の気持は、極めて満ち足りたおほらかなものであつたらうと想像されるのである。言葉を換へていへば、自からなる親和の感情とでもいふべきものであつたであらう。

「少し召しあがりませんか」

さういふ言葉が自然に彼の唇を洩れて出たと思つても間違ひはないであらう。

「お附合ひに一杯だけ頂きませうか」

母も気軽に盃に手をかけたであらう。

かうして二杯、三杯とすゝめるうちに、母の顔には自から生色が現れてきた。山陽は満足さうに母の顔を見てゐたが、ふと新しい一聯の詩句が心に浮んだ。

　筍蕨杯を侑む山館の夕
　慈顔自ら十分の春有り

彼は幾度も口の中でその句を繰返しながら、おもむろに全篇の構想をめぐらすのであつた。

二度目に来た時には、叔父の杏坪も一緒であつた。この時には、彼が殆んど半生の心血を傾け尽した日本外史の校訂も全く終つて、かつてない伸々した時代であつた。

彼が二度まで吉野を訪ねたのは、単に花を見るためではなく、青年時代から吉野朝五十年の歴史に、最も慷慨の禁じ難いものを感じてゐたからであつた。彼はその慷慨の悉くを日本外史に凝結させ得たことを、ひそかに満足にも誇りにも思つてゐた。折しも花は満開で、彼としては誠に欠けたることもない遊行であつた。七十の母も満足すれば、叔父の杏坪も心から喜んでくれた。彼等は打連れて花間の名所や旧蹟を徘徊して、心のまゝに詩歌を吟詠したり、遠い昔を語りあつたりした。

山陽はその夜、酔余の座興に平家琵琶を語つたり、六田渡から芳野山を望んだ絵を描いたりして甚だ得意であつたが、翌朝目を覚まして花に明けてゆく山の姿を眺めた時には、感動のために言葉も出ないほどであつた。彼は何時ものやうに詩を思つたが、遂に一行の詩句も浮んでこなかつた。やゝあつて彼の唇にのぼつたのは、

花よりあくる三吉野の
春のあけぼの見渡せば

といふ風なやまと言葉であつた。

直ぐその後が流れるやうに出てきた。

もろこし人もこま人も
やまと心になりぬべし

吉野に二晩とまつて、皆は多くの詩や歌を作つたが、この今様が一番皆の間で評判

がよかつた。彼は詩も三首ばかり作つたが、すべてこの作におよばなかつた。母も多くの歌を作つたが、あまりよいのは無かつた。叔父は歌も詩も両方数首づつ作つた。中でも延元陵に謁した時の詩は、流石に慷慨の気の溢れたよい出来で、山陽はあくまでその作を第一等に推したが、皆の評判はやはり彼の即興の今様におよばなかつた。

私は史上の人物を借りて勝手な小説を描いてゐたのであるが、その間も私の眼底には、少年時代に読んだ絵本の山陽花見の図が髣髴してゐるのだつた。私は少年時代、何も知らずにその図に特別な美しさを感じたのであるが、今山陽が最初に吉野に遊んだ年輩に私も達して、山陽の生涯を静かに考へてみるに、やはりこの瞬間の山陽が一等美しいやうである。翻つて自分の身を振りかへつてみると、私も青年時代から散々父母に迷惑をかけてきて、何一つ父母を安心させ得ないうちに、父は既に亡くなつてしまつた。母も病んでゐる。「せめてもの孝養」さへ何時の日に果し得るか、誠に心細い限りであつた。儒教の孝道など、いふものには、私は余り感心しない方の男であるが「五十にして父母を慕ふ、これを大孝といふ」といふ意味の孟子の言葉には、なんとなく心の曳かれるものがあつた。

夜も次第にふけたので、私は夕食後間もなく女中が延べておいてくれた床に就いた。しばらくするとかなり大きい地震があつた。地震には馴れてゐるので、私はそのま丶にしてゐたが、宿の人々は皆起きだした様子で、帳場の方が騒がしくなつた。表の通りにも人々の呼び交はしてゐる声が聞えた。地震はもう終つてゐたが、深夜の町のざわめきを聞いてゐると、へんに物々しい落着かない感じで、私は身を起して消したばかりの電燈をともした。だが起きてゐる程のこともないので、再び床について、人々のざわめきが静まるのを待つてゐた。

「旦那はん、お変りありませんか」

慌しく駈けて来た女中が、声と共に襖をあけて部屋の中にはいつてきた。

「外は随分騒がしいやうだな」

私は床の上に上半身を起した。

「御免やつしや、あわてゝしもて、お客さんのことを忘れてましたんや。この騒ぎによう寝とられますな」

彼女は私の枕元の近くにある火鉢の火をかき起して、倚りかゝるやうに両手をかざした。私は手をのばして火鉢の直ぐ傍の煙草を取りあげた。

「おつけしましよか」

「まあいゝや」

「あつさりしたもんどすな」

彼女は笑ひながら立上ると、布団の裾の方に脱ぎすてゝあつた私の着物を取つて、肩から掛けてくれた。

「旦那はん、地震こはいことおへんか」

「あれ位の地震、東京ではしよつちうだよ」

「こゝらでは滅多におへんことゞすさかい、ほんまにびつくりしました」

「外へ飛出したんだらう」

「そやかて、こんな崖の上に建つとる家、何時ひつくりかへるか分らしまへん。旦那はんの寝といでやす下かて、こんな風になつとるのどすえ」

彼女は手真似で、部屋が崖の上に張出しになつてゐることを示した。狭い山上の町にはそのやうな建方の家が多いことを、私も前から知つてゐたが、自分の寝てゐる部屋の下がそんな風になつてゐようとは、その時までつい知らずにゐた。

「危いんだな。そんな事が分つてをれば寝てゐるわけにもいかなかつただらう」

「知らぬが仏どすか」

「今に揺りかへしが来るよ」

「おどかさんといとくれやす。折角静かになつた動悸が、またこないきつうなつてきましたやないか」

彼女は胸を抑へて、大袈裟な息づかひをしてみせた。私はなんとなく気まりが悪くなつて、彼女の姿から目をそらした。町のざわめきも何時の間にか静かになつてゐた。

「何時頃だらうな」

「かれこれ一時頃どすやろ」

「もうそんなになつてゐるのか」

私は故意にちよつと驚いたやうないひ方をした。

「お茶でも熱くしてきましよか」

「いゝよ、もう直ぐ寝るから」

「お邪魔どすか。どうぞゆつくりお休みやしとくれやす」

彼女は馬鹿叮寧に頭をさげて、笑ひながら部屋を出ていつた。

翌朝私は、まだ見てゐない山の所々を見物するつもりで宿を出たが、風が吹いて少し寒かつたのと、坂道を登るのが退儀だつたので、途中から思ひ返して山を降ることにした。来年の春もう一度やつてこようといふ腹であつた。その日のためにも少し位見残したところがある方がよいだらうと思つた。

だが吉野神宮には是非参拝したかつたので、ケーブルの発着所から道を左に取つて、山の背を歩いて降ることにした。暫くゆくと道の右側が高い崖になつて、下の千本が一目に見渡せるやうなところに出た。昭憲皇太后御野立所といふ立札がたつてゐた。其処から下の千本の谷を越えて、如意輪寺のあたりに目をやると、一帯の黄葉の中に燃えるやうな楓の紅葉が点綴して、その間に堂宇の一部が現れてゐるのは、誠に静かなよい眺めであつた。むかしの人が「もみぢかざせり」と歌つたのは、吉野川のもつと上流地帯のことのやうであるが、こゝの風景にも充分その趣きは感じとられるのであつた。

村上義光の墓は、そこから少し降つたところの左側の小高い丘の上にあつた。石の柵をめぐらした、高さ五六尺の五輪塔で、私は少年時代の心に清新な壮烈感を鼓舞してくれたこの勇士に、心からの追悼を捧げた。

こゝから吉野神宮までの間に、私は二三台の杉材を満載したトラックに追抜かれた以外、唯一人の人の姿にも出逢はなかつた。広い神宮の境内でも、私は一人ぽつちの参詣者であつた。私は自分の拍手の音が、大きく社殿の奥に響くのを聞きながら参拝を終つた。

吉野から奈良、京都とぶらついて四五日たつてから私は故郷の家に帰つた。それから二三日の間、私は母と一緒に墓参をしたり、裏の山へ茸狩りに行つたりして日を過した。母はそんなことをしただけでも、頭が重かつたり足がむくんだりした。

帰京の日が来たので、私は午後から父の墓へお別れに行つて、少しその辺を散歩して家に帰つた。母は私の帰るのを待ちかねてゐたやうに、

「えらいことになりましたぞな」といつて、上框へ出て来た。

「どこか悪いのですか」

私は驚いて訊きかへした。弟夫婦が家にゐなかつたので、尚更心配であつた。

「私のことやない。東京からの電報……」

母はさういつて、茶の間の方へ立つてゆかうとした。

「お母さんの持つてゐるの、電報と違ひますか」

「さうさう、こゝに持つてましたな」

私は母の手からそれを受取つた。盲腸炎になつたから直ぐ帰つてくれと、妻からいつて来たのであつた。

「直ぐ帰るにしても、どうせ夜行でなければ間に合ひませんから」

私はたいして重大なことでもないやうないひ方をした。

「今頃どうしてますやろ」

「なんとかしてますよ、知つてる医者もありますから、あまり心配しない方がいいですよ」

「田舎とは違ふで、その点は安心やが、返電だけは直ぐ打つとかなければ、それだけでも病人の気持はだいぶ違ひますから」

母もいくらか安堵の色を浮かべた。

三

帰京してみると、妻はかなり重態であつた。腹膜炎を併発して、出血が甚しいので、入院させるにも直ぐには動かせないやうな状態であつた。

「腹膜炎で出血するものかね」

「さあ、どういふものですか。今に医者が見える筈ですからよく訊いて下さい」

妻は私が帰つたので安心したのか、何もかも私にまかせたやうな口吻であつた。

私は氷を取りかへてやつたり、薬をすゝめたりした。妻はたいして苦痛を訴へるでもなく、じつと仰臥したまゝにしてゐたが、目の縁にはすつかりくまどりのやうな影が現れて、言葉にも生気がなかつた。普段殷かな女だけに、衰へが余計に目立つた。

「信州へ電報を打つて、お袋さんに来てもらふやうにしてくれませんか」

「さうしよう。気の毒だが、何とか都合して来てもらふのだな」

私は直ぐ女中に電報を打たせることにした。

医者が来て診察する間、私は黙つて医者の手つきなどを見てゐた。医者は五十を幾つか過ぎた近所の町医者で、患者の扱ひ方は叮寧であつた。私の家では、これまでにも二三度来てもらつたことがあるので、人柄も大体は分つてゐた。医者は一通り診察を済ましてから、止血の注射と葡萄糖の注射をした。

注射の終るのを待つて私は、直ぐ入院させる方がよくはないかと訊ねた。

「昨日の朝直ぐだつたらよかつたのですが、何分御不在だつたものですから」

医者はアルコールで手を拭ひながら、ゆつくりした語調で次のやうに続けた。

「今となつては、安静にして少し病勢の落着くのを待つた方がいゝと思ひます」

「盲腸炎だつたら、少々無理でも早い方がよくはありませんか」

「どうも少しこみいつた症状でしてね。盲腸の附近に他にも悪い個所があるのではないかといふ疑ひがあるのです」

「そこの個所はよく分らないのでせうか」

私は、少し不躾と思はれるやうなせきこんだ口調で訊ねた。

「はつきりしたことが申し上げられないのでお気の毒ですが、いづれ午後からも一度お見舞ひすることにします。いづれにしろ今は絶対に動かしてはよくありません」

医者が帰つてから私は、他に誰かもう一人別な医者を呼んでみてはどうかと妻にはかつた。だが妻は馴れた医者がよいからといつて、どうしても私の進めに従はうとしなかつた。

「相変らず強情だね」

私は冗談にまぎらしていつた。

「病人ですもの」

妻も弱々しく笑つた。

午後になつて二度目に医者がやつて来た時にも、妻の容態には変りがなかつた。医者の言葉も前とすつかり同じであつた。私は少し執拗く、入院させた方がよくはないか、といふことを繰返した。医者は両手の指をかはるがはるぽきぽきいはせながら暫く考へてゐたが、入院させるなら近くの病院の外科の部長を紹介するから、その人に来てもらつて、よく相談の上にしてくれといつた。だが今動かすのは矢張り無理だらうといふ言葉を最後に附加へた。

私は紹介状をもらつて、直ぐ近所の病院へ行くつもりであつた。併し妻は、入院するとすれば色々準備もいるから明朝母が来てからにしてくれといつてきかなかつた。女中がまだ子供なので、細かいことはいひつけられないといふのだつた。私はそんなことはすべて後からでも関はないだらうといつたが、女には女の考へ方があつて、なかなか動かしにくかつた。私としてもその上患者を強ひるやうなことはいひにくかつたので、明朝まで待つことにした。

その夜妻はまた患部の痛みを訴へたので、医者に来てもらつて注射をしてもらふと、それからはよく眠つた。私は時々氷を代へに起きなければならないので、殆んど眠らなかつたが、妻は氷を取代へる時ちよつと目を覚ますだけで、しばらくするとまたすやすやと寝息をたてだした。私は床の中から時々手を伸ばして、氷嚢の位置を直してやつたりしたが、電燈に蔽ひがしてあるためか、生え際のあたりがひときは蒼ざめて見えた。

翌朝妻の母が到着するのを待つて、紹介された病院の外科部長に来てもらつて診察を受けた結果、妻は直ぐ入院といふことになつた。部長はまだ四十にならないと思はれる若い人で、診察の態度もいふこともはきはきしてゐた。安静も必要だが、今の場合何よりも大切なのは手術を早くするといふことだから、躊躇なく入院するやうにと進めた。

私は直ぐ交番へ自動車の斡旋を頼みにいつた。交番では二三のところへ電話をかけてくれたが、何処にも車は無いといふことであつた。仕方がないので流しの車を拾ふために私は広い通りへ出て待つことにしたが、何時まで待つても空車はやつてこなかつた。困り切つてゐるところへ、ぼろぼろの車が一台通りかゝつたので、をがむやうにして家まで来てもらふことにした。

かうしてやつと入院を済ましたが、病院では部長がもう一度念入りに診察をして、思つたより衰弱がひどいので、手術はしばらく経過を見てからといふことになつた。私はしばらく妻のベツドの傍に附添つてゐたが、疲れてゐたのと、病室にもう一つベツドがあつて、其処にも同じ盲腸炎の患者が寝てゐるので、後を妻の母に頼んで家に帰つた。

手術はそれから二日後に行はれた。手術室の隣りの附添人の室からは、間の壁に切つてあるガラス板を透して、手術の模様を見られるやうになつてゐた。手術室の中には水蒸気がもやもやと立籠めて、妻は白いものをちよつと身にまとつただけの半裸体で、ベッドに仰臥してゐた。心配したほどでもなく、彼女は案外元気さうに、ベッドの傍で準備を急いでゐる医者や看護婦に時々話しかけたりしてゐた。

看護婦たちは忙がしげに室の中を行つたり来たりしながら、メスやピンセットを運んだり、照明燈の位置を直したり、その他私にはよく分らない色々な器具を準備してゐたが、やがて医者がメスを執りあげると、ぴたりと妻のベッドの周囲に集まつた。医者の手許は看護婦たちの影にかくれてよく分らなかつたが、室内の緊張は痛いほど私にも感じられた。妻は目かくしをされて両手でしつかりと力棒を握つてゐたが、不意に苦痛を抑へ切れないやうな呻き声を立てたので、私ははつとして間のガラス板に額をおしつけたが、それ以上その場に堪へられなくなつて附添室を出てしまつた。私は、さつきから一緒に詰めてゐた妻の母は、その時になつても動かうとはしなかつた。私は、手術室の外の廊下を行つたり来たりしながら、廊下の壁にかゝつてゐる時計ばかり気にしてゐた。

手術は一時間足らずで終つた。手術室から手車で運ばれて来た妻は、すつかり蒼ざめて、息が絶えた者のやうに疲れ切つてゐた。病室のベッドにかへつてからも、目をつむつて仰臥したまゝ、時々喉の渇きを訴へる以外には、何一つ物をいふ元気もなかつた。

医者は私を部長室へ呼んで、手術の結果を報告した。腹膜の方がひどくなつてゐたのと、腸の一部が腐つてゐたので、その方の手当を済ましたゞけで、盲腸の方はまだ手がつけてないから、いづれもう一度手術をしなければならないといふのであつた。

「相当ひどくなつてますから、二三日経過を見てからでないとはつきりしたことはいへませんが、多分大丈夫だらうと思ひます。盲腸の方は少し体が恢復するまで待つてからでないと手がつけられません」

医者の要領のよいはつきりした言葉を聞くと、私にもそれ以上訊きたゞすことはなかつたので、礼を述べて室を出ようとすると、医者は病人にはまだはつきりしたことはいはないやうにと注意した。

病院の方は妻の母にまかして、私は家に帰つて仕事をすることにしたが、病人のことが気になるので、翌朝は目を覚ますと直ぐ病院へ出掛けていつた。妻はかなり元気を恢復して、子供たちのことを訊ねたり、その後の容態などを話したが、母が氷を割りに室を出てゆくと、昨夜不思議な夢を見たといつて、その話をはじめた。

「あなたと一緒に貸家をさがしに行つた夢ですの、貸家のことでは苦労をしましたものね」

妻は昔のひどい貧乏時代を思ひ出すやうな目の色をして、しばらく黙つて微笑してゐたが、直ぐまた先を続けた。

「二人である貸家を見にいつて、中にはいつて裏の窓を開くと、そこには広い池があつて、中の島に立派なお堂が建つてゐますの、お堂の形はちやうど法隆寺の夢殿そつくりで、時々その扉がひとりでに開いたり閉つたりするのですが、その度に立派な金色の仏様の姿が見えたりかくれたりするのです」

妻はそこで言葉を切つて、謎のやうな微笑を浮かべた。

「それから?」

「それでおしまひ……ね、どうしてこんな夢を見るのでせう」

「この前法隆寺へ行つた時の印象が強かつたからだらう」

私たちは以前京都から奈良、法隆寺の方へ旅をしたことがあつたので、私は話をその方へ持つてゆかうとした。

「さうかしら、でも夢殿の仏様は金色ではないでせう」

「夢だもの少しは違つてゐるさ」

「夢だとか夢殿だとか、やゝこしいのね。夢殿の仏様はなんだか少し気味が悪いやうなところがあるけど、夢の仏様はとてもあらたかな感じだつたわ」

「お前が快くなつたら、何処かへ旅行しようぢやないか」

私は妻の気持を仏様のことからそらすことに努めた。

「さうね、快くなつたら……何処がい、でせうね」

「吉野へ行かうよ、花の咲く頃はきつとい、と思ふね」

「紅葉はどうでしたの。まだ旅行のお話何もきいてゐませんのね」

「うむ、紅葉もよかつたが、花はもつとい、さ」

「ついでに都の花も見たいものね」

「無論だよ。都の花を見て、それから吉野へまはるのさ」

都の花といふのは、私が戯れに京都の祇園神社の桜のことを、さう呼んでゐるのだつた。私たちは若い頃、二人とも京都にゐたことがあるので、その花にはなじみが深かつた。こんなことを話してゐるうちに、妻もすつかり夢のことは忘れてしまつたやうであつた。私は一時間ばかり妻の傍にゐて家に帰つた。

翌日私は朝から病院へ出かけた。妻はまた仏様の夢をみたといつた。今度は釈迦の涅槃像であつた。私は妻の話をき、ながら、同じこの前の旅で嵯峨の天竜寺で見た、涅槃像のことを思ひ出して、仏像や仏画といふものが女に影響を与へることの強い力に驚かずにはゐられなかつた。

「どうしてこんな夢ばかり見るのでせう」

妻は昨日と同じことをいつた。

「気にしなくともいゝさ。吉野へ行けば吉野の夢を見るやうになるよ」

「あなたはごらんになつて？」

「まだ見ないがね。僕の見る夢といへば、大抵兵隊に行つてゐた頃の夢だよ。非常呼集の時に、ゲートルが巻けなくて困るといふ風な奴さ」

「今でもごらんになるの」

「滅多に見ないがね。お前も知つてゐるやうに、僕はあまり夢を見ない方の男だから」

「その代り白昼の夢をみるんでせう」

「浪曼派だからな」

私はつとめてのんきさうに笑つた。妻も軽く声を立てゝ笑つたが、傷口が痛みはしないかと、その方に気をとられてゐる様子だつた。

妻の容態は、その後一週間ばかりたつても少しも快くならなかつた。彼女の体は殆んど注射だけで保つてゐるやうなもので、葡萄糖だとかリンゲルだとか、その他色々な注射が一日に二度も三度も行はれた。一度などは衰弱がひどいので、輸血をした日もあつたが、果してどの程度に危険なのか私にはよく分らなかつた。彼女は弱々しい声であつたが、色々なことを話しもすれば、時には冗談などをいふこともあつた。物が食べられないのでつまらないといふやうなことを何度もいふところから見ると、少しは体力も恢復しつゝあるのではないかとも思はれた。

私は毎日必ず二時間か三時間は病院に詰めてゐたが、別に用事といつてはなかつた。妻の母は私が病院にゐる間は家に帰つて休んでもらふことにしてゐたが、近いところなので一時間もすると帰つてきた。家にゐて休むよりは、病人の傍で働いてゐる方が落着くといつた様子だつた。

隣りのベッドの患者はまだ若い娘だつたが、手術後二週間になるので、そろそろ退院するといつてゐた。彼女はもう人手を借らずに大抵のことは一人で出来るやうになつてゐて、時々廊下へ歩く練習に出ていつたりした。ある時妻は羨しさうにその後を見送つてゐたが、自分は何時になつたらあんな風になれるだらうかと心細げに呟いた。

「お前の方は腹膜炎を起してゐるのだから、それだけ遅くなるのはやむを得ないよ」

再手術のことを知らすわけにはいかないので、私は漠然としたことをいふより仕方がなかつた。

「それだけつて、どれ位でせう」

「よく分らないが、たいして永くもかゝらないだらう」

「吉野の花に間に合はなくては困るわ」

妻は思ひきつて誇張したやうなつもりらしかつた。

「それ位の気持でをれば大丈夫だよ」

「この頃花のことばかり考へてゐるの、もう仏様の夢など見ないわ」

「それだけでも快くなつたのだよ、貧乏暮しの疲れをやすめるつもりで、気永に養生するんだね」

「あなたはお気の毒ね、二倍も三倍も働かなければならないから」

「永い間こき使つてきた代償だらう」

それから更に一週間ばかりたつて、妻はやうやく安心の出来る状態にまで恢復した。だが再手術のことはまだ何時のこと、もはつきり分らなかつた。そのうちにだんだん正月が近づいてきたので、妻の母にはひとまづ帰国してもらふことにして、代りに派出婦を雇ふことにした。

病院の払ひや、その他様々な費用がかさむので、私は毎日無理な仕事をしたり、気まづい奔走などもしなければならなかつた。一週間毎に病院の払ひをしてゆくのはなかなか大変であつた。私は深夜の机に向つて、ぼんやりと思案の腕を組んでゐるやうなことがしばしばあつた。そんな時春を待つ私の心は、自然に吉野の花に憧れてゆくのであつた。私は母と妻とを連れて吉野へ旅する日のことを考へて、僅かに心をなぐさめるのであつた。

新しい年を迎へても、私の生活には少しの変りもなかつた。妻の恢復は遅々としてゐた。だが危険な時期は既に通り過ぎてゐるので、私は妻のことよりも、金を作ることの方により多く気を取られてゐた。

妻が再手術を受けたのは二月になつてからであつた。その後の妻の恢復は以前よりはずつと順調で、一ケ月の後にはどうやら退院の運びに近づいた。

ある日妻は、屋上の日光室で暖かい陽を浴びてゐた。私が訪ねてゆくと妻は静かに椅子から立上つて迎へながら、

「危いところで、吉野の花に間に合はないところでしたのね」

といつて、血色のよくなつた頬に明るい微笑を湛へた。

「花にはまだ大分間があるから、充分間に合ふよ」

「いゝお天気ですのね、この分だと花も早いかも知れませんね」

「それだけお前の退院も早くなるからいゝさ」

私はガラス戸の外の高い空に目を移して、珍しく口笛でも吹いてみたい気になつてゐた。

妻が退院したのは、それから半月ほど後のことであつた。だが手術の傷口が癒着しないので、その後も毎日病院に通はなければならなかつた。そのうちに花の頃も次第に迫つてきたが、退院後の彼女はもう花のことなどはたいして気にもとめなくなつてゐた。彼女は留守中取乱したまゝになつてゐた家の中の整頓や、子供たちの綻びた衣類の修理などに、毎日小さい女中を指図しながら、自分でもぽつぽつ針を持つやうになつてゐた。

だが私はやはり花のことが諦められなかつた。日がたつまゝに私はだんだん落着かなくなつた。妻はそのやうな私を見かねたやうに、一人で行つてこいとしきりに進めた。

「もしお母さんがおよろしいやうでしたら、一緒にいらつしやればいゝでせう」

「うん、それぢやとにかく郷里へ帰つてみてからのことにしよう」

二三日の後私は一人で故郷へ帰つた。だが母は以前と同じやうな具合で、一緒に出掛けるわけにはいかなかつた。私が冬の間に空想してゐたことは何もかも駄目になつてしまつた。私にはまだ山陽のやうな幸福な瞬間は恵まれないもの丶やうであつた。

私はやむを得ずたゞ一人吉野に向つて出発した。

# 抱　影

むかしならば江戸と同じ武蔵国だが、今は東京都ならぬ埼玉県の新座町、野火止という変つた名の字《あざ》である。私はそこに小さな家を建て、去年の暮、移転した。私にもやつと自分の家といふものができたわけだが、私は詩人啄木のやうに「わが家と呼ぶべき家」をさう欲しいと思つたことはない。借家暮しで結構である。アパート生活も悪くはない。私は生涯の大半をさういふ暮しに甘んじてきた。

その私がたうとう、小さいながらも我が家といふものを建てねばならなくなつたのは、その方が万事に都合がよく、また経済的だといふ細君の主張に屈服したまでである。金はもとよりあるわけがなく、生涯の終り近くなつて、また借金が殖えた。

私に家ができたことを、私自身よりも、また他の誰よりも一番よろこんでくれたのは、友人の外村繁であつた。私は転居の翌日、報告かたがた早速、外村のところへ金を借りに出かけたものだ。玄関に私を迎へた外村は、

「おめでたう。転居、大変だつたらう」

と、すぐ私を次の間の四畳半に導いた。いつもの書斎ではなく、そこの卓袱台の上に原稿用紙をひろげて、外村はたつた今まで書いてゐたふうだ。ふと見ると、嵐山とか寮歌とかいふ言葉が眼にとまつた。

「なんだい、また高等学校の頃のことを書いてゐるのか」

彼は先頃、『澪標』といふ作品でその時代のことを書いたばかりであつた。

「うん、例の週刊誌の……他に書くことがないのでね」

外村はその少し前から、彼に取つては最初の週刊誌への連載を始めてゐた。私は新聞の広告でそのことを知つてゐたが、読んではゐなかつた。

「それにしても『濡れにぞ濡れし』とは、また思ひ切つた題をつけたぢやないか」

外村は彼特有の、ちよつとはにかんだやうな、ばつの悪いやうな微笑を浮かべながら、

「ぼくが週刊誌へ書くなんて、考へても見ないことだつた。しかし勧められてやり出してみると、純文学の作品にくらべ、原稿紙一枚の字数は三分の一で済むし、それでゐて原稿料は三倍、ちよつと怖ろしくなるね。それに、他からも同じやうなものを書けといつてくるが、ぼくのやうな作品でも使へるといふことになつたらしいんだ。むろん、ぼくは断つたけど、若い人が一度やり出したら止められなくなるのは無理もな

いよ。怖ろしいことだ」

いつになく雄弁にそんなことを言つた。そこへ夫人が出てきて、

「書斎の大掃除をしてゐるものですから、こんな恰好で……」

と、頭に冠つてゐた手拭を外しながらの挨拶であつた。さう聞けば、書斎の方が先刻から少し騒がしく、いつになく外村がこんな部屋で原稿を書いてゐる理由もはつきりした。

夫人はすぐ書斎の方へ去つてしまつた。外村はその後姿に眼をやりながら、

「あいつ、再発したんだ」

と、ごく平静な小声で言つた。私は信じられない思ひで、

「あんなに、元気さうでも……」

「うん、だけど駄目なんだ」

外村夫妻は、どちらも癌に罹つた。外村の方は上顎癌で、二年ほど前に放射線の深部治療を受け、医者も不思議がるほどに快癒した。再発の惧れもなささうであつた。夫人の方は乳癌。左の乳を切除し、更に放射線治療を受けて、今年の四月の中旬に退院した。少し手遅れになつてゐたとかで、腋の方へ転移した一部は切除できず、金《きん》の線を八本巻いて止めてあるとかいふことだつた。

夫人が乳癌になつたと聞いた時、私は外村に言つたものだ。

「お前が移したんだらう」

乳癌は簡単だと聞いてゐたので、そんな冗談もいへたのだ。外村はその時も、例の含羞の微笑で答へただけで、なんとも言はなかつたが、後には、酔つぱらふと、

「癌は移るんだい。愛情の濃密な者の間では、移るんだい」

などといふやうになつた。聞けば最近の医学では、癌の伝染といふことも言はれ出してゐるやうだ。

けれども今、夫人の再発を聞いては、私も言葉がなかつた。いい加減な気安めのいへるやうなことではないのだ。外村も無言。やがて気を変へたやうに、

「春になつたら、さうだ、少しあつたかくなつてからがいいな、一ど君の新居へ招待してくれよ。酒は持つてゆくからね。他に誰か横田文子でも招んでくれるといいな」

と言つて笑つた。

横田文子は戦前、たしか昭和十年頃のことと記憶するが、芥川賞の候補になり、『文芸春秋』や『新潮』にも小説を書いたことのある女流だ。戦争中、満州へ渡り、かの地の文壇ではなかなか羽振りがよかつたやうだが、戦後、引揚げて来てからは、いろいろな事情で小説が書けないでゐる。

その横田文子が、まだ芥川賞の候補にもならず、文学少女としてうろついてゐた頃、外村は偶然私の家で彼女と落合ひ、酒になつた。私は一滴も飲まないが、文子はなか

なかいける口で、外村と二人でさしつさされつしてゐるうちに、どちらもいい機嫌に酔つぱらつてしまつた。

「京の五条の橋の上をやらう」

外村は文子を促して立上つたかと思ふと、

「君が弁慶だよ。さあ斬りつけてくるんだ」と、体を小さくかがめ、ひよいひよいと部屋の中を飛び廻り出した。文子はちよつと役違ひの感じがしたか、外村のなすところを見てゐたが、やがて誘はれたやうに、壁にかけてあつた帚を取つてふりかぶり、牛若めがけて斬りつけていつた。

酔つぱらひといふものは妙に軽捷なところがある。外村はふらふらしながらも、巧みに部屋の中を逃げ廻る。文子はその後を追つて帚をふり廻すが、これまた外村の体に当らぬやうにうまくやつてゐる。彼女は女としても小柄な方だ。その小柄な弁慶を相手に、外村が牛若よろしく、わざと子供つぽい様子を作つて逃げ廻つてゐる図は、なんとも滑稽きはまるものであつた。

二人は暫く、追ひつ追はれつのどたばたをやつてゐたが、やがて文子は疲れたか、帚を投げ出して隣室へ引込んでしまつた。どうやらその場にぶつ倒れてしまつた様子である。

「たうとう降参したな」

外村の牛若は、意気揚々と弁慶のあとを追つていつたが、彼もさすがに疲れてゐたと見え、これまたその場に倒れてしまつた。

私は二人をそのままにして置いて、散乱した部屋を片づけたり、卓袱台の上を妻にきれいにさせた。

隣室からは何の物音も聞えてこず、一枚だけあけたままになつてゐる襖の向ふに、外村の白い二本の足が見えてゐた。外村の肌は際立つて青白い。彼はその肌を人に見せることを非常にいやがつたが、酔つぱらつて倒れてしまへば、和服の裾も乱れるといふものだつた。

私はそつと襖に近づき、隣室を覗いてみた。そして私が呆れたことには、外村は文子のスカートにすつぽり頭を突つこみ、文子はといへば、彼女もそんなことは露知らぬげの、共に不逞な熟睡ぶりだつた。

「なんてざまだ」

しかし私は彼らをそのままにほつたらかして置いた。私は一滴も飲まないが、酔つぱらひには馴れてゐる。私をして言はしめるならば、酔つぱらひといふ奴は神の恩寵に浴することの深いけだものだ。既にけだものである。どんなにでもいぎたない睡りをむさぼるがよろしからう。

外村がよその家で酔つぱらつて寝てしまふといふやうなことは、後には全く無くな

つた。どんなに酔つて狂態を尽くしてゐても、最後にはきまつて、

「もう帰る。母ちやんが待つてゐるんだ。帰らなくちや」

と言ひ出し、さうなればもう誰が止めても聞かなかつた。しかし当時は外村もまだ三十代、さうさう「母ちやん」のことばかり口にすることはなかつた。

それから約二十数年、外村はふとその日のことを思ひ出し、もう一ど文子と飲んでみたくなつたのだらう。

「また牛若丸でもやつてくれ」

外村は私の家の場所や、道筋などを訊ねた。私は詳しくそれを説明した上、

「野火止といふ地名は、ちよつと面白いだらう。一体あの辺には業平伝説が流布してゐて、例の『三芳の里』といふのも川越だが、野火止といふのも『武蔵野はけふはな焼きそ……』の歌に関連させて考へると面白いぢやないか。ぼくは勝手な想像を逞ましくしながら、ひとりでなぐさんでゐるんだ」

「いいとこのやうだね。羨ましいよ」

「畑の中だよ。富士おろしの風が、黄塵を巻き上げて、容赦もなく吹きつけてきやがる。もつとも、今日のやうに風がなくて晴れた日は、雪の富士はさながら我が庭の景物だがね」

「借景もそれだけ雄大だといいね。とにかく、君に家ができるなんて、想像もできな

かつたことだけに、嬉しいよ。人ごとながら、ほつと安心した」

外村は私に最後の身を托する場所ができたことを喜んでゐてくれるやうだ。つひの棲家といふやうな言葉も出たやうであつた。しかし彼はいま多忙なんだ。書斎の掃除を病気の細君に任して、自分はこんな部屋の卓袱台の上で原稿を書いてゐるほど多忙なんだ。私もゆつくりしてゐるわけにはいかなかつた。

「少し金が欲しいんだ」

「ああ、いいよ」

外村はすぐ立つていつて、私の頼んだだけの額を隣室から取つてきて、渡してくれた。極めて事務的で、淡泊な態度であつた。

「雑誌の話もあるが、またこんどにしよう。忙しいところを邪魔したね」

「さう、さうしてくれるといいな。実際、今日は忙しいんだ。なさけ容赦もなく締切が迫つてゐるんだ」

少し前から、私達の間に新しい雑誌の計画があり、先夜初めてそのことに就いて数人で話しあつた。外村は非常に乗気で、

「今度こそ最後の同人雑誌だ。おれも書くが、君らも頑張つてくれ。また投稿の原稿は、おれが責任をもつて全部読む」

と大変な意気込であつた。

彼は同人雑誌が好きで、作家として世に立つてからも、大抵は私と一緒に、その種の雑誌に関係してゐた。戦後も私と共に『文芸日本』といふのに加はつてゐたが、『筏』を連載したり、また毎号必ず随筆を書くといふふうで、甚だ熱心であつた。その『文芸日本』が潰れてから、暫く外村も私も同人雑誌から離れてゐたが、性こりもなくまた始めようといふのだつた。しかしその計画は、まだほんの緒についただけで、具体的にどうといふところまではきてゐなかつた。すべてはまだ今後のことであつた。

「ぢや失敬、奥さんお大事に」

外村は玄関まで私を送つてきて、

「早く君の家が見たいな、春になるのが待ち遠しいよ」

それにしても、と私は歩きながら、暗い気持だつた。私は癌のことに就いては何も知らない。外村の作品や随筆を読んだり、また直接いろいろなことを聞かされもしてゐたが、夫妻ともさう憂慮すべき状態ではないやうに心得てゐた。今日の夫人の様子を見ても、至つて元気さうであつた。それでゐて、夫人の病気は再発してゐるといふのは、どういふことであらうか。夫人は果してそのことを知つてゐるのか。知つてゐて、大掃除などしてゐるとすれば、随分のんきな話だと思ふ。第一、外村がけしからぬではないか。何もかも承知の彼が、なぜあんなことをさせておくのだらう。派出婦でも雇へばよいではないか。

私は一応さう考へて外村を非難したが、夫人の病状がどの程度のものであるかを知らない私が、そこまで考へるのはやはり早計のやうだつた。それに、夫婦のことは夫婦だけが知つてゐることだ。私が立入る筋合のものではなからう。外村の夫人に対する愛情は極めて深いのだ。

外村は彼の小説で誰もが知つてゐるやうに、再婚者である。前夫人は大そう物静かな、おとなしい、小柄で目立たないが、顔形のよく整つた美しいひとであつた。外村は酔つぱらふと、ぬけぬけとこの夫人のことをほめて話したものだつた。そして私にいふことには、

「君は可哀さうだな、あんな気の強い女史を女房に持つて」

「めぐりあはせだよ、今更どうにもなるまい」

「女史はいかんな。女房といふものは……」

「わかつたよ。君の細君みたいな、といふんだらう」

外村が私の妻のことを女史といふのは、前に私の妻が小説を書いたり、左翼のある団体の仕事をしたりしてゐたからであつた。外村はさういふ、いはば男の領域に割込むやうな女が嫌ひなやうであつた。それに彼は個人的にも私の妻のことをよく知つてゐたから、さういふ関係からも反感を抱いてゐたかも知れない。

それはそれでよい。ところで外村の現夫人は、ある官庁の役人であり、係長（後に

課長）の地位にある。外村がさういふ人と結婚したと聞いたとき私の妻は、

「外村さん、一番きらひな種類のひとと結婚なさつたのね、ちよつといい気味だわ」

と笑つたものだが、その後、外村が私にいふには、

「女史もいいものだな。初めて君のことも分つたよ」

外村の一面には妙に女性的、いひかへれば受動的なところがあり、むかし学生時代に芝居をした時にも、好んで女形になつた。谷崎潤一郎の『お国と五平』のお国の役を舞台でやつてのけたのだから、呆れたものだ。横田文子を相手に牛若丸になつたりするのも、受動的——更にいへば彼に一種の被虐性のあることを物語るものだらう。外村はさういふ自己の性情に就いて、しばしばその作品の中で語つてゐるが、そのやうな彼が勝気で、合理的で、能動的な現夫人を得たことは、おそらく天の配剤といつてよいだらう。

「女史の方が、君には却つて打つてつけかも知れんな」

私はさういつて笑つたことであつた。

断つておくが、私も人生に対して決して能動的な方ではない。どちらかといへば甚だ受動的であり、その限りでは女性的といふべきであるかも知れない。しかし芝居の女形になることを喜んだり、女を相手に牛若丸を演じるやうな嗜好は私にはない。

外村が前夫人を亡くして間もない頃のことであつた。ある日、彼がつくづく私に述

懐して、

「可哀さうに、この俺が乗りつぶしてしまつたやうなものだ。つぎつぎに五人も子供を生ませた上に、ろくに餌もやらずに走らせたんだからな。全く乗りつぶしてしまつたに違ひないさ」

と嘆じたものだが、それはもう過ぎ去つてしまつた日のことだ。外村よ、あの日の悲しみを思へば、君はもつと今の奥さんを、大切にしてゐる上にも大切にすべきではないか——私の路上の思ひは、またしても外村への不満に傾いてゆくやうだつた。

私が次に外村に会つたのは、今年の二月三日ビデオホールでの檀一雄の会でのことであつた。外村は夫人と共に出席してゐた。私も妻と一緒だつたが、見たところ外村夫人は元気さうで、この分なら心配することもないやうであつた。しかし私はやはり気になり、

「奥さんどうなんだ」

と、こつそり訊ねてみずにゐられなかつた。

「うん、今のところ、急にどうといふこともないやうだが」

「それぢや、やはり再発してゐるのか」

「さうだよ。しかし癌といふのは複雑怪奇な奴でね……」

外村はどう説明してよいかに困つてゐるやうな微笑だつた。

「手抜かりはないだらうが、大事にしてあげろよ。それから例の招待のこと、そろそろ春になるが、いつごろがよいだらうね」

「三月になつたら、いつでもよいが、少し前に葉書でもくれよ。楽しみにして待つてゐるからね」

　その夜、私は司会者で急がしく、それきり外村と話す機会は得られなかつた。私が気がついた時には、外村夫妻の姿はもう会場に見られなかつた。

　帰りの電車の中で、私は妻に言つた。

「外村の奥さん、前よりも顔色もいいやうだし、再発なんて嘘みたいぢやないか」

「お元気さうで、子供さん達のことといろいろお話になるのを聞きましたが、顔色がいいといふのは、男の眼の迂闊さといふものよ」

「どういふことだい」

「この頃はお化粧品も随分発達してますから」

「ああ、さうか」

　女の眼のいやらしさ。私は憮然とした。

　それから四日後、私はまた外村夫妻に会ふことになつた。これより前、外村は『澪標』で読売文学賞を受けてゐたが、その作品は初め講談社の『群像』に発表したものであり、また本も講談社から出てゐたので、同社の社長の野間さんが一夕の祝宴を開いてくれ、浅見淵と私とが外村の親しい友人として相伴することになつたのだつた。主催者側からは社長以下十人ばかり出席した。

その夜の外村夫妻は、さすがに主賓らしい朗らかさで、殊に外村は快活によく喋つた。いつもならすぐ乱舞する外村も、場所柄を心得てか、容易に崩れはみせなかつた。前からのことだが、酒席の外村は、殊に私がその場に居合はせると、三高時代の梶井基次郎や私との交遊に就いて話し出すことが多かつた。酒も飲まず、不景気な面をしてゐる私を引立ててくれる意味からでもあつたかと思ふが、私はむしろ当惑した。三高関係の多い席ならまだしもだつたが、さうでない席でそれをやられると、酔ってない私は他の人々の思惑もどうかと、はらはらするのだつた。

今夜もそれが始まつた。外村はさつきから向ひの野間さんと何やら話してをり、私はすぐ傍の若い人と話してゐたので気がつかずにゐたのだが、ふと外村が皆に聞かせるやうな大きい声になつた。

「梶井と中谷とは私より二年上級でしたが、二人とも二度落第したので、卒業の時は私と一緒でした。あの頃の高等学校は、まだ長幼の序といふことがはつきりしてゐたものですが、それを乱してしまつたのが梶井と中谷ですよ……」

また始めやがつた、と私はてれ臭くもあり、またいささか苦がにがしくも思つたが、主賓は外村である。まさかよせとも言へなかつた。それに、馴れてもゐた。私は外村がまだ何やら喋つてゐるのを聞き流しながら、別のことを考へてゐた。

梶井と外村と私とは、三高時代には、劇研究会、大学へ入学してからは同人雑誌『青空』を一緒にやつた仲間だつた。つまり人生へのスタートを共に切つたわけである。梶井は若くして死んだが、彼の残した作品は新しい古典として今なほ多くの読者を持つてゐる。外村も近年——戦後の作品には見るべきものが多い。私のことは暫く置く。私は梶井と外村との関係を、志賀直哉と滝井孝作の関係にくらべて見る。滝井は志賀に兄事し、勉励して立派な作家になつた。外村も梶井に兄事して、努力し今日のやうになつた。志賀と梶井とにはどこか天才的なところがあるが、滝井と外村とはどちらかといへば努力の人のやうだ。梶井が志賀に傾倒し、外村が滝井に心酔したのも面白い。ところが滝井が今でも志賀を深く尊敬してゐるに反し、外村は心ではどうか知らんが口では決して梶井をほめない。殊に私に対してはさうだ。

「梶井の小説、いま読んで見ると拙いね。殊にあの気取り、鼻持ならんよ。『冬の蠅とは何か？』とはなんだい」

さういつたことを、私はたびたび外村から聞かされた。それは一応もつともであつた。梶井の小説の多くは二十代のものである。拙いところもあれば、気取りも多い。しかし梶井の作品には、逆立ちしても余人には倣ねのできないところがある。外村はそれを知つてか知らないでか、決して口に出してはいはない。それに梶井の作品には、外国文学からの顕著な影響があるが、外国小説を殆んど読まない外村には、それがすべて梶井の気取りに見え、鼻持ならない感をそそるのでもあつたやうだ。しかし、私がひそかに思ふに、外村にさういふ言を吐かせるのは、彼が意識して梶井を乗り超えようと努めてゐるからのやうであつた。若いころ兄事してゐた梶井を、今頃になつてライヴアル視してゐるのであつた。

たしかに若い頃の外村は、梶井に兄事するの余り、その作品も梶井の模倣に陥つてゐるやうなところがあつた。梶井はそれをいやがり、私に不満をもらしたことがあつた。

「外村の奴、おれが発明すると、すぐ取つてしまやがる。かなはんなあ」

それに、外村は今になつて梶井の気取りをいふが、当時の外村にはまた外村らしい気取りも十分あつたのだ。彼の当時の作品に『杪秋』といふのがあるが、晩秋とすればよいところを、若げの気取りから、こんな辞書を引かなければ解らないやうな題名となつたのだ。また『愛日小憩』などといふのもある。ごく最近の作品に『日を愛しむ』といふ素直な題のがあるが、同じ意味だ。

外国小説ばかりでなく、読書といふことを外村は殆んどしない。最近はいくらか鷗外を読んで『ヰタ・セクスアリス』に倣つて性の問題を追求しようと志してゐるが、さうかといつて鷗外をさう沢山読んでゐるとは思へない。これも私がひそかに思ふに、外村が精読してゐるのは梶井全集ぐらゐで、彼が鷗外に目をつけるやうになつたのも、晩年の梶井が鷗外に心酔してゐたことを、その書簡集から読み取つてからではないだらうか。

梶井は二十代の頃、漱石に傾倒するの余り、鷗外のことを馬鹿呼ばはりしてゐたこともあるが、晩年には鷗外を高く評価してしきりにその作品を読みあさつてゐた。しかしその頃、外村は家業に従事してゐて、梶井との交りも殆んど絶えたやうになつてゐたから、梶井のさうしたことに就いては何も知らなかつた。外村がそのことを知つたのは、全集が出て書簡集を読んでからのことにちがひなかつた。

外村の声がまた高くなつたので、私はふと我に返つた。かう書くと随分長い時間が立つたやうだが、思考の速度は速い。ほんの一分かそこらのことであつた。

「梶井が生きてゐたら、きつと困つてゐることでせう。通俗小説の書ける男ではなし、中谷と二人でまごまごしてゐるところは、さぞ見ものでせうね」

皆は笑つた。私も笑ひながら口を挟んだ。

「週刊誌に書き出したからといつて、さう威張るなよ。もつとも君がその方の大家になつてくれれば、遠慮なく金を借りるがね」

「いままでは遠慮したやうなことを言つてやがる」

そこで私は、去年の暮、外村のところへ金を借りにいつたことを一同に披露した。私がしなくても、いづれは外村がやり出したに違ひないのだが。

「行つて見ると外村の奴、お宅の『週刊現代』の小説を書いてゐるんです。ぼくはその上前をはねてきたわけですが……」

皆はまた笑つた。すると外村夫人が、

「毎年、暮になると、外村はそろそろ中谷が来る頃だといつて、準備して待つてゐるんです。おいでにならないと、外村は却つて気が抜けたやうに、中谷こなかつたねつて……」

座はいよいよ賑かになつていつた。私は昔から外村にたびたび金を借りたが、一度も返したことはない。私は借方専門、外村は貸方一方であつた。外村は酔ふと、そのことを一座に披露することを好んだ。昔——といつても奈良時代のことだが、その頃の借金の証文には、「もし期日までに返済することができなかつたら、公衆の前で貸金のことを言ひふらしてもらつてもよろしい」といふ意味のことが書いてあるさうだが、名誉を重んじたその時代には、公衆に言ひふらすといふことは、借金以上に悪いこととされてゐたのだ。まさか私がそんな古い時代の慣習を楯に取つて返さないのではなかつたが、外村がそのことを喋ると、私の気が軽くなることも事実だつた。外村もその気持で、私の負ひ目を除くために、皆の前で喋つたのであるかも知れない。そ

の夜も外村は私に金を貸したいろいろの場合について話し、

「昔は一度も返すとはいはなかつたが、このごろは返すといふやうになつた」

「しかし、いつまでとはつきり期限はつけないさ。さう急ぐこともなからうからね」

私たちのやり取りを聞いていた野間さんが、

「いいお友達ですね。現代には珍しい友情ですよ」と、大そう感心したやうな口ぶりであつた。

それからもいろいろな話が出た。外村は『筏』といふ長篇で前に野間賞をもらつたことがあり、話題は当然そのことにもふれた。私はそれに関連して古いことを思ひ出した。まだ二人とも大学生だつた頃、私たちは二人で銀座のある喫茶店にゐた。外に客はあまりゐなかつた。そこへ一人の易者が入つてきて、見させてくれといつた。その易者はちよつと風変りな男で、髪を長くのばして肩のあたりで切つて揃へ、紺ガスリの着物に小倉の袴をはいてゐた。年はまだ三十になつてゐないやうだつた。二人で十銭でいいといふので、私達は見てもらふことにした。十銭といへばコーヒー一杯の代金であつた。

易者は懐中から大きい天眼鏡を取り出した。天眼鏡と言へば聞えがよいが、それは粗末なセルロイド縁のただの虫めがねであつた。しかも呆れたことに、それは縁だけで肝心の玉はなかつた。彼は言つた。

「眼鏡など不必要ですよ。こんなものはただの形式だけで、何の役にも立ちやしません」

それならいつそ、そんなものわざわざ懐から取り出さなければいいのである。少し衒つてゐるやうだ。彼は更にドイツ語などを交へて、自分の占ひがどんなにすぐれてゐるかと効能を並べ立てた。衒気はあるが、変つた面白さもある男だつた。彼は最初に外村の顔を、それから私の顔をじつと見つめてゐたが、それですべてだつた。彼は言つたものだ。

「こちらの方は」と外村をさし、「百万長者になれる相があります」

それから私に向つては、

「あなたは芭蕉のやうになる方です。あの俳聖芭蕉です」

外村と私は思はず顔を見合はせて笑つた。易者は外村の手から十銭玉を受け取ると、さつさと出ていつてしまつた。

外村は滋賀県の出身で、幼時は故郷の田舎で育つたが、家は代々の富裕な商家で、日本橋に店があつた。外村は今ではその家を捨てて、文学で立つ決心をしてゐるが、もし彼が家業を継ぐことにでもなれば、恐らく百万長者になることも不可能ではないかも知れない。尤も当時の百万長者といふ言葉には、現在では想像も及ばないやうな重みがあり、当時の外村の家なども到底その言葉には相当しなかつたやうだ。私の芭蕉といふにいたつては、これはもう一場のお笑草に過ぎなかつた。

大学を卒業すると外村は、父の店を手伝ひながら文学をやつてゆくことになつた。つまり父の店へ就職したわけだ。その頃、外村は既に先夫人との間に長男が生れてをり、遊んでゐるわけにもいかなかつたのだ。ところが不幸にも、その年の末に父の急逝にあひ、外村はやむなくその後を継いで、家業に専念しなければならなくなつた。それから約六年間、外村は鋭意店の経営に励んだが、何分にも当時は未曾有の不況時代のこととて、百万長者になることは愚か、父業を守つてゆくことさへ覚束なかつた。外村は店を弟に譲り、再び文学を以つて立つ決心で、私たちの仲間に帰つて来たが、一緒に出発した梶井は既にその前々年の三月この世を棄ててゐた。その間、私は兵隊に取られたり、やつと東京に帰つたかと思ふと子供に死なれたりしてさんざんであつたが、やうやくその前年あたりからぼつぼつ原稿が売れるやうになつてゐた。

外村の店は彼の弟の代になり、戦後まで余喘を保つてゐたが実質的には外村の代に潰れたといつてよく、彼は商家としての外村家の最後の人といつてよかつた。百万長者になる代りに、彼は江戸時代から連綿と続いた由緒ある家を潰してしまつたわけだつた。ところがその彼が、野間賞を受けて賞金百万円をえたのであつた。戦前の金にすれば大した額にもならないだらうが、それでも百万円は百万円だつた。昔の易者の占ひは適中したといふべきか。さうだとすれば、私の芭蕉といふことも、まんざら望みのないことではなささうだつた。

私はそのことを一同に披露した。皆は大喜びであつた。

外村も上機嫌、夫人も元気よく語り、その夜の祝宴は楽しく終つた。私たちは車で送られることになつたが、外村夫妻はそのまま阿佐ケ谷の自宅まで、浅見淵と私とは新宿で降りて、飲み屋や喫茶店へ立寄つた。浅見は大そう思ひやりの深い男で、私と二人きりの時には、飲まない私のために必ず喫茶店へつきあつてくれるのだつた。それも浅見の方から言ひ出し、先に立つて案内してくれるのだから恐縮する。恐らくコーヒーも嫌ひではないのだらうが、酒のあとのコーヒーなど、およそ味気ないことの限りではないだらうか。さてその浅見がコーヒーを飲みながらいふには、

「外村の細君、顔色もよく、すつかり元気になつたぢやないか」

浅見も外村夫人の再発のことは知つてゐた筈だが、今夜の彼女の様子から、それもすつかりよくなつたものと見たらしい。

「元気さうに見えるが、顔は塗つてゐるらしいよ」

私は先夜、妻から教へられた通りをいつた。

「あ、さうか。さうだとすると、安心はできないね」

「禍福はあざなへる縄のごとしといふが、近年の外村のことを思ふと、あまりにもぴつたりした感じで、いやになる」

福の方をいへば、野間賞、長男の結婚、つづいてその長男が理学博士の学位を得たこと、更にひとり娘の結婚、それから今度の読売賞と重なり、禍の方をいへば、外村の上顎癌、夫人の乳癌、老母の骨折と、これまた連続的に起つてゐる。

私たちはさうしたことをいろいろ思ひ出し、語り合ひながら、だんだん救はれないやうな気分になつていつたやうだ。


それから一週間ほど後、私はまた外村夫妻にあふことになつた。青柳瑞穂の『ささやかな日本発掘』が読売賞になつたのは外村と同時のことであつたが、その受賞を祝ふ会が中野のある料理屋で開かれ、その席で逢つたのである。外村は世話人のひとりとして、開会の辞を述べたりしたが、動作がひどく緩慢で言葉にも力がなかつた。見れば夫人の方がよほど元気さうであつた。しかし人々の祝辞が終り、酒が酣になる頃には、外村も元気をとり戻したやうであり、この分なら大したこともあるまいと、私も安心した。

私は便所へ立つた。用を済まして出てくると、外村が扉の前に立つてゐた。

「よう、変な所で逢つたね」

外村の方から声をかけた。

「奥さんどうだい」

「女房のことより、おれが再発したんだ」

外村は私の手を取り、彼の左頸部にさはらせた。

「あつ、ぐりぐり……こんなもの、いつできたんだ」

「前からできてゐたんだが、また放射線の治療を受けることになつたのは、今日からのことだよ」

外村は前に退院してからも、一週に一度は必ず病院へ通つてゐた。それでゐて今日まで再発のことが分らなかつたとすれば、癌といふ奴はよほど手に負へないものらしかつた。

私は言ふべき言葉がなかつた。しかし外村は、酒の気も手伝つてか、案外のんきさうにいふのだつた。

「どうなることか知らんが、病気のことは医者まかせ、運は天まかせだよ」

外村は笑ひながら、私の出てきた扉の中へ入つていつた。私は宴席へ戻らうと、廊下を歩いていつた。すると外村夫人が向ふからやつてきて、挨拶もそこそこに訊ねた。

「外村を見かけられませんでしたか」

「いま、すぐそこで……」

私は便所の入口を示した。

夫人はその方へ近づいていつた。そしてそれきり、外村夫妻の姿を宴席に見かけなかつたところから察すると、どうやら二人はそのまま帰つてしまつたやうだ。

前に外村が放射線の治療を受けたとき、彼の顔は見るも無惨なまでに赤黒く焼けただれ、退院してからも容易にそれは癒えなかつた。ちやうどその頃、外村や私の共通の友人である牧野吉晴が死に、お通夜の席に外村もマスクをして出て来たが、ただれはマスクの外にまではみ出し、外村は人目を避けるやうにして、一番後ろの席に私とならんでひつそりと坐つてゐた。

「ひどいだらう、こんなだよ」

何かのことから、外村はこつそりマスクを片耳だけ外して私に見せたが、ひどいともなんとも、まるで癩のやうに、口も何も見分けがつかないまでに焼け崩れてゐた。

「これは……」

と言つたきり、私は言葉がなかつた。

「他ならぬ牧野のお通夜だから出て来たが、葬式にはよう出ないから、みんなによろしく伝へてくれ」

牧野は大衆作家で、俗中の俗を以つて任じてゐるやうな男だつたが、外村とは馬が合ふといふのか、互に格別の親愛を寄せ合つてゐた。それに牧野は、いはば『文芸日本』のパトロン格で、月々なにがしかの金を雑誌に注ぎこんでゐたが、金銭の価値を正当に評価することをよく心得てゐた外村は、牧野を徳とする心も十分持つてゐた。

二人はまたよき酒友でもあり、酔ふと必ずわけの分らぬ論争を始めた。論理の通らぬ論争であるが、それでゐてどこかで辻褄が合つてゆくのは、互によく相手を知つてゐるからであらう。そして牧野が感激して涙をぽろぽろ流して泣き出す頃には、外村は飄々と踊り出すといふふうで、世にも稀な面白い見ものであつた。

その牧野が脳溢血で頓死したのだから、病後まだ退院して間のない外村としては感慨も一入のことだつただらう。

外村が手に数珠をかけてゐることに私が気づいたのは、僧の読経が始まつてすぐのことだつたやうだ。彼の親鸞敬慕はすでに久しいが、数珠を手にした彼を見るのは初めてであつた。私はなんとなく微笑した。すると外村は早くもそれに気づいたらしく、

「お袋がどうしても持つていけといつて、きかないのでね」

こんな時、いつもならば私達は互に顔を見合つて微笑を交はすところであつたが、私は外村の顔のマスクからはみ出た焼けただれを見るのを惧れて、黙つてうなづくだけに止めた。

外村がまたあんな顔になるのかと思ふと、私はうんざりした。こんどは左頸部のぐりぐりを焼くのだらうが、それにしても放射線の焼けただれが局部だけでは済まないことは、前の場合に照らして明らかだつた。私はなるべくならば外村に逢ひたくないと思つた。彼の方でもそんな顔をあまり人に見られたくはないだらう。

外村があんなに楽しみにしてゐるといつてくれた、私の家への招待もあきらめなければならなかつた。私としても残念であつたが、当分はどうしやうもないことだつた。私は久しく外村を訪れもせず、また何かの会があつても、外村が姿を見せることはなかつた。しかし外村は、その後もずつと例の週刊誌への執筆を続けてをり、私は新聞の広告でそれを見ることで、彼の健在をたしかめてゐた。

かうして三月も過ぎ、四月も半ばになつた。その頃になり、外村も最初から参画し、むしろ誰よりも熱心であつた例の同人雑誌のことがかなり具体的に進捗したので、ある夜、見舞かたがたそのことを報告するために、檀一雄ほか数人の同人と共に私は外村を訪れることになつた。檀もその雑誌にはひどく乗気で、もし外村が健在ならば、この二人が責任をもつて編集してゆく筈であつた。

まだ宵の口であつたが、外村の家の門は閉ざされてゐた。私は書生流に、大きい声で外村の名を呼んだ。いつもならその声で外村自身が玄関へ出てくる筈であつたが、私の期待に反し、そこへ姿を見せたのは外村の三男のヒロシ（字は洋であつたかと思ふが、まちがつてゐるかも知れない）君で、

「父は昨日から神経痛で寝たきりになつてゐます。痛くてからだを動かすこともできない状態ですから……」

とのことであつた。そこへ夫人も出てきて、ヒロシ君の言葉を補足し、

「とても逢ひたさうに、ぢりぢりしてゐますが、寝返りもできない有様ですから、お気の毒ですが今夜のところはお引取りくださらないでせうか」

とのことであつた。

残念だつたが、やむをえないことだつた。そしてそれ切り、私は再び外村を訪れる機会もなく過ぎた。外村から新著『落日の光景』が送られてきたのは、四月ももう終り、あるひは五月に入つてからのことだつたらうか。扉には夫人の字で私の名前が書かれ、その左下に「繁」と外村自身の署名があつた。夫人の字はやや太い万年筆、外村は例によつてGペンだつたが、少しふるへたやうな力のない字で、私にはそれが哀れでならなかつた。

私はふと、つかぬことを思ひ出した。いつか外村がへべれけに酔つぱらつた時のことであるが、どうしたきつかけからであつたか外村が、

「女房の奴、おれの文章を古いといやがる。馬鹿めが、酒と文章とは古いに限るといふことが、女史にはどうしても分らないんだ」

私がそれに対してどう答へたかは記憶しないが、文章をいふにも酒を持ち出すところが、いかにも外村らしいと面白かつた。

『落日の光景』は、装釘その他すべての点で、外村のこれまでの著書のなかで最も立派であつた。外村もさぞ満足だらうと思つたが、目次を見ると凡そは私の知つてゐる

作品ばかりであつた。私はいつかまたゆつくり読みかへして見るつもりで、そのまま本棚へ片附けてしまつた。

外村のことが写真と共に、ある新聞の文芸欄にかなり大きく出たのは、たしか五月の中頃のことであつた。それによると、外村は短時間ながら起き上れるやうになつたとかで、写真もそれを証明するかのやうな坐像であつた。また毎夜の晩酌もストローでビールを飲んでゐるとか、私は呆れもし可哀さうにも思つたが、何よりも彼が回復しつつあるらしいことを喜んだ。私は彼の写真に向つて、半ば話しかけるやうに呟いたことであつた。

「業の深い男だ。さう簡単に極楽へはゆけまい」

事実、外村はその頃から、からだの痛みも少しづつ薄らぎ、六月になると、ひとりで便所へゆけるやうにもなつたと聞いた。風聞だから確かなことは分らないが、信じてよい噂のやうであつた。

七月の初旬には、例の同人雑誌の創刊号が出る筈になつてゐた。外村が倒れたので、私が代つて檀と共に編集に参加してゐたが、どんな雑誌ができることか、できたらそれを持つて外村を訪ねたいと思つた。

雑誌は予定より遅れてやつと二十日にできた。けれども私はすぐそれを持つて外村を訪れることはできなかつた。聞けば外村は十九日とかに入院したといふことであり、私の方にも雑誌のことで不測の事情が起つてゐた。そのことに就いてはここには書かないが（書けば切りがなく、またそれは外村に直接関係のあることではない）、私はその後の数日間を、そのことにかかり切つてゐた。

二十四日の夜も、遅くまで私は檀やその他の同人と協議してゐたが、最後の電車に乗り遅れてしまつたので、ある同人の家に泊ることになつた。さてその翌朝、私はふと淀野隆三がこの附近に住んでゐる筈だと気づいた。淀野は私とも外村ともごく親しい『青空』以来の友人であるが、私は淀野がこちら方面へ転居してから、まだ一度も訪ねたことがなく、番地もよく知らなかつた。私は電話帳をくつてそれを調べ、ついでに電話で彼の在宅をたしかめた上、すぐ訪問することにした。電話に出たのが淀野の娘さんだつたので、私は詳しいことは何もいはなかつたが、できれば淀野と一緒に外村を見舞ひたい考へだつた。

淀野は外村の入院をまだ知らずにゐた。私からそのことを聞いた彼は、

「それぢや明日にでも一緒に見舞にいくことにしよう」

といつた。

「今日これからいかないか」

「さう急ぐこともないだらう。君とも久しぶりだ。それにこの家へは初めて来てくれ

たんだから、まあゆつくりしろよ」

さういはれると、私も不決断なまま腰を落ちつけてしまつた。何も一日を急ぐほどのこともあるまいと、私も外村の病状をその程度にしか考へてゐなかつたやうだ。淀野は先月の十一日とかに外村を見舞つたとのことであつた。その時の印象によると、外村はもうすべてを覚悟した人かのやうに、極めて冷静であつたとのことである。私にはそれだけではよく分らない点もあつたが、淀野もこれといつて詳しいことは話さず、私もなぜか聞き質しもしないでしまつた。今更のことでもないやうな気がしたからであるかも知れない。

いろいろ雑談してゐるところへ、淀野に電話があつた。文芸家協会の事務の人から、外村の危篤を知らせてきたのだつた。

「意識のあるのは今日ぢゆうぐらゐだらうとのことだ。それで親戚や友人達のところへもそれぞれ知らせることにしたが、君のところへは電報を打つたさうだ」

「やつぱり駄目だつたか」

私はさう言つたものの、事態の切迫感はまだよく実感されてゐないやうだつた。それでゐて、自分が今日久しぶりに淀野を訪ねたことは、なんとなく偶然でないやうな気がしてゐた。

私達は急ぎ昼食を済まし、お茶の水病院へ向つた。

その病院は外村が最初発病して以来のかかりつけで、前回の入院の時には私も一ど見舞つたことがあるが、今度は病棟も前と違ひ、室も個室であつた。家族の人が四五人、他に浅見淵の顔も見えたが、私はそれらの人への挨拶もそこそこに、外村のベッドに近より、その手を握つた。ひどい熱だ。私は外村の名を呼び、

「中谷だ、淀野も一緒だよ」

外村の顔に、かすかに表情が動いたやうであつた。夫人が傍から、両手をのばし、指先で外村の目蓋を明けて、

「お父さん、中谷さんと淀野さんよ、お分りになるでせう」

外村はうなづいた気配で、何やら言つたが、義歯をはづしてゐるので、言葉にならないやうだつた。耳を近づけたが、よく聞きとれなかつた。三男のヒロシ君がベッドの向ふ側から、これも父のやうすにじつと気を配つてゐたが、さすがに外村のさういふ不明瞭な言葉には馴れてゐるらしく、

「小説書いたか、といつたやうです」

と教へてくれた。

私は半信半疑ながら、虚をつかれた感じで、うろたへ、なぜかまた腹立たしく、かたくなに黙つてゐた。泣いてやるものか。この期に及んで余計なおせつかいだ。

夫人が指を放したので、外村は眼を閉ぢ、私もベッドの傍を離れて、淀野と代つた。

外村の二本の痩せた脚が、蒼白く、だらりとベッドの上にのびてゐる。暑いので、ゆかたの裾はわざとゆるやかに開いてあるやうだ。外村はさつきから、かすかに手を動かすことはあるが、脚は少しも動かない。もうそれを動かすだけの力がないからであらう。その右脚の静脈に、太い注射針がさしつ放しになつてゐて、吊りさげたガラスのタンクから不断に栄養剤が注入されてゐる。

淀野がベッドの傍を離れてきたので、私達は一緒に病室を出ることにした。私はもうさつきから、夫人の左手がひどく腫れてゐることに気づいてゐた。長袖のブラウスを着てゐるのでよく分らないが、腕全体が腫れてゐるやうで、いかにも重さうである。この暑いのに長袖など着てゐるのも、たぶんはそれを人に見られたくないからだらう。夫人はときどき脹れたその手首を右手で摑んでそつと抱きかかへるやうなことをする。淀野は今はじめて夫人の腕の異常に気づいた様子で、

「おや、その手、どうなさつたんです」

と、少し心ないやうな質問をする。夫人は事もなげに、

「前に手術したとき、毛細管や小さい筋肉を結ぶ間がなかつたので、無理をすると、こんなに腫れますの」

『落日の光景』のあとがきによると、この三月ごろ夫人も外村と共に放射線治療を受

けに病院へ通つてゐたといふから、自分の再発のことに就いては百も承知の筈であつた。それでゐて外村の看護は、人手を借りず終始ひとりで引受け、役所へも出てゐたといふが、なぜこんなに「無理をする」のだらう。外村もまた、なぜこんな無理をさせてきたのか、私には解らないことばかりであつた。私には去年の暮のあの大掃除のことまで思ひ出され、腹立たしくてならなかつた。

外村の病室は二階の一番奥にあり、後ろには、階段が通じてゐた。その階段の踊り場のやうな所に、壁に沿つて長椅子が据ゑてあり、浅見がそれに腰かけて休んでゐたので、淀野も私もその脇に坐つて、タバコに火をつけた。

いろいろな話が出る。すべて外村に関したことばかりだ。しかし特に記憶に残るやうなこともない。暑い。近年にない暑さといふことだが、全くたまらない暑さだ。外村の奴、いやがらせをしてやがる。そんな言葉も出たほどの、呪はれた暑さだつた。

見舞客がだんだん多くなつた。病室の前の廊下も、私たちのゐる階段の踊り場も、いつか人でいつぱいになつていつた。私は時どき外村の病室へ覗きにいつた。いつ行つて見ても、外村は苦しげに顔をしかめたり、口をもぐもぐさせたり、またどうかすると何かを払ひのけるやうに細い手を動かしたりしてゐる。家族の人が、そのたびに病人の意を推測して、額を撫でてやつたり、腕をさすつてやつたり、水を飲ましてやつたり、至れり尽くせりの面倒を見てゐる。

「お父さん、お酒ですか。さあお飲みなさい。飲んでもう寝みませうね」

いつのことだつたか、長男の晶君が吸呑から外村の口へ水を注いでやりながら、こんなことをいつてゐた。

外村の顔にも何やら表情のゆらぎが見え、哀れであつた。

午後五時頃、私たちは少し相談したいこともあり外へ出た。浅見と淀野と私と、それから檀一雄の四人である。お茶の水駅の近くのレストランの二階で、ビールやコーヒーを飲みながら話し合つた。

外村に万一のことがあつたら、文芸家協会では彼の協会に対する長年の功績に報いるため、準協会葬にしたいとのことであつた。それはさつき病院の廊下で協会の堺さん（淀野に電話して外村の危篤を知らせてくれた人）から申しいでがあり、既に決定してゐた。一理事に対する協会の取扱ひとしては破格のことに属するやうであつた。外村は商家の出身で、大学も経済科、それに自分で商売をした経験もあるので、計数に明るかつた。それが税金対策や著作権擁護などのややこしい問題に大いに役立ち、外村としてもいささか得意で、献身的によく働いたやうだ。

葬儀所をどこにするかといふことや、誰と誰に弔辞を読んでもらふかといふことなど、まだ決まつてゐないことが多かつた。私達の相談といふのもそれらのことに関してゐた。それから、こんど創刊号を出した私達の雑誌で、外村の追悼号を出すことに決め、執筆者のことに就いて話し合つた。

私達が話し合つてゐることは、すべて外村の死後のことに関してゐた。しかし当の外村はまだ生きてゐて、死と最後の格闘をしてゐる最中だつた。私達はふとそのことを思ひ出しては、

「あんなに覚悟のできた男でも、最期となるとあんなに苦しまねばならんものかね」

などと、誰かがぽつりと言ひ出したりする。すると他の一人が、

「しかし当人は殆んど意識がないのだから、はたの見るほど苦しくはないのだよ」

と答へる。そしてそれ切り、私たちはまた外村の死後の問題に帰るが、そのうちにまたぽつりと誰かが言ひ出す。

「外村は『落日の光景』のなかで、死ねば皆無に帰するだらうといつてゐるが、それと彼の浄土信仰とはどうつながつてゐるんだらう」

「信仰といつたつて、『この慈悲始終なし』とか『しよせん地獄は一定すみかぞかし』とか、つまりは生きる上の心構への問題だらう。まさか極楽へいくとは思つてゐないだらうからな」

「案外さう思つてゐたかも知れんよ。少くとも気分的にはね。いつかも極楽へいつたら死んだ女房のとく子に逢へるかと思ふと、ちよつと楽しいやうな気がする、といつてたよ」

「何かの小説の中で、死んだ細君が誤って地獄へゆき、門番の鬼に咎められてまごごしてゐる話を書いてゐるだらう。あれ面白いね」

「極楽へゆく道を間違へたり、門番の鬼に追つぱらはれても、もう疲れて歩けんから中へ入れて休ましてくれと頼んだりするところなど、いかにもとく子さんらしい」

誰がいつてもいいやうなことを、誰がいつたともなく、いはば甚だ無責任な会話がしばらく続いてゐる。そのうちにまた誰かが、まだよく話し合つてない当面の事務を思ひ出し、私達はまたそれに帰つてゆくのだつた。感傷など少しもない。ただ暑い。

相談がすむと、檀はすぐ仕事場へ帰り、他の三人は再び病院へ戻つた。檀は小説の締切が迫り、どこかの雑誌に軟禁（カンヅメ）されてゐるとのことであつた。

外村の容態は前と少しも変つてゐない。苦しげな息づかひが続き、ときどき顔をしかめたり、歯のない口をもぐもぐさせたり、瘦せ細つた手で弱々しげに空を払ふやうな倣ねをしたり、見た目には甚だ痛々しい。家族は夫人と、長男の晶君夫妻、三男のヒロシ君、四男のカズヲ（和夫？）君、それからこの春他家へ嫁した郁子さんの六人。この六人が常に外村の枕頭を離れずにゐて、交互に面倒を見てゐる。二男のセイジ（精二？）君だけが欠けてゐるのは、勤先が北海道の僻地で、先日の豪雨のため石狩川が氾濫して渡れずにゐるとのことである。

八時頃、回診の医者の話によると、今夜半を無事に越せば、明日もまづ大丈夫だらうとの話である。言ひかへれば今夜半が危いといふわけだが、もし病人に異常があつたら電話なり電報で知らしてもらふことにして、八時半頃私達は一先づ帰宅することにした。

それから二十六、二十七日の二日間、私は午後から家を出て、夜は遅くまで病院に詰めてゐた。外村の容態には依然としてさう大した変化は見られなかつた。ただ、ときどき痰がつまるので、看護婦が吸取機のゴム管を喉へ突つ込んで取つてやらうとするが、病人はひどくそれをいやがつた。一つには吸取機のモーターの音が不快なのだらう。妙に神経にこたへる、厭な音だ。

二十六日の夜のことだつたらうか。病人の神経に障ることを恐れてか、電燈には風呂敷をかけて暗くしてあるが、ふと見ると痩せ衰へた外村の顔に、鼻だけが高く秀でてゐるのが、ひどく怪奇であつた。顔の他の部分はどこも憔悴し切つてゐるのに、鼻だけがすこしも衰へを見せず、顔の中央に君臨してゐるのだ。元来、彼の鼻は高く大きく、ちよつと写楽描く芝居絵の鼻の感じだが、若い頃はそれもさう目立たず、なかなかの美青年だつた。しかしその美青年ぶりにも、どこか歌舞伎の役者を思はせるものがあつたのは、やはりこの鼻のためだつたやうだ。思ふにこの鼻は外村家の象徴であつて、彼だけのものではない。外村の叔母（叔父の妻で外村家の生れではない）に面白い人があつて、ある時の笑ひ話に、

「外村の一族が集りますと、まるで鼻の行列どすわ。ほら、お能にありますやろ、『仮面を揃へて……』といふの、あれそつくりどすわ」

といつたものだが、幸か不幸か、外村の子女にはこの鼻は伝はつてゐないやうだ。さういふ点からいつても、外村は外村家の最後の人だといへさうである。

鼻で思ひ出したが、梶井の鼻も立派だつた。外村の鼻が長くて少し先端が垂れ気味なのにくらべ、梶井のは太く逞ましく、いかにも頼もしい感じだつた。私は若い頃、いつもこの二人とトリオを組んでゐたものだが、私の小さくて低い鼻はさぞ貧弱で頼りなく思はれたことだらう。

二十七日になると、一段と衰弱が目立つやうになつた。聞けば、朝ちよつと危険だつたさうだが、私がいつたときにはもう平静をとり戻してゐた。ただ昨日に違つてゐることは、あの大きな鼻にビニールのマスクをすつぽりかぶせて、酸素吸入が続けられてゐることだつた。外村が息をするたびに、そのマスクが膨れたり縮んだりするのを見てゐると、あのマスクを除つてやつたらさぞ楽だらうにといふ気がするから不思議だつた。

誰が見ても今日ぢゆうが危険のやうであつた。たぶん親戚の人らしい、学生風の青年が、

「万一の奇蹟は起らないものでせうか」

と、誰にいふともなく呟いた。晶君がそれに答へて、

「今日の医学では、もうどうしやうもないやうです。奇蹟の起る余地はまづ絶対にありませんね」

晶君は遺伝学者、それも今は癌を専門に研究してゐる。そのいふところも、じつにはつきりしてゐた。私はこの晶君と廊下で暫く話す機会を得たが、晶君のいふには、

「父のことはともかく、母にはくれぐれも注意したんですがね。子供を産んだことのない女は乳癌に罹りやすい危険があるから、ちよつとでも異状があつたらすぐ専門医に診てもらひなさいつて。ぼくの注意さへ守つてくれれば、手遅れになることはなかつたんですが、残念です。今では父の病状に就いてさへ、はつきりしたことは母にいへないんです。それはそのまま母のことですからね」

私は外村夫人の左手のひどい腫れを目に浮かべながら、晶君の言葉に答へるすべもなく、唇を噛んでゐた。

晶君はまた外村の病状に就いてもいろいろ話したが、外村が危篤の状態を続けながらも今まで保つてゐるのは、心臓が人より強いからだとのことであつた。

私は不思議な気がした。学生時代、彼はちよつとしたことにも動悸が高くなるといつて、心臓の弱いのを苦にしてゐた。ぼくの心臓は右についてゐるなどと、真顔でいつたりもした。事実、当時の彼にはどこかひよわい感じがあり、さう聞けばいかにも

心臓が弱さうに思はれた。ところがよく酒を飲むやうになつてから、却つて心臓のことをいふことが少くなり、三十以後は全く口にしなくなつた。それにしても、人より強い心臓を持つてゐたとは、嘘みたいな、呆れた話である。

外村はちよつとしたことにも赤くなる、羞かしがりであつた。若い時は殊にその傾向が強かつた。そのため、羞かしがりであることが羞かしく、赤くなりはしないだらうかといふ予感におびやかされることにもなつた。そして、そのおびえのために心臓がどきどきすることにもなるのだつた。一種の赤面恐怖症である。若いころ彼の心臓が弱かつたといふのも、それだつたのではないだらうか。

ところが酒を飲むやうになつてから、持前の羞かしがりはどうにもならないにしても、予感におびえるといふやうな病的な傾向は次第に薄れ、心臓がどきつくこともなくなつたのだらう。外村は酔つぱらふとよく、人の羞かしがるやうな露骨なことをずばりと言つてのけたものだが、これなども自身の羞恥心への一種の抵抗ではなかつたらうか。

私はよく外村から、それも酒の上でだが、きめつけられたものだ。

「こいつ、いい年をして羞かしがつてやがる。お前の一番悪いところは、羞かしがることだよ」

自分にいつて聞かせたいやうなことを、私にいふのだつた。しかし、さうかといつ

て私が羞かしがりでないとは言ひ切れないやうだ。私はずつと前にも太宰治から、

「ああ汝、含羞を捨てよ」

と書き贈られたことがあるが、してみると私にもどこかさういふところがあるものと認めないわけにはいかないだらう。

けれども私の見るところでは、太宰も人一倍、羞かしがりであつた。彼の書いてくれた言葉は、そのまま冥途の彼のところへ送り返してやつてもよいやうだ。

外村の容態は、夜に入つても同じやうな状態を続けてゐた。もう見舞客も絶え、残つてゐるのは家族の人を除けば、外村の弟の正昭君夫妻と他に数人の友人だけになつた。その友人達で、外村の葬儀その他のことに就いて、文芸家協会側（堺さんほか一人）と最後の打合はせをした。私達はもう外村の死ぬのを待つてゐるやうなものであつた。干潮時は十一時だらう。それが過ぎれば明日まで保つかも知れない。誰の口からであつたか、そんな言葉も聞かれた。

皆は外村の思ひ出話などをしながら、十一時まで病院にゐた。しかし病人に異常はなく、私達はもう暫く、もう暫くと、十一時半頃までゐて、帰ることになつた。淀野隆三はもう少し残るといひ、また文芸家協会の堺さんは、二時までは新聞の朝刊に間に合ふから、それまではゐるとのことで、私は浅見淵、青柳瑞穂、浅野晃らと共に病棟を出た。

空には満月が懸り、その光が余り電燈の多くない病院の庭まで降りてきてゐた。市中で月を見ること、いや気づくことさへ珍しかつた。空には一点の雲もない。ああ、明日もまた暑いことだらう。

私が郊外電車の小さい駅に降りたのは、それから一時間ばかりたつてからのことであつた。そこから私の家までは、歩いて十分たらずだが、駅から二分もゆくと、家も何もない畑道になる。つい去年あたりまでは百姓しか通らなかつたやうな細い道で、舗装はもとより、砂利さへ敷いてない。

私がそのあたりへさしかかると、先程の月に再び出会つた。道の正面の空に、しかしそれは明るくはなく、同心円の薄い雲に蔽はれてゐた。いはゆる月の暈といふのではなく、それはやはり雲であつた。そしてその雲の縁《へり》に、星が一つ際立つてきらきらと輝いてゐた。私はなぜかふと立停つた、

「外村は死んだ」

と呟き、大きく息を吐いた。

私は急に、外村にもう一度逢ひたくなつた。瀕死の外村やその死顔などを見たいと思つたのではない。生きて元気だつた頃の彼に逢ひたくなつたのだ。

私は家へ帰ると、その日の外村の病状など妻に話し、彼の写真を捜すやうにいつた。せめて写真でなりと彼に逢ひたかつたのだ。

「どこか雑誌社からでも貸してくれと頼まれたのですか」

妻は太つてゐる上にこの数日来の酷暑に弱つてゐたので、立つのが面倒さうであつた。

「いや、若くて元気だつた頃の姿を見たくなつたんだ」

「それなら、あなたの本をごらんになつたらどうです。あの梶井さんと三人で一緒にお撮りになつたのが出てゐる」

「さうか、それでもいい。ぢや君はもうお休み」

私は少し不興げに言ひ、茶の間を出た。

その本といふのは『梶井基次郎』といふ私の著書で、口絵には梶井と外村と私とが三高の卒業記念に撮つた写真が出てゐた。私はその本を書斎の机の上に開き、老眼鏡をかけて口絵の写真に眺め入つた。

椅子に坐つた私を中央に、向つて左に梶井、右に外村が立つてゐた。三尊仏ならば、さしづめ私が本尊、梶井と外村が脇侍といふところであつた。なぜそのやうなことになつたかといふと、当時、三人で写真を撮ると真中の者が死ぬといふ迷信があり、思ひなしか梶井も外村も躊躇の様子に見えたので、進んで私がその椅子に坐つたのだつた。

さすがに三人とも若かつた。前途への希望にも燃えてゐるやうだつた。殊に外村はきりりとした美青年で、少しうつ向き加減にしてゐる顔に、ほのかな春愁が漂ひ、それでゐてどこかに不敵のものも看取された。外村よ、そして梶井よ、かうしておれ達は出発したのだ。

私は感傷に沈みたくなかつた。本を閉ぢ、眼鏡を外した。涙が頰にあふれてきた。

# 庭

狭い庭に、さまざまな樹木が茂り、花もいろいろ咲いてゐる。目に立つ樹木といへば柿、枇杷、無花果《いちじく》、マロニエなど、それぞれ四メートルから六メートルの高さに枝を拡げて、それだけで殆んど庭の半分を覆つてゐる。他にも山梔子《くちなし》、椿、海棠、躑躅、青木、満天星《どうだん》、五葉松、黄楊《つげ》などがあり、竹も四、五本植わつてゐるが、いづれも丈低く、高い木々の下に蹲つてゐる。変つてゐるのは一位の生籬であるが、訪客の誰もが、歌よむ人さへそれがアララギであることには気づかないやうだ。

花はいま向日葵が三株ばかり、大輪の花を日に向つて高く金色に咲かせてゐるが、夾竹桃もまだ咲き残つてをり、窓前の萩にも日に日に花が多く見られるやうになつた。それから四季咲のバラが四、五輪。また秋海棠やベゴーニア。一輪の桔梗。そして三径の十歩に尽きる庭隅には、よく見れば蓼ならぬニラの花も白く小さく咲いてゐる。

主人の翁は、といへば隠者めくが、私はただ老懶、この狭い庭を眺めて毎日を過してゐる。立秋はすでに過ぎたが、まだ昼間は三十度を越す暑さが続いてゐる。若い頃の私は夏が好きで、暑熱に堪へて何かをすることに一種の爽快さがあつた。四十を過ぎてニユーギニアに出征した頃でも、熱帯の暑熱にへこたれるやうなことはなかつた。しかし流石に七十にもなると、立秋を過ぎてのこの暑さにはうんざりしないではゐられない。

むかしの人は、ひえびえと壁を踏まへて昼寝をしたらしいが、朝寝坊の私は滅多に昼寝をしたことはない。稀に何かの加減ですることもあるが、そんな時には廊下の板敷に寝る。板敷で昼寝をするのは私の故郷の農民の習慣であるが、畳に寝るより涼しいことは云ふまでもあるまい。自慢ではないが、私の家にクーラーはない。扇風機は妻のためのと来客のためのと二台あるが、私は普段それを使用したことはない。ただ風呂から上つた後で、洗つた髪を乾かすために利用する位のことである。私はまた、どんなに暑くとも、アイスクリームや氷など、冷たいものを飲んだり食べたりはしない。家では緑茶、外では熱いコーヒーしか飲まない。

それにしても毎日、暑いことではある。しかし立秋の日の野分が過ぎてから、稀に青い空が眺められるやうになつたのは、せめてものことである。けれども青いといつてもそれは、うすいベールを透したやうな白けた青さであり、以前のやうな日本晴の快晴では決してない。私は近年、光明遍照の日本晴の空を仰いだ記憶がないが、もはやわれわれの日本は、大日さまからも阿弥陀さまからも見放されてしまつたのだらうか。

私が広びろとした麦畑のなかに小さな家を建てて移り住んだのは、いまから十二年ばかり前の冬の日のことであつたが、その頃にはまだ空があつた。青々と深く冴えた遠くの空には雪の富士が鮮かにくつきり浮かんでゐた。そして、夜は星が美しかつた。また春ともなると、一面の畑に麦が穂波を立て、朝は雲雀の声で目を覚したものであつた。夏の夜には時鳥を聞くことも稀ではなく、秋の庭には百舌鳥もよくやつてきた。しかしそれも三年とは続かず、たちまち四周の畑は潰されて、私の家とよく似たマッチ箱のやうな家がごちやごちや建ち並び、やがて鉄筋のマンションとやらもそこここに建ち、道路は舗装されてバスが通じ、トラックや乗用車の往来も頻繁になつた。駅まで歩いて十分の距離をもう誰も歩かなくなつた。便利になつた。しかし、もう小鳥も来なければ、空もなくなつてしまつた。そしてこの夏、といつても立秋を過ぎた昨今、光化学スモッグ注意報が発令されてゐる始末である。

私は幼少の頃、晴れた夜空にハレー彗星を眺めて、いたく感動した。あの彗星の周期は六十何年とかいふことであるから、いまに地球に近づいてくることだらう。自分も今まで生きてきたからにはもう一度あの美しい彗星を眺めてから死にたいものだ、と私は近年よくそんなことを考へるやうになつた。それにしても残念なのは空のことである。こんなに空が汚れてしまつては、ささやかな私の最後の希望もどうなることやらと気がかりである。詩人高村光太郎の妻智恵子が、東京に空のないことを嘆いてから既に久しいが、もしかすると今は彼女の故郷の阿多多羅山にも空はなくなりつつあるのではないだらうか。私は去る七月の半ば過ぎ、智恵子の故郷に近い二本松の駅を経由して山形にゆき、名にのみ聞いてゐた蔵王にも登つたが、天候は寧ろ良好だつたにも拘らず、期待してゐたやうな深い青空はその山頂にもなかつた。土地の人の話によると、近年は冬の樹氷の色さへ濁り、もう以前のやうな冴えた美しさはないとのことであつた。

大寺の香の煙はほそくとも
空にのぼりて雨雲となる
雨雲となる

これは恐らく雨乞の歌であらうが、もしかするとこの歌の作者はその目的も忘れて、澄み渡つた美しい青空に細くゆらめきながら立ちのぼる大寺の香の煙の美しさに見惚れてゐるのではないだらうかと見えなくもないやうだ。われわれが吸ふタバコの煙にも、以前にはそのやうな美しさがあつた。私はよく窓辺に坐つてタバコを吹かせ、青い空にたゆたひながら消えてゆく煙の行方を追ひながら、そこはかとない空想に耽つたものであつた。けれども今われわれが吸ふタバコの煙はのぼるべき空もなく、もやもやといつまでもわれわれの身辺を這ひ廻つてゐるから始末が悪い。からだにもよくないだらう。

さういへば私はこの二十年来、お前のやうにそんなにタバコばかり吸つてゐると今にきつと癌になるぞ！　と嚇かされ続けてきた。現に私の友人知人のなかにも、癌になることを恐れてかどうかは知らんが、タバコを止めた者は多い。しかしタバコの有害なことに就いては、すでにアントン・チエホフに『タバコの害に就いて』と題するユーモラスな一幕物もあり、今に始つた問題ではない。チエホフはその一幕物で、あらゆるタバコの害に就いて細大もらさず述べ尽くしてゐるが、医者の彼も流石にまだ癌のことにまでは言及してゐない。癌のことは戦後、辰野隆博士の言によれば「アメリカの藪医者がいひだした」ことであるが、その藪医者の言がアメリカはいふに及ばず日本にまで広く影響して、タバコを止める者が続出するやうになつた。

私の先師佐藤春夫はそのやうな風潮にイローニツシユな反抗を試みて、喫煙決死隊を組織して自ら隊長となり、私もその一員に加へられた。先師はそれから一年ばかり後、それが最後の仕事になつた放送用のテープの吹込中、しばらく休憩してタバコを吸ひ、それから「わたくしは幸にして」と語りだした途端、心筋梗塞を発して急逝された。ああ末期のタバコ、その味やどんなであつただらうか。門下末流の私も、最後はこのやうでありたいと願ひ、今後ともタバコは決して止めないつもりである。いまさら癌を恐れる年でも私はない。

ところが最近の発表によると日本人の平均寿命は、女子が七十五歳、男子も七十歳になつたとのことである。さうだとすると私はやつと男子の平均寿命に達したばかりであり、そんな私が老人ぶつたりしたら却つて醜いことになり、また僭越なことになるかも知れない。老醜といふ言葉があるが、もしかするとそれは、まだそんな年でもないのに老人ぶることをいふのではないだらうか。実際の老人にどんな醜があるか、私は知らない。たとへば落語に登場する横丁の御隠居さんなども、大抵は物知りであり、わけ知りであり、無慾で淡泊であり、総じて円満な好人物ばかりである。また能楽に於いて最も尊重されるのは翁であり、翁こそ神だといつてよいだらう。さういへばわが日本国に於いては、神々も幼児の姿でなければ老人の姿で示現されるのが普通である。老いて先師佐藤春夫は、

おれの神さび

と歌つたが、先師はまた「老境の至美」といふことをよく口にされたものであつた。芥川龍之介は生前、友人佐藤春夫の骨太な裸体姿を見て、われわれのうち老醜をさらすのは佐藤の方だらう、といつたさうであるが、若くして自殺した秀才芥川などの到底窺ひ知ることのできなかつた、見事な先師の老境であつた。私はこの年になつて、できれば妻や孫たちと一緒に、ハレー彗星を眺めることができるならどんなに嬉しい

ことだらうかと夢想してゐるが、この程度の慾望なら醜呼ばはりされることもないだらう。それにしても、欲しいのは空である。

アメリカに追ひつけ、追ひ越せ！　といふのが戦後の日本の産業界のスローガンであつたやうだ。そして最近になり、ある経済学者はいつた。日本は大東亜戦争の第一ラウンドではアメリカに敗けたが、第二ラウンドでは勝つた、と。いふところの意味は、第一ラウンドの武力戦争には敗けたが、第二ラウンドの経済戦争には勝つたといふのである。さうかも知れない。しかしその勝利の、なんと高くついたことか。公害、また公害。交通禍による犠牲者だけでも近年は死者一万五、六千人、傷者はその四倍にも達するとのことである。それは日清戦争のわが軍の死傷者の数に匹敵するとのことであるが、恐ろしいことだ。農薬による田畑や山林の汚染、工場の廃液による川や海の汚染、工場の煤煙や自動車の排気ガスによる空の汚染、そしてその結果としての犠牲者の続出。然もその対策は遅々として進まない。思へば腹の立つことばかりである。

私の知人のある遺伝学者から私は最近こんな話を聞いた。公害にもいろいろあるが、表面に現れた目に見える公害に対しては対策の立てやうもあるだらう。しかし公害の恐ろしさは、目に見えぬもつと深刻なところにある。近年、誰も気づかないうちに日本人の染色体が公害のために甚だしく侵され、遺伝子が急速に破壊されつつある。そのため虚弱児や奇型児の出生率が著しく高くなり、また一見健康さうに見える小・中学生の間にも、ちよつと転んだだけで骨折する者が非常に多くなり、どこの接骨医も小・中学生の患者で満員の盛況である。もしこの傾向がこのまま進めば、やがて日本人の過半数は生存に堪へなくなり、今世紀の終り頃には日本の人口は三、四千万に減少し、国としての独立も危くなるだらう、とのことであつた。

私は慄然とした。公害問題もここまで深刻になつたかと驚愕した。しかし翻つて静かに考へてみると、彼のいふ「目に見える公害」に対する適切な対策が立つならば、「目に見えぬ」染色体や遺伝子も被害からまぬがれることができるのではないだらうか。だからこそ「目に見える公害」に対する対策が急がれるわけであるが、残念ながらそれは遅々として進まない。しかし遅々として進まないやうであるが、それも退いて考へて見れば、すでに中西悟堂のやうな憂国の士がこの問題のために席の暖まる暇もなく東奔西走してゐることであり、世人も漸く公害問題のゆるがせにできないことに目覚め始めたやうであるから、いささか楽天的に過ぎるかも知らんが、いづれこの問題の解決にも曙光が見られるやうにならないものでもないだらう。ハレー彗星が再びわれわれの地球に接近するまで後何年あるか正確なことは知らないが、それまでに空が綺麗になつてくれたらどんなに嬉しいことだらうか。

昼間は暑さのため、狭い家のなかをうろうろしながら、頭に浮んでくる由なき思ひに、ともすれば鬱々としてゐる私も、夕方になるとパンツ一つのハダカ・ハダシで庭に出て、長いホースをあやつりながら草木に水をやることにしてゐるが、いままでなんとなく埃つぽく生彩のなかつた草木が、水を得ていきいきと生色をとり戻し、風を誘つてそよぎ立ちながら雫をぽたぽたしたたらせるのを見てゐると、私の心も洗はれてすがすがしくなるかのやうであつた。そんな時、夕方の買物から帰つた妻が茶の間の縁に立つて、私をからかつたりすることがあつた。

「野蕃人そつくりですね」とか「ニユーギニアの土人みたいですね」とか、彼女のいふことは大抵きまつてゐた。私も妻の方をふり向くではなく、口先だけで、その場きりの返事をする。

「少くとも文化人ではないね」とか「ニユーギニアのパプア人は、おれのやうな均整のとれた立派な体格はしてゐない」とか、ただ妻に調子を合はせてゐるだけである。

「均整のとれた立派な体格ですつて。うぬぼれもほどほどになさい」

妻は笑ひだす。しかし冷笑といふ程ではない。私は依然としてそつぽを向いたまま答へる。

「うぬぼれぢやないさ。現にお前がそのやうに見惚れてゐるところを見ると、まんざらでもなささうぢやないか」

「バカバカしい」

大抵はここらで妻がお勝手に去つて晩飯の用意を始めるのが普通であるが、どうかするとまだ縁に立つたままで、母親のやうなことをいつたりする。

「いつまでもハダカでゐると、風邪を引きますよ」

私としても答へないわけにはいかない。

「いつか瑞子がいつたよ、風邪は人間の引くものでチンパンジーは引かないつて」

「孫からチンパンジーなどといはれて喜んでゐるんだから、あなたも他愛なくなつたものですね」

「年ふれば齢は老いぬ、といふだらう」

「孫をし見れば物思ひもなし、ですか」

「だんだん神に近づくのさ。それにしても年を取るにつれて木や花の美しさがしみじみ感じられるやうになつたのは有難いね」

「しかしその木も花も、庭にあるのはみんな、私が植ゑたものばかりですよ」

「どの木も花も、みんなお前が植ゑ、お前が育てたものばかりだ。さういふ立派な仕事はみんなお前に譲り、おれはただ眺めるだけで満足してゐるんだよ」

「詭弁もいいところですね。でも感心にこのごろ毎日水だけはやつてくださるのね」

「暑さ凌ぎのためだよ。あすにも秋風が吹きだしたら、すぐやめてしまふさ」

それきり妻の言葉が返つてこないので、ふと縁の方へ眼をやると、妻の姿はもうそこにはなかつた。そしてこれはまた別の日、妻はこんなことをいつたりした。

「これから晩ご飯の準備にかかりますが、あなたはその間に床屋へいつてきませんか」

私は妻の視線を首筋に伸びた髪に感じながら、気のない返事をするのだつた。

「少し伸びたやうだね。見た目に暑苦しいかい」

「暑苦しいだけではなく、爺むさくていけません」

「女ぢやなし、若く見られたいとは思はないよ」

「そんな風にひとの言葉をそらすものぢやないでせう。爺むさいといふのは……」

「お前は信州生れだけあつて、いくつになつても、理屈つぽいところが抜けないね」

「あなたは伊勢びとだけあつて、いくつになつても、ひがごとをいふ癖が抜けませんのね」

「もう漫才はよさう。床屋へはあすにでもいくことにするよ」

「あなたはいつも延ばすことしか考へないけど、悪い癖だわ」

「あすは必ずいくよ」

「きつとですよ。あなたのあすは、紺屋のあさつてみたいで、いつのあすか当てになりませんからね」

「床屋へいく位のことで、さうむきになることもあるまい。いづれ二、三日のうちにはきつといくよ」

妻はもう何もいはない。床屋嫌ひの私をここまで追ひ詰めてしまへば彼女の目的は達したのであり、今すぐ私が床屋へいくだらうとは彼女も初めから期待してゐたのではなささうであつた。

いつものことながら私は、庭の草木に水をやつた後では、縁から茶の間に上つてゆかたに手を通し、卓袱台の前に坐つてタバコを吸ひ、お茶を飲む。妻は廊下を距てた向うのお勝手で、何やらガチヤガチヤいはせながら晩飯の準備をしてゐる。私は適度の運動をした後の快い疲れを覚えながら、放心した眼を庭に向けてゐる。そんな時よく私の脳裏に浮んでくる詩句があつた。

斯《こ》れ晨《あした》　斯《こ》れ夕《ゆふべ》
言《われ》　其《そ》の廬《ろ》に息《いこ》ふ
花薬《くわやく》　分列《ぶんれつ》し
林竹《りんちく》　翳如《えいじよ》たり

私の狭い庭にも、花はいろいろ咲いてゐるが、薬草はない。また竹も四、五本あるが、翳如としてあたりを薄暗く覆つてゐる程ではない。しかし竹そのものの影のこまやかさには不足はなく、時として私は、

わがやどのいささ群竹《むらたけ》ふく風の
音のかそけきこの夕《ゆふべ》かも

と古人の口まねをして吟じてみたくなることもあれば、またどうかすると、竹四五《しご》本《ほん》の嵐かな、と蔦を植ゑてみたい気がしないでもなかつた。

私の庭の木で一番大きいのは柿の木であるが、これはほぼ六メートルあまりの高さに枝をひろげ、いまはまだ青い実が枝もたわわにるいるいとなつてゐる。種類はなんといふのか知らないが性の好い柿で、実も大きくなれば味も悪くはない。私はその実が熟れるのを待つて、枝ながら折つて先師の霊前に手向けるのを毎年の慣例にしてゐるが、ことしも柿の豊年らしいのが頼もしい。

柿の木の根もとのあたりには、一叢《ひとむら》の秋海棠が薄紅の可憐な花を咲かせてゐるが、私にはこの花にいささか忘れ難い思ひ出がある。私は去る昭和十三年の秋、大勢の作家達と共に中シナ戦線——武昌・漢口の攻略戦に従軍したが、上海での一夜、私はある妓館でひとりの美しい歌妓に逢つた。どことなく憂ひ顔をした細腰のシナ美人であつた。私はふと彼女の姿に秋海棠を想つたが、われながらをかしなことに私はまだ秋海棠の花を見たことがなかつた。しかし秋海棠が江戸時代の初期に初めてシナから長崎に渡来したといふことや、性日蔭を好み、初秋の頃に優艶の花を咲かせるといふことは書物で読んだ記憶があつた。その古い記憶が、どことなく憂ひを含んだ眼前の美女に触発されて蘇り、彼女の印象と不可分のものになつてしまつたやうだ。

私はその夜、彼女と一緒に寝台に横たはつて、阿片の吸ひ方を教へてもらつたのであるが、彼女は細い華奢な指先で阿片の粉末を溶かしたり練つたりして太い水煙管に詰めて火をつけ、煙がよく通るやうにひと口ふた口吸つてから私に渡したが、それは窮屈な寝台上の演戯とも思へないやうな見事さであつた。しかし私は、阿片を吸ふつもりは初めからなく、ただどのやうにして吸ふものかを知りたかつたまでのことだつたので、彼女の渡してくれた煙管には殆んど口をつけないでしまつた。

話はこれだけのことである。その翌日、私は他の多くの作家達と共に上海を去り、杭州から蘇州を経て南京へと見学の旅を続けた。そして南京で、われわれは各自従軍すべき部隊を決め、てんでにそれらの部隊がゐる前線に向つて出発することになつた。私は滝井孝作、片岡鉄兵の両氏と共に飛行機で安徽省の廬州へ向つた。廬州は南京城にも劣らないやうな堂々たる城壁をめぐらした古い町であつたが、占領後まだ間のないこの町の荒廃ぶりには甚だしいものがあつた。私たち三人は兵站宿舎の将校室に宿泊することになつたが、将校室といつてもそこには電灯の設備もなければ毛布の準備もなく、筵を敷いただけの竹の寝台に着のみ着のままごろ寝をしなければならない始末だつた。

さて一夜明けてその翌朝、私は宿舎の庭隅の日蔭に咲いてゐる一叢の薄紅の花を見て、ふと上海の一夜の歌妓の姿を髣髴し、これこそ秋海棠に違ひないと決めてしまつた。私の秋海棠！　たとへ他人がその花のことをなんと呼ばうとも、私の秋海棠はこれ以外にないと思つた。そしてそれが正しかつたことは、まもなく滝井さんによつて証明された。私が訊ねたのではなく滝井さんの方から、綺麗な秋海棠だねと話し掛けてこられたのであつた。俳人としても高名な滝井さんは、季節の花や鳥のことに就いても詳しく、その人のいふことに間違ひのある筈はなかつた。思ふに秋海棠などは、日本内地でもさう珍しい花ではなかつたのだらうが、若い頃の私は余り花のことに関心がなかつたので、いままで知る機会がなかつたのだらう。

初めの予定では、私たち三人は二、三日この町に滞在した後、各自別々の部隊に従軍することになつてゐたのであるが、その頃から毎日しとしとと秋雨が降り続き、前線との連絡が取れなくなつたので、そのまま更に十日ほど出発を延期しなければならなくなつてしまつた。その閉ざされた雨の十日間を私たちはどのやうにして過したか、今はもう殆んど何も記憶してゐない。その記憶のブランクのなかに、一叢の秋海棠の花が雨に悩む美女のやうな優艶可憐の印象を残してゐるところをみると、どうやら私は来る日も来る日もその秋海棠を眺め暮してゐたやうだ。

さしもの長雨もやがて晴れ、前線へのトラツクが開通したので、私は滝井、片岡の両氏と別れ、そのトラツクに便乗して、自分の従軍すべき部隊を追及した。途中、六安、葉家集、商城などの町でそれぞれ一泊し、沙窩といふ谷間の町でやつと部隊に追ひついた。町の前面には大別山山脈の高い峯々がそびえ、部隊は今それらの峯々に拠る敵を攻撃中であつた。激しい戦闘が毎日くり返された。私は幹部候補生上りの予備役少尉であり、いつ召集されないとも限らなかつたので、その日に備へるためにも出来るだけ戦闘の模様をよく知つておきたいと思ひ、しばしば危険な最前線に出て観戦したものだが、いまはそのやうなことを語るのが目的ではない。

二週間ばかりの後、夜に乗じて敵が陣地を捨てて退却しだしたので、わが軍は直ちに追撃に移つた。そしてまる四日といふもの、殆んど不眠不休で追撃を続けたが、逃げ脚の早い敵はどこに潜み隠れてしまつたのか、つひに一兵も敵影を見ないままわれわれの部隊は黄安といふ町に到着し、そこに宿営することになつた。私は十人ばかりの兵隊と共に、住民の逃げ去つてしまつた後の城外の農家に泊ることになつたが、見たところ中流の農家らしく、家の構へも見すぼらしくはなかつた。私に割宛てられた室には、粗末ながら寝台や鏡台の備へもあり、壁には映画女優の写真らしいものが何枚となく貼りつけてあつた。試みに鏡台の引出しをあけて見ると、なかには白粉や口紅や頬紅などの化粧品がそのまま残されてゐた。どうやら若い女の居室らしかつた。さう思つて尚も室のなかを眺め廻してゐた私の目に、土間の片隅に落ちてゐた小さな扇子が見つかつた。拾ひ上げて開いて見ると、あまり上手でない女の手で、

長安一片月

に始まる一篇の詩が書きつけてあつた。塞外遠征の夫を思ふ長安婦女の情を歌つた

この詩を読み返しながら私は、この扇子の持主であるこの室の若い女主人のことを思ひやつて同情に堪へないものがあつた。恐らく彼女の夫も戦場に駆り出されて敗戦の苦しみに喘いでゐることだらうが、その夫の無事帰還を祈つてこんな詩を扇子に書きつけずにはゐられなかつた彼女もまた、今はこの町の人々と共に家を捨ててどこかの山蔭にでも不安な身を潜めてゐることであらう。

そんな想像をめぐらしてゐる私の目に、ふと彼女の面影のごときものが浮んできたが、気がついて見るとそれはこの室の女主人のものといふよりは、上海のあの夜の歌妓の面影であつたやうだ。さういへばあの美しい歌妓の顔にも憂愁の影の去らないものがあつたが、もしかすると彼女の好きな人も戦場に駆り出されてゐて、彼女はその人の上を思ふの情に堪へないものがあつたのではないだらうか。思ふてここに到ると、われながらその甘さにいささか苦笑しないではゐられなかつた。

ながながと古い思ひ出を語つてきたが、私は今でも秋海棠を見ると上海のあの夜の歌妓の面影が目に立ち、それと二重写しのやうになつて廬州の兵站宿舎の庭隅に雨に打たれて咲いてゐたあの可憐の花が目に浮んでくるのである。秋海棠にシナ美人を思ひ、シナの町に咲いてゐたその花を思ふのは、その花の原産地がシナであることとも関係があるだらう。私の庭には秋海棠と少し離れた場所にベゴーニアの一叢の花も咲いてゐるが、これは西洋種の秋海棠といつてもよいほど形は、花も葉も、秋海棠によく似てゐるが、やはりお里は争はれず、いささか毒々しいまでに真紅なその花には秋海棠のやうな優艶可憐の趣きはない。

私はいつか友人の浅野晃に誘はれて、当時サンケイ新聞の社長をしてゐた水野成夫さんが琵琶湖畔の比良山の一角に経営してゐたサンケイバレー（サンケイ谷）へ行つて見たことがあるが、そのバレーの山頂に近い一隅に大きな温室があり、数百株のベゴーニアが鉢に植ゑて栽培・陳列されてゐた。しかも驚いたことにどの鉢の花にもそれぞれ変つた趣きがあり、大きい花になると牡丹や大輪のバラを思はせるやうなものもあつた。ベゴーニアがそんな変種の多いばけもののやうな花だとはその時初めて知つたが、しかしそれは不断の人工を加へて造り上げたものであり、本来の花は、その温室にもあつたが、やはり私の庭にいま咲いてゐるのと余り変らないやうであつた。私の妻はどうかするとベゴーニアはもう今年きりにしたいといつたりすることがあるが、私はそれには賛成しない。どの花にもそれぞれの美しさはあり、先師は自ら花痴を以つて任じてゐられたが、その点に関する限り私もいささか先師の境地に近づきつつあるやうである。

私の庭にいま咲いてゐる花に、秋海棠やベゴーニアの他にも向日葵や夾竹桃やバラや萩や桔梗やニラの花のあることは最初にいつた通りだが、よく見れば菊も粒々の小さなつぼみを持つてゐる。私の古い思ひ出はそれらの花々にもいろいろまつはつてゐるが、年を取るにつれてどの花も身に沁みて美しく見えるやうになるのも、一つにはそのやうな古い思ひ出が背景にあるからではないだらうか。いやさうではなく、それは単に末期の眼のせゐであるかも知れないが、それならばいのちの末期も有難く、老醜どころかそれは老境の至美ともいへさうである。

私は今も茶の間に坐つてタバコを吸つたり茶を飲んだりして晩飯のできるのを待ちながら、それらの花々を眺めてゐるのであるが、わが家の庭に四季折々の花が絶えないのはすべて妻のお蔭である。しかし彼女は、どうかすると私の知らないうちに、それらの花や木を植ゑかへたり抜き捨てたりすることが少くない。これはほんの一例だが、以前まだ樹木や草花が今のやうに多くなかつた頃、庭の中央に近く六、七本の雁《は》来紅《げいとう》があり、それが色づきだすと天下の秋をここに集めたやうな豪奢な眺めであつた。しかしそれもひと秋の私を楽しませてくれただけで、翌年にはそこに新しく躑躅が植ゑられて、秋になつてももう雁来紅の豪奢な眺めは見られなかつた。躑躅の花も野趣があつて私は好きだが、それでも秋立つ頃ともなると今でも私はそのあたりに雁来紅の豪奢な姿を幻覚して、それの絶やされたことを惜しまずにはゐられないのである。しかし「妹《いも》として二人作りしわが山斎《しま》(庭)」ではなく、妻がひとりで作つたわが庭であつてみれば、私に何の苦情をいふ資格があるだらうか。私はどちらかといへば夜の男、それに反して妻は朝が早い。そして彼女は朝のうちはいつも庭に出てゐるやうであるから、私の知らないうちに庭の趣きが少しづつ変つていくのは寧ろ当然のことであるかも知れない。

わが家の庭に柿や枇杷や無花果などの果物の木があるのも、田舎育ちの妻の好みによる。いまは無花果の実（花托）の熟する頃で、妻は毎朝それを取つて食べてゐるやうであるが、私はどんなに勧められても無花果は食べない。食はず嫌ひといふのだらう。察しは着いてゐるだらうが、私は妻とのふたり暮しである。しかし庭続きの隣家には私たちの娘夫婦が住んでをり、彼等の間には中学一年の女の子と小学四年の男の子とがある。けれども彼等もみんな無花果は見向きもしない。だからそれを食べるのは妻だけであるが、私はそんなものをうまさうに食べてゐる妻を、ともすれば、気味悪く思ふことがある。しかし蓼食ふ虫も好き好きである。私に何をいふことがあらう。

果物の木といへば、わが庭の白樺の木にはあけびの太い蔓《つる》がからみつき、葉を茂らせて白樺の梢をすつかり包みかくしてゐる。あけびの実も妻は大好物のやうであるが、蔓ばかり太くなつて実は殆んどならない。妻はそのことを大そう残念がつてゐるから、いまにその太い蔓を根こそぎに切り除《と》つてしまふかも知れない。以前にもこんなことがあつた。妻が信州の生家から移し植ゑたかなり大きな白梅の木は、土地に合はないためか、花の色も冴えず実も一升そこそこしかならなかつた。妻はそれを不満として、隣家の娘の主人に頼んで、私の知らないうちに、惜しげもなく切り倒してしまつた。

そのやうな時の妻の決断ぶりには、私などの到底及ばないやうな颯爽たるしたたかさがある。わが妻ながら天晴《あつぱれ》と申すべきだらう。

ついでにいふと、妻には時々ものを書く癖がある。若い頃の私はそれがいやでたまらなかつた。しかし老来、私はそのやうな妻を寧ろあはれに思ふやうになつた。とはいへ私は妻の書いたものは決して読まない。なぜか読むのが恥かしいのである。ところが妻の方は私の書いたものは大抵読むやうである。そして昔からいつも口癖のやうに古いといひ続けてきた。さうかも知れない。どうやら私は、その古さを一貫して保ち続けてきたらしいのである。

私たち夫婦の間には、隣家の娘の他に、いはゆる跡取息子がある。彼にも女の子と男の子とが一人づつあるが、上の女の子はもう大学の二年生、下の男の子は中学の一年生である。しかし彼等の一家は横浜に住んでゐるので、滅多に私の家へやつてくることはない。隣家の娘夫婦が日に二度や三度顔を見せないことはなく、また私の妻も彼等の家に入りびたつてゐることも多いが、なぜか彼等の子供たちはさうしばしばやつてはこず、ことに上の女の子は二日も三日も顔を見せないことがある。中学の一年生ともなると学校のこと、宿題などで忙がしいからであらう。それにくらべるなら下の男の子はちよいちよいやつてくる方であるが、それでもまる一日位は姿を見せないことがある。

面白いのはその男の子、名は信吉が私を尊敬してゐることである。それといふのも私が彼のことをかなり高く買つてゐるからであるかも知れない。私は信吉がまだ幼稚園へ上らない頃には、よく彼を連れて畑のなかを散歩して作物の名などを教へてやつたものだが、物覚えの好い子で、一度教へてやつたことは大抵忘れないといふ風であつた。やがて幼稚園へ上るやうになると信吉は、盛んに画をかくやうになつた。それも普通の画用紙にかくよりは、カレンダーの裏などを利用して大きな画を大胆にかきなぐるのであつた。私はその大胆さに一種の創意のごときものを感じ、いつもほめてやるのであつたが、私の妻もまた彼の両親も初めのうちはその画を少しも認めなかつたやうだ。私だけがほめてやるので信吉は大そう私を徳としたが、彼の私に対する尊敬心もそのやうなところから芽ばえたやうである。

小学校へ上つてからの信吉は、一年生の終り頃からテレビの影響で天気予報に凝りだし、自分で勝手な天気図を何枚も作つて、テレビの予報官よろしくその説明をしてみんなに聞かせたがつた。しかし誰もうるさがつてまじめに聞いてやらうとはしないので、彼は私と一対一のさし向ひで倦むこともなく熱心に説明を続けるのであつた。そんなことがほぼ三ケ月ばかり続いたが、そのうちに信吉は天気予報のことはけろりと忘れたやうに、こんどは彼の母の女学校時代の地理附図を手本にして盛んに地図をかきだした。それには前に天気図を何百枚となく書いたことが大いに役立つてゐるやうだ。画をかくことと地図を書くこととは四年生になつた今でも続いてゐるが、わが孫ながらうまいものだと私はしばしば感心することがある。私の妻もまた彼の両親も今ではみんな彼の画や地図を認めるやうになつたやうだが、彼はそんなことにたいして頓着せず、大きくなつたら茶碗焼きになりたいなどといつてゐる。

さういへば最近、信吉は学校の工作で一風変つた壺を焼いてきたので、これは何かと訊ねると縄文土器だよと済まして答へた。そんなものを学校でみんなに作らせたのかと更に訊ねると、信吉が答へていふことには、ボクはみんなの作るやうなものは決して作らない、それはいつか前に埼玉風土記の丘の陳列場で見たのを思ひだして作つてみたのだとのことであつた。見ればその壺には縄文らしいものもちやんとついてをり、形も悪くなかつた。私はまたしても感心させられてしまつた。

私は前から時々、彼を連れて筑波山や犬吠崎や城ケ島や赤城山などへいつたことがあり、また一昨年の夏はいはゆる伊勢志摩公園を一巡した上で大阪の万国博覧会へも連れていつてやつたが、どこへいつても彼のいふことは面白く、これはほんの一例だが、去年の夏私は彼を連れてクルマで妙義の山麓を通つた。すると彼はクルマの窓からその山を指さして、

「あの怪獣の歯のやうな形をした山はなんといふの」

と訊ねた。私は驚いた。妙義山は詩人室生犀星が「生姜《しやうが》のやうな」と形容したのが

有名になり、少くとも当時の文士間では妙義といへば生姜のやうなといふのが決り文句みたいになつてゐた。私は妙義の名を教へる前に、試みに信吉に訊ねてみた。

「信ちやんは生姜を知つてるだらう」

「あの平べつたく切つた赤いのでせう」

「うん、あれも生姜だけど、あんなに赤く染めたり平べつたく切つてない、なまの生姜を見たことない？」

「知らない、どこで売つてるの」

「ママが八百屋さんから買つてきて、おろして、ひややつこなどを食べるとき使はないかね」

「あ、あの辛いの、ボク食べない。なまの生姜も見たことないよ」

「なまの生姜はあの山、妙義山のやうな形をしてゐるんだよ。こんどママが買つてきた時、よく見せてもらひなさい」

「なんだ、そんなならなまの生姜も怪獣の歯みたいだね」

「うん、さうだ」

それにしても怪獣の歯とは呆れた形容であつた。しかし怪獣横行の方今の児童界のことを思へば、それも却つて面白い形容であるかも知れなかつた。

これはつい数日前の話である。私がいつものやうに草木に水をやらうとしてハダカ・ハダシで庭に出た時、私はふと直ぐ目の前のカラタチの葉をしきりに蚕食してゐる二匹の青虫に気づいた。私はその虫を払ひ落して片づけてやらうとしたが、そのとき信吉が突然どこからか駆け寄つてきて、

「おぢいちゃん、ボク前からその虫観察してるんだよ。障らないでそのままにしておいて」

と頼んだ。私もそれは結構なことだと思つて、いつた。

「よしよし、障らないでおくから、こんごもよく観察を続けるんだよ」

「うん」

信吉は暫くその虫を見つめてゐたが、すぐまたどこかへ駆け去つてしまつた。

しかし信吉のその後の観察は二日と続かなかつたやうだ。なぜならその二日目の夕方にはもうその虫は二匹ともゐなくなつてゐたが、彼はそのことに気づいてゐなかつたからである。私がそのことで軽く咎めると、彼は照れ臭さうに頭をかきながら答へた。

「だつて、おぢいちゃんも前にいつたやうに、子供の興味は移り易いから……」

私がいつそんなことをいつたか記憶しないが、油断のならない小坊主であつた。

その翌日の昼さがりのこと、私は珍らしく一双の揚羽蝶が角逐しながら庭の向日葵の花に戯れてゐるのを見たが、まさかあの青虫がこんなに早く蝶になつたとは思へな

いが、いづれにせよ大そう珍らしいことであつた。狭い庭にも、それなりにいろいろ楽しいことがあるものだつた。

私が茶の間で庭を眺めながらタバコを吸つたり茶を飲んだり、頭に浮かびくる取りとめもない昔や今の思ひに耽つたりしてゐる間に、妻の手で晩飯のご馳走が卓袱台の上に運ばれてくるのはいつものことだつた。私たちは雑談を交はしながら一緒に食べるが、どちらも言葉数はさう多くはない。至つて平凡な老夫婦の食事だといつてよいだらう。

食事が終り、その後片着けを済ませると妻は再び茶の間に戻り、坐る前に必ずテレビのチヤンネルを入れる。大抵は七時のニユースが始まつたばかりか、さうでなければその前の天気予報をやつてゐる。私はニユースを聞き終ると、少しばかり妻と話してから、やがて自室に引揚げて本を読んだりものを書いたりすることになるが、自分で書くよりも人の書いたものを読む方が楽しいので、いつも大抵は読んでばかりゐる。妻はその間も茶の間に残つてテレビを見てゐるやうだが、朝の早い彼女はすぐ居眠りが出るらしい。何かの用で私が茶の間へいつて見ると、彼女はテレビをつけつ放しで、横になつてぐつすり眠り込んでゐることも珍らしくなかつた。彼女は朝は四時から五時の間に起き、一日の仕事の大半は午前中に片着けてしまふといふのがいつもの習慣であつた。そして夜は八時になるともう居眠りを始め、九時前後には自室のベツドで寝てしまふといふ風である。

私はその後もずつと、殆んど妻が眼を覚ます頃まで起きてゐるが、夜が更けるにつれて庭の鈴虫の声がいよいよ冴えて響き、コホロギも前夜あたりから鳴き出したやうだがまだ声は細くかすかである。私は本を読むために掛けてゐた眼鏡を外して、しばし虫の声に耳を傾けてゐることがよくあるが、そんなとき柿の実の庭土に落ちる音が意外に高く響いて私を驚かせることがあつた。しかし鈴虫は依然としてりーんりーんと鳴きしきつてをり、それを聞いてゐるうちに私の眼も刻一刻と冴えていくやうであつた。

尾﨑士郎（おざき しろう）
明治三十一年、愛知県に生れる。早大予科にあって雄弁で鳴り、堺利彦、高畠素之らに交って大正期の社会主義運動に奔命する日を経て、小説の筆を執り、昭和八年「人生劇場」（青春篇）に、近代の日本人の文字どおり一人生の絵模様を象り、国民的作家の地歩を占める。翌九年にそれの「愛欲篇」、同十一年には「残俠篇」と、以降三十年近くに亘って書き継がれた同作品は洛陽の紙価を高めたが、その間にも、戦前には「蜜柑の皮」「篝火」があり、戦後は「天皇機関説」他がある。一子を「俵士」と命名したほど、国技の相撲を愛好したのは、国民的作家の貌をまた伝えるもので、「雷電」「大関清水川」等に、その面目は躍如とする。昭和三十九年歿。

中谷孝雄（なかたに たかお）
明治三十四年、三重県に生れる。大正十四年、梶井基次郎らと同人雑誌「青空」を発刊、小説家への道を歩み、保田与重郎、神保光太郎らと相議って「日本浪曼派」を創刊した昭和十年に処女作品集「春の絵巻」を刊行しているのは、遅い出立であった。癇癖と剛直さを潜めた作品で一家言を持ったが、流行の作家となるには寡作に終始し、節を曲げないその為人を併せて文士の一典型を示した。「業平系図」に始まる戦後は、ニューギニアに従軍した戦争の日を「のどかな戦場」に写しては、逝った僚友たちとの交りと、また時代を「抱影」「招魂の賦」等に偲ぶ傍ら「陶淵明」「旅の詩人 芭蕉」の評論を著す。九十四歳の長命を保って平成七年に歿する。

近代浪漫派文庫　31　尾﨑士郎　中谷孝雄

二〇〇四年九月十二日　第一刷発行

著者　尾﨑士郎　中谷孝雄／発行者　小林忠照／発行所　株式会社新学社　〒六〇七―八五〇一　京都市山科区東野中井ノ上町一一―三九　印刷・製本＝天理時報社／DTP＝昭英社／編集協力＝風日舎

ISBN 4-7868-0089-9

落丁本、乱丁本は左記の小社近代浪漫派文庫係までお送り下さい。送料小社負担でお取り替えいたします。

お問い合わせは、〒二〇六―八六〇二　東京都多摩市唐木田一―一六―二　新学社　東京支社

TEL〇四二―三五六―七七五〇までお願いします。

## ◉近代浪漫派文庫刊行のことば

文芸の変質と近年の文芸書出版の不振は、出版界のみならず、多くの人たちの夙に認めるところであろう。そうした状況にもかかわらず、先に『保田與重郎文庫』（全三十二冊）を送り出した小社は、日本の文芸に敬意と愛情を懐き、その系譜を信じる確かな読書人の存在を確認することができた。

その結果に励まされて、専ら時代に追従し、徒らに新奇を追うごとき文芸ジャーナリズムから一歩距離をおいた新しい文芸書シリーズの刊行を小社は思い立った。即ち、狭義の文学史や文壇に捉われることなく、浪漫的心性に富んだ近代の文学者・芸術家を選んで四十二冊とし、小説、詩歌、エッセイなど、それぞれの作家精神を窺うにたる作品を文庫本という小宇宙に収めるものである。

以って近代日本が生んだ文芸精神の一系譜を伝え得る、類例のない出版活動と信じる。

新学社

# 新学社近代浪漫派文庫（全42冊）

1 維新草莽詩文集
2 富岡鉄斎／大田垣蓮月
3 西郷隆盛／乃木希典
4 内村鑑三／岡倉天心
5 徳富蘇峰／黒岩涙香
6 幸田露伴
7 正岡子規／高浜虚子
8 北村透谷／高山樗牛
9 宮崎滔天
10 樋口一葉／一宮操子
11 島崎藤村
12 土井晩翠／上田敏
13 与謝野鉄幹／与謝野晶子
14 登張竹風／生田長江
15 蒲原有明／薄田泣菫
16 柳田国男
17 伊藤左千夫／佐佐木信綱
18 山田孝雄／新村出
19 島木赤彦／斎藤茂吉
20 北原白秋／吉井勇
21 萩原朔太郎
22 前田普羅／原石鼎
23 大手拓次／佐藤惣之助
24 折口信夫
25 宮沢賢治／早川孝太郎
26 岡本かの子／上村松園
27 佐藤春夫
28 河井寛次郎／棟方志功
29 大木惇夫／蔵原伸二郎
30 中河与一／横光利一
31 尾崎士郎／中谷孝雄
32 川端康成
33 「日本浪曼派」集
34 立原道造／津村信夫
35 蓮田善明／伊東静雄
36 大東亜戦争詩文集
37 岡潔／胡蘭成
38 小林秀雄
39 前川佐美雄／清水比庵
40 太宰治／檀一雄
41 今東光／五味康祐
42 三島由紀夫